大夏书系·教师专业发展

成长是最好的奖励

教育人物见闻录

李镇西

著

华东师范大学出版社
ECNUP
全国百佳图书出版单位

目 录 Contents

001　序　当事人的角色，过来人的眼光，教育家的
　　　立场 / 程红兵

第一辑　名家风采

003　于漪：师者风范

013　钱梦龙：不仅仅是教育家

022　李吉林："长大的儿童"

027　吴正宪：永远在花季

041　魏书生：君子之交

046　李希贵：改革先锋

057　程红兵：书生意气

065　杨东平：当代君子

072　陈钟樑：令人享受

079   吴非：思想风骨

086   黄全愈：一脸"苦相"

第二辑　大师境界   091   周有光：唯有仰望（二题）

095   于光远：教育要讲"童道主义"

098   流沙河：深不可测的河（二题）

106   邵燕祥：不动声色的深刻与幽默

110   谷建芬：永远的感恩与敬仰

第三辑　恩师印象

121　杨显英：我的启蒙老师

124　喻仲昆：举手投足皆语文

127　陈明熙：温文尔雅，娓娓动听

130　张新仪："长大后我就成了你"

139　杜道生：泰山北斗（三题）

150　朱永新：亦师亦友（二题）

163　王必成：甘当人梯

165　吴玉明："你一定要展示出你的个性！"

167　唐建新：特级教师的教师

第四辑　同行掠影

173　姚嗣芳：为了不当局长，用尽"洪荒之力"

176　杨尚薇：明明可以"凭颜值吃饭"，却偏偏搞

　　　了教育

181　魏虹："英雄教师"的另一面

184　郭文红：一个普通的班主任能够走多远

191　王晓波：成长是最好的奖励

194　汪敏：成为每一个学生的幸运

209　何光友：你真是我的好兄弟

214　邓茜媛："不怪你们，是我没教好"

221　田精耘：事业撑起生命的高度

250　张天劲：富有诗人情怀的教育局长

255　詹大年："问题孩子"他爹

当事人的角色，过来人的眼光，教育家的立场

◎程红兵

　　教育界知名度很高、粉丝很多的优秀教师、优秀班主任、优秀校长李镇西，也是一个优秀的作家。我曾经戏称李镇西是基础教育界的散文家，因为他以写人记事的教育散文著称。他笔下的人物常常特别抓人，读者总是不自觉地被他带进人物的世界之中，与他笔下的人物共同遭遇相关的事件，共同享受快乐、痛苦，共同思考相关的问题。

　　本书是李镇西写人记事散文的汇编。他从一个教育人的角度描述了许多教育界的知名人士，于漪、钱梦龙、李吉林、吴正宪、魏书生、李希贵、杨东平、朱永新、陈钟樑、吴非、黄全愈等名家，也展现了许多普普通通的教师、校长、教育局长，如姚嗣芳、杨尚薇、魏虹、郭文红、王晓波、汪敏、何光友、邓茜媛、田精耘、张天劲、詹大年等。读完他的书稿，我一直在想，李镇西何以能把人物写得如此好玩、如此生动？读完之后，为何又总是给人有益的启发、积极的思考？

　　其实，文章写什么最重要。李镇西笔下的教育人物故事，源于普通的教育生活，却高于普通的教育生活。他写的是常人，但不是写常事，而是写常人身上不寻常的事情；他选择的是人物身上所具有的人性色彩的细节，即一般人很难做到的行为、很难达到的高度。他的所写源于现实生活，所以让

人有亲切感，仿佛就在身边，同呼吸，共对话；但他所写的又高于现实生活，高于常人常态，因而有吸引力，吸引读者阅读，而且有启发意义、教育意义，毕竟他写的是教育散文，很好地发挥了教育作用。那个专收"问题孩子"的学校校长詹大年，自称是"问题孩子"他爹，在学校的每一间教室的墙上，都写着这样的话："任何时候校长都会帮助你，詹大年电话：13*******33；QQ：69*****96；微信：zhan******8833；博客：詹大年的博客。"这就十分难能可贵。他是以行动表达出自己对每个学生真实的关爱。李镇西忍不住说出这样直白的评价："全国有几个校长敢把自己的个人联系方式向学生如此公开？"平常的校长做出了超乎平常的事情，深深感动了李镇西。同样，写李希贵也是如此，在当今中国，几乎每个校长都爱说"以人为本"，却不是都能够把这四个字化作自然而然的日常生活，而李希贵做到了。于是，李镇西就把希贵校长那些以人为本的、浓度很高的教育生活细节展现了出来。

为什么李镇西善于抓住这些细节来表现呢？主要原因就在于他是置身其中的教育人，不是教育之外的记者、作家，也不是旁观者。作为优秀教师，他经历了教师所经历的类似事情；作为优秀班主任，他体验过班主任工作生活的酸甜苦辣；作为优秀校长，他经历了一所学校办学的艰难过程。他以一个一线教育工作者的实际经历来筛选人物、筛选人物的细节，当事人的角色，过来人的眼光，教育家的立场，使李镇西所选择撰写的内容恰到好处，可谓切中肯綮。他写教师，凭自己近40年的教学生涯所积累的经验观察教师，看出人家身上所体现出来的优良品质；他写班主任，以一个全国优秀班主任的眼光去发现他人不同寻常的闪光之处；他写校长，基于自己十多年的校长办学实践经历，去体察别的校长那些难能可贵的教育行为、管理行动。正如李镇西在文章中所说："希贵之可贵，就在于他不仅以民主的教育理念来解释'世界'（教育），而且已经并将继续用实践'改变'着他的'世界'——北京十一学校，他将'面向个体'的教育观实实在在地化作了北京十一学校常态的教育生活。"这个评价完全反映出一个教育家的站位，居高临下的思维视角反映出一个教育家的立场观点，那种基于普世价值的教育观。

李镇西的文章从来不是单一维度地呈现，而是立体地再现人物，表现立体的人，既多侧面地还原人物身上的人性光辉，又写出了人物在各个层面所表现出来的不一样的闪光点，突出人物身上难能可贵的地方。他以对话者的视角，辅之以略带几分夸张的联想、类比，常常使人忍俊不禁。他那随处可见的幽默的语言表达，比如："教授的呼噜简直达到了专业水平，如万籁俱寂时的雄鸡报晓，高亢而嘹亮，震得我全身每一个零部件都不得不闻鸡起舞，然而窗外却迟迟不见曙光。第二天早晨，我很直率地对教授说：'对不起，今晚我得另寻新欢。'"读到此处，让人禁不住笑出声来。这些笔墨对写出人物的立体感和生活情趣，都很有裨益。

　　阅读李镇西的散文，真的是一种愉悦的精神享受。不信，你试试。

名家风采

于漪：师者风范

一

1999年3月，我完成了我的第一本语文教育专著《从批判走向建设——语文教育手记》。四川少年儿童出版社考虑请人写篇序，我几乎是不假思索地就想到了自己非常敬重的于漪老师。虽然在这之前，我和于漪老师并没有任何私人交往（我想她也根本不认识我），但是就像当年我班的"不知天高地厚"的孩子们请谷建芬阿姨谱写班歌时所拥有的那份自信一样，我也有一种直觉：于漪老师一定会为我这个无名之辈的书写序的——这份信任，源于我多次阅读于漪老师文章时所感受到的她对年轻人的真诚关怀之情。

可是，当责任编辑郭孝平老师与于漪老师电话联系时，才得知于老师的两只眼睛刚刚动过手术，还缠着纱布，而且心脏也很不好。于老师在电话里对郭老师表示深深的歉意，她说如果不是因为眼睛不好，她非常乐意写这篇序。

听了郭老师的转述，我很感动：虽然她不能为我写序，但她对年轻人的关爱，我已经感觉到了。

4月上旬，我出差到上海，本想去看望一下于老师，可一来因为时间太紧，二来我怕打扰病中的她，犹豫许久，终究没去看她，只是给她打了一个电话，向她问好。在电话里，我第一次听到她的声音——这声音完全和我想象中的一样温和、慈祥。我问于老师的病情怎么样了，她告诉我已经好多了。她还说，她的眼睛几乎失明，是因为治疗心脏病时服药而产生的副作用。我没有再提出请她帮我写序，只是感谢她对我的关怀，并祝愿她早日康复。不过，于老师却主动提起写序的事，她叫我一个月以后把书稿寄给她。

"可是，您的身体，您的眼睛……"我实在不忍心。

"不要紧的，"她说，"我的眼睛已经开始恢复视力，估计再过一个月能行。"

我真的感动得不知说什么好……

后来，我和程红兵、陈军通电话谈及此事，他们都说，于漪老师就是这样的人。程、陈二人还以自己受诲于于漪老师的经历告诉我，于老师一贯以扶持、提携年轻人为己任。

一个多月以后，郭孝平老师将书稿寄给了于老师，又同于老师多次通话。于老师告诉郭老师，请她写序的人太多，对于那些围绕"应试教育"的拼凑之作，她绝不想为之作序。她读了我的《爱心与教育》，觉得我是一个很有事业心、很勤奋的人，愿意为我的新著写序。但她又强调，她不想把序写成对书的空洞而廉价的"好评"，而是想通过这篇序同年轻的语文教师谈谈心。

不久，我又听郭老师说，于漪老师的眼睛又出血了。当时，我在心里为于老师的健康祝福，同时想如果于漪老师不能写序，我的这本书就不要序了。

直到7月上旬的一天晚上，郭老师来到我家，送来了于老师写的序，还有一封给郭老师的信——

郭孝平同志：

您好！

实在抱歉，由于心脏病未根本好转，眼疾又添，稿子断断续续写成，不妥之处请斧正。

我这人从来都说大实话，尽管未与李镇西见过面，但翻看了他的《爱心与教育》及这本书稿后，希望他成为大材，而不是昙花一现的人，故道出了心中的想法。

致

礼！

于漪上

6.22

我看了于老师写的序，果真如她所说，全是"大实话"。反复阅读，我特别注意到于老师在对语文教育现状及改革谈了自己的看法之后写的这几句话："……要警惕两种眼下常见的时弊。一是稍有成绩，稍露头角之时，'炒作'四起，在名噪一时的情况下，失去冷静；二是耐不住寂寞，飞行讲演满天飞，成为社会活动家。……我们这一代教师由于历史曲折等原因，不可能也难以静下心来研究教学，从事较长时间的教改实验，生命中相当多的时间是在哄闹声中浪费的，留下了许多遗憾。……现在的青年同志生逢科教兴国的盛世，学习、实践、研究，社会为他们创造了广阔的空间，只要不懈地努力，前程无量。"

　　殷殷期望，情透纸背！我觉得，于老师仿佛正站在我的面前亲切地注视着我——这是老一辈语文教育工作者对我，也是对所有新一代语文教师的信任！

　　当晚，我便给于老师打了电话，向她表示由衷的感谢，不仅仅是感谢她抱病为我写序，更感谢她对我的鼓励和提醒。随即，我耳边又响起了于老师温和、慈祥的声音："我真是希望你们这一代人比我们做得更好！中国应该有自己的教育家，而不仅仅是做外国教育家的追随者，成为人家理论的'论据'……唉，我们这一代语文教师被耽误得太多了，那时候，谁敢研究教育啊！连写篇文章去发表都要被批判为'白专'，更不要说著书立说了！你们真是幸运，赶上了好时代，一定要珍惜！永远保持清醒的头脑和勤勉的精神，扎扎实实地在第一线耕耘，你一定会取得更大的成绩！"

　　我在电话里对于老师说："我明白您的意思，我们这一代年轻教师的肩上，担负着两代人的使命！你们当年由于时代造成的事业上的遗憾，要由我们来弥补。于老师，我一定记住您的忠告。"

　　我是在对于老师说，也是在对所有对我们寄予厚望的语文教育前辈们宣誓。

　　后来，我读到了于老师写给《从批判走向建设——语文教育手记》的责任编辑郭孝平老师的信——

郭孝平同志：

　　您好！

　　寄来的李镇西"后记"的复印件收到。读了之后深感镇西同志是有志青年。人总是要成长的，岁月不会停留，少年期、青年期也不会停驻；要成人，比成长还难，要靠教育，要靠自觉努力，才能成为素质良好的、对社会有益的人；要成才，难度更大，不仅要吃尽苦头，而且要经受住各种诱惑，各种磨难。成长、成人、成才，一个人标准定在哪一点上，内驱的动力就不一样，眼界、境界也就不一样，最后的成就也就大相径庭。

最近翻阅了一些博士写的书，年龄都在30岁左右，写的东西很有独立的见解，应该说，其中不乏超过年长的教授：不仅在思想敏锐的程度方面，而且在占有材料的广度与剖析问题的深度方面均有独创性，不甘寂寞作不出如此的成就。由此我想到我们教育领域中的一些年轻的优秀者也应该下这样的苦功，执着追求，而不是在哄哄嚷嚷中浪费青春。卓越的成就属于卧薪尝胆、不懈努力的人。

感谢镇西同志对我为何写这样的序的理解。不仅在于蕴含的深意，而且在文风上，也是一扫假话、空话、敷衍话的恶习，也感谢您的理解与支持。

匆复。

致

礼！

于漪上

7.22

读了这封信，我更能理解于老师对年轻人的殷切之情了。

二

拜见于老师，是我很早就有的夙愿。从参加教育工作之初读于老师的文章，到她抱病为我的新著《从批判走向建设——语文教育手记》作序，多年来，我由了解她的教育思想、学习她的教育艺术，进而感受她的高尚人格，渐渐产生了想当面聆听她教诲的强烈愿望。

机会终于来了。1999年暑假，我应邀去张家港市和苏州市讲学，在苏州的最后一天——也就是8月24日，我给于老师打了一个电话，问她什么时候方便，我想去看看她。她在电话里说："你是今天晚上离开苏州到上海吧？那明天早晨八点钟，我在家等你，好吗？"

于是第二天，我在朋友程红兵的陪同下，迎着朝阳驱车来到了于老师的家。可是，按了门铃却没人开门，怎么回事？我看了看表，才7点50分。我不安地问红兵："是不是太早了，于老师还在休息？"红兵答："不会的，于老师早晨总是起得很早。"说着，他看看门铃："哦，可能是门铃坏了。"于是，我们索性直接敲了敲门。果然，里面很快有了应答："来了！"

门一开，于老师很快从书房里迎了出来："欢迎，欢迎！"她把我们引进书房，热情地说："请坐，别客气！"

第一次见到自己仰慕已久的于漪老师，我的心情的确很激动。就像我多次从杂志上看到的于老师的照片一样，她十分和蔼可亲，笑起来两只眼睛眯成弯弯的两条线，让人情不自禁地想到"慈祥"这个词。

和我一起去的还有我11岁的女儿，她本来就有点害羞，初见生人更是拘束。于老师亲切地摸着她的头，说："哟，小姑娘蛮漂亮嘛！"接着问她，"叫什么名字呀？""上几年级了呀？"我女儿一一作了回答。随后，于老师拿出一盒包装精美的巧克力，说："这是送给小妹妹的。"她又抱歉地说："我家那小家伙还在睡懒觉，不然可以陪陪小妹妹的。"她所说的"小家伙"是她的孙女。不一会儿，"小家伙"起来了，于老师对她说："快把小妹妹引到你房间去玩！"

于老师的书房雅致、洁净。相对的两面墙都被书橱覆盖，或者干脆说就是以书为墙。透过书橱的玻璃门，一排排厚重的书籍整整齐齐地屹立着，仿佛随时准备接受书房主人的检阅。它们又仿佛是一个个文化巨人、思想大师，正从历史深处注视着我们……我顿时感受到了于老师博览中外的渊博学识和雄视古今的宽阔胸襟。

我和红兵在于老师的书房里坐下后，首先向于老师表示敬意，感谢她对年轻教师的关怀。

"谢谢于老师抱病为我的书作序！"我真诚地向于老师表达谢意。

她摆了摆手说："不客气。我不过是说了一些我想对年轻老师说的心里话而已。"

我又拿出我即将出版的另一本新著《教育是心灵的艺术》的两种封面设计图，请于老师帮我参谋。她认真地看着、比较着，最后指着其中一个封面说："这个好，庄重而素雅。"

接着，于老师和我们聊起了青年教师成长的话题："你们现在的条件多好啊！国家提出'科教兴国'，这为年轻人成长提供了很好的社会机遇。你们现在不但可以大胆地进行各种教改实验，还可以著书立说，这在我们年轻的时候是不可想象的，那时我们写篇文章发表都要作检讨的。""不过，"于老师话锋一转，"年轻人现在面临的诱惑也太多了！有的优秀教师，也许刚开始的确很优秀，但后来往往经不起名利的诱惑，在一片'炒作'声中被渐渐捧杀。还有一种情况，就是有的年轻教师刚刚取得一点成绩，就被提拔当领导，结果成了打杂的，业务也渐渐荒疏了，实在可惜。所以，年轻的同志一定要超越名利，沉得下去，潜心于教学和教育科研。"

这一番话，于老师说得语重心长，我和红兵长久无语，都被于老师关心青年教师成长的一片真诚感动了。聆听于老师的一席话，我们真的是"如沐春风"！

于老师关注的不仅仅是语文教育。在老朋友一般的聊天中，她和我们谈科教兴国、经济改革、反腐倡廉等社会热点话题。我惊讶于她的视野之宽阔，更敬佩她有一颗忧国忧民之心，这是一颗滚烫的中国心！

"于老师，您说话这么直，肯定得罪了不少人吧？"我问道。

"是啊。可我这人一辈子都喜欢说大实话。"她随即给我们讲了这么一件事——曾经有某领导以权谋私，竟然动用教育经费修建私人豪华住宅。于老师得知这个情况后，多次向有关部门反映。最终，这个领导受到了处分。"不过，此人后来又被调到另外一个地方当官了！"于老师无可奈何地叹了一口气。

听到这里，我对于老师更加肃然起敬。如果说以前我对于老师的了解更多的是她对于同志的真诚，那么，现在我还感受到了于老师疾恶如仇的正直品格。

时间不知不觉地过去了一个多小时，我知道于老师还要去医院看她爱人，于是，我们便起身告辞。

于老师拿出她的新著《语文教学谈艺录》赠给我，并谦虚地说："请多指正啊！"我翻开扉页，看到于老师在上面工整地写了一行字：请李镇西同志指正。

临走前，我拿出相机，和红兵分别与于老师合了影。于老师想送我们下楼，我和红兵坚决不同意。于是，她便请她的儿子代她送送我们。我们走到楼下，正要上车，突然听到于老师叫我们"等一等"，我回头一望，于老师正从她家的窗户探出身子来，手里扬着那盒巧克力："东西忘拿了，我给送下来！"这怎么能行呢？我赶紧叫女儿跑回去接于奶奶送的礼物。

在于老师的目光中，我们的车缓缓启动了。但过了很久，我仿佛还能感受到于老师殷切的目光……

三

从那以后，我和于老师的联系一直没有中断，或电话，或书信。2000年秋天，我暂别讲台，来到苏州大学师从朱永新教授攻读教育哲学博士学位。我给于老师去信，说了我的"新动向"。于老师很是欣慰，表示支持我的选择。

读博期间，一家杂志要发表我的《荷塘月色》教学课堂实录，希望请一位名家写点评，我再次想到了于漪老师。不久，于老师寄来了她的点评——

这是两节内涵丰富、具有鲜明时代色彩的语文课。合上课堂实录，学生思维活跃、兴味盎然的情状历历在目，教师切中肯綮、点拨精当的话语久久萦绕耳畔。教师引导学生步入语文求知的殿堂，体验勇于追求、乐而忘返的欢乐。

教师视学生为一个个活泼泼的生命体，尊重学生，平等对话，探究气氛浓郁，学生个性获得发展，潜能得到开发。教育，说到底是培养人，学科教学是育人的重要组成部分，不具备现代教育观念，就会陷入重书轻人、机械操作的误区。这两节课的教学处处以学生为本，以促进学生个性的健康发展为本，学生的求知欲望得到满足，对语言的揣摩，对文章思想感情的领悟，均能打开思想的闸门，知无不言，又言无不尽，再佐以教师的推敲，因而，精彩纷呈，常闪烁智慧的火花。教师始终与学生处于平等的地位，不以"权威"自居，而是作为学习课文的一员，积极参与讨论，谈自己的阅读感受。有时要言不烦，意在点睛，给学生以深深的启迪；有时明说"不过我也不知道，因为这可能永远是个谜"（绝非搪塞，而是列举种种研究成果），意在留给学生思考的空间，继续学习的空间；有时提出"现在，我能不能也提几个问题啊",意在深入开掘,弥补学生探究的不足。教师、教材、学生三维空间碰撞、交融,奏出了美妙、和谐的语文交响乐。

语文教学要加强综合,注重知识之间、能力之间以及知识、能力、情意之间的联系,重视积累、感悟、熏陶和培养语感,致力于语文素养的整体提高。这两节课在这方面表现得十分突出,语文教学的多功能发挥得淋漓尽致。关键的语言文字放在特定的语境中理解、品味、鉴赏,感悟是灵动的,具个性色彩的;指导朗读、培养良好的学习习惯与方法,研究作者与创作背景,探究作品的写作意图与价值取向,把知识传授、能力培养、智力发展与思想情操陶冶熔为一炉,发挥了语文的实用功能、发展功能、审美功能,学生在潜移默化中获得了多方面的培养。

更为难能可贵的是,教师不仅在各个教学环节中注意循循善诱、逐步深入,探求真知,更在于教师能把自身的文化积淀融于教学之中,提高课的质量与品位,提升学生的思想情操。对课文作者的总体认识与评价,对课文意义的阐发,对通感收发的比拟,对重点词句推敲的延伸,对媒体相关报道的评论等,看似信手拈来,实则平日勤于阅读、积累文化的必然展现。而这些挥洒自如的讲解,对学生最有吸引力、最有感染力、最有启发性,也是课最能发光的亮点。学生以学为主,教师不学无以为师,教师学识丰厚,学生终生受益。

听李镇西老师的课,应该说是一种幸福。

这里我全文引用于老师的点评文字,倒不是因为她对我的过奖之词,而是于老师通过点评我的课再次重申了她一贯的语文教育思想:人文、民主、平等、尊重……发挥语文特有的育人功能。快20年过去了,这些理念至今仍是不少语文课堂所缺失的。

我博士毕业前夕,于老师关心我毕业后的去向,特来信问:"您毕业后的去向到底是什么?想不想来上海?要说发展,可能上海的空间比较大,搞教育的很多,照搬国外的更不在少数,就是眼睛不向下,缺少中国本土的根基,难有中国自己的教育学。语文的优秀分子不多,发展天地比较大,这个领域很需要卓越人才。明年春天您来沪时可认真商量一下。如需推荐,当鼎力相助。"

此刻，当我对着于老师的来信手稿在笔记本上打下"鼎力相助"四个字时，眼眶情不自禁地湿润了……

但我后来并没有按于漪老师的期待去上海，也没有按我导师朱老师的意愿留在苏州，而是回到了成都。我先是在成都市教科所（现在成都市教科院的前身）工作，但实在不习惯教科所的工作，一年后便主动要求回到校园。于是，我去了成都市盐道街中学外语学校，当上了班主任，又上起了语文课。新年前夕，我给于老师写信并寄去贺卡，汇报了我的新单位。

于老师回信——

李镇西同志：

新年好！

收到寄来的贺年卡，很高兴。

得知您又回到学校，教语文，做班主任，尽管很忙，但很开心，这就好了。教育第一线确实十分需要专家型的教师，有理论有实践，才能真正做出有益于学生终生的事。现在要真正做点脚踏实地的事也是极不容易的，外界的干扰很多，自己又要耐得住寂寞。您能回到教育第一线，实属不易。祝您在新的一年里事业发展，全家幸福！

于漪上

元月二日

再后来，我事情越来越多，也越来越忙，和于老师联系的次数少了，只是偶尔给她打打电话问候，但她一直关注着我。记得2007年8月，时任国务院总理温家宝对我校的平民教育予以高度评价，一时间媒体争相报道，于老师知道了此事，便在电话里祝贺我，鼓励我继续践行，踏实地干下去。

今天，为了写这篇文章，我翻箱倒柜地找出于老师给我的所有信件，每一封、每一句、每一字都让我心潮起伏，感动不已。于是，我又忍不住拨通了于老师的电话。

好久没和于老师通话了，不知她的身体怎么样，但电话那头的声音一出现，我就知道于老师的身体好着呢！我说："于老师，我记得您是1929年出生的，生日是在2月份，但具体哪一天我不清楚，但还是为您送上生日祝福！您身体还好吗？"她说："马马虎虎吧，老了，呵呵！"我说："一听您的声音就知道您身体不错。"然后又说，"我今天重新翻出您给我的信，读了之后就忍不住想给您打电话。真诚感谢您这么多年对我的关心和支持！"于老师说："应该的，应该的。"她问我，现在情况如何？不当校长了，在做什么？我对她说，现在主要是推广新教育，并指导年轻教师。她很欣慰："这个好，这个好。"从电话里我听到于老师那边比较嘈杂，估计家里有客人，于是对她说："于老师，您多保重身体，下次去上海时去看您！"她说："好呀，到时候提前给我打电话。祝你新春快乐，给你拜个晚年！"

我想借用程红兵说过的一句话，作为我对于漪老师的评价，并结束这篇长文："于漪老师心里全是孩子，她的希望全在青年教师！"

2017 年 2 月 18 日晚

钱梦龙：不仅仅是教育家

一、照着钱老师的教法"依葫芦画瓢"

在我刚参加工作的 20 世纪 80 年代，钱梦龙老师是一个美丽而神圣的传说。读他的文章，我觉得是在听一位高居云端的智者的谆谆教诲。

不仅仅是"听"，我还做，照着钱老师的教法"依葫芦画瓢"——自读呀，教读呀，复读呀，包括让学生写自读笔记，等等。当时，我这些在周围不少人看来颇为标新立异的做法，其实都打上了浓浓的"钱氏烙印"。1985年，我在一篇稚嫩的文章中这样介绍自己的阅读教学："每学一篇新课文，首先不是由我交代学习重点，而是让学生就课文提问，越多越好。如学《故乡》一课时，全班学生就课文共提了 82 个问题，有的涉及思想内容，有的涉及写作手法，有的只是涉及对某一字、词、句或标点用法的理解。学生一旦提问，就已经处在主动求知、积极思维的状态中了。围绕'问题'展开的一系列活动——提问、钻研、讨论、争鸣、释疑等，无不体现了口语训练、思维训练与阅读训练的和谐统一。"这些做法，不就有着鲜明的钱梦龙的"范儿"吗？

二、他具有真正知识分子的广博胸襟

直到 2003 年 11 月，我才第一次见到钱老师。那次好像是在会场上，我和钱老师只是礼节性地简单寒暄了几句。次年 5 月初，我和钱老师再次相逢于浙江永嘉，这次我有幸在宾馆房间里与钱老师有了时间不算太长却还算比较深入的交谈。

我们基本上没有谈语文教学，也尽量回避这个话题，因为就语文教学而言，我根本就不能和钱老师在一个平台上对话。我和钱老师交谈的话题，更多的是社会，是时政，是国内形势，是国际风云……我从钱老师的谈吐中强烈地感受到他拥有的真正知识分子的广博胸襟，以及一颗心忧天下的赤子之心。他既有中国传统文人的风骨，同时也有现代公共知识分子的气质。他谈到了他的"右派"生涯，谈到了1957年后一连串的政治挫折。我感慨道："如果没有这20多年的蹉跎岁月，您将为中国语文教育作出更多更大的贡献！"他却淡然一笑，说恰恰是生命旅途中的这些挫折，才使他变得稍稍成熟了一些。在他的心目中，比起民族国家的命运，个人的命运永远是第二位的。钱老师豁达、宽厚，虚怀若谷，谈及这么多年来围绕他的学术观点的一些争论，他仍然是淡淡一笑。

三、"我和镇西有着非比寻常的友谊"

从那以后，我们通过电子邮件保持联系与交流，互通一些共同关心的信息。我常常从钱老师给我的一些信息中感受到窗外的世界，感受到了中国发展的走向和人类进步的潮流。钱老师曾在一篇文章中说，"我和镇西有着非比寻常的友谊"。我想，可能就是因为我和钱老师的友谊与一般朋友间的交情相比，更多了一份心灵上的共鸣吧。

真正和钱老师面对面地集中聊语文教学，是2010年3月我请钱老师来我校讲学期间。那天，我请钱老师在成都郊外的洛带古镇老茶馆里品茗，话题散漫，随兴所至。钱老师说他很喜欢成都的慢生活，然后解释说，所谓"慢生活"的"慢"，不只是速度的"慢"，更是一种悠闲的心态和从容的气度。

话题"漫"到了语文教育。钱老师谈到他以"三主"为特征的"语文导读法"的由来。他说，这不是短时间纯理论的演绎推导，而是自己几十年课堂耕耘、"田野研究"水到渠成的自然结晶。我突然想到钱老师所欣赏的"慢生活"。这不也是一种"慢"吗？几十年的实践、思考、提炼，最后形成的成果，不过就是15个字："学生为主体，教师为主导，训练为主线"。比起现在某些专家动辄就"第一个提出了……""国内率先……""填补了中学语文教育界的……"钱老师"三主"的诞生，实在是太"慢"了。

四、钱老师自己培养自己

钱老师成长与成名的过程也很"慢"。现在，有的渴望成长的青年教师总是期待着别人来"培养"自己，所谓"培养"就是"搭建平台""提供机会"等。我总是告诉他们："没有谁能够培养你，能够培养你的只有你自己！"说这话的时候，我总是给他们讲钱梦龙老师的经历。在我看来，钱老师几十年来从一名青年教师成长为杰出教师，堪称励志典范。

只有初中毕业，却做了高中教师，最后竟然成为语文教育的大师。这是谁培养的？当然是钱老师自己。钱老师曾经跟我谈及他小学和初中是如何留了四次级的，谈他为什么没有读高中，如何初登教坛便崭露头角，如何在逆境中坚守内心的理想和信念……等 1979 年"复出"时，他已经 48 岁了！然而，他执教的一堂公开课《愚公移山》却反响强烈，引起轰动。钱老师因此破茧而出——第二年年初，他便被评为上海市特级教师，这不能不说是个奇迹。

20 多年炼成特级教师，是够"慢"的。但了解钱老师经历的人都会觉得，这是命运对他理所当然的回报。他后来说："无论我坠落到怎样的谷底，我都没有放弃，即使在处境最艰难的那些日子里，只要容许我走上讲台，我仍然一如既往地践行着我的教学理念。因此，一旦机遇来敲门，我就能紧紧抓住。如果我在屡遭挫折以后，心灰意冷，看破红尘，从此一蹶不振，放弃我所有的教育追求，那么即使给我一百次教《愚公移山》的机会，我也不可能破茧而出。"

永远不放弃追求，"穷且弥坚，不坠青云之志"。逆境中的钱老师做到了。这是他自己培养自己的第一要诀。现在的年轻人纵有千般艰难，能难过钱老师当年的遭遇吗？

五、"尽管学历不高，却一直以'读书人'自许"

钱老师自己培养自己的第二个"秘密武器"，就是不停地阅读。他虽只有初中文凭，但学问显然远远不只是初中水平。他曾经说："我虽然学历不高，但在小学毕业前就爱读各种课外书，进入中学后更是手不离书，所以尽管学历不高，却一直以'读书人'自许。"他从小学六年级起就爱读课外书，最初是看小说，中国的"四大名著"和"聊斋""儒林"等，读得爱不释手。进入中学后，他成了当时学校里唯一有较多个人藏书的初中生。在初一、初二两年间，仅《红楼梦》，他就看了至少三遍。到初二时，少年钱梦龙已把《唐诗三百首》差不多全背了出来，连《长恨歌》《琵琶行》这样的长诗，都能一背到底。后来，他又由读唐诗扩展到读《古文观止》，再由读古代诗文扩展到当代作品，比如鲁迅的杂文、小说、散文。他几乎买齐了鲁迅所有的杂文集、小说集的单行本。现在，有多少中学教师能够有这样的阅读面？厚积薄发，这大概就是钱梦龙仅凭初中毕业的"资历"居然敢于走上高中讲台的一点"底气"吧，也是他被"冷藏"多年后执教《愚公移山》一鸣惊人的真正原因。他后来成为中国当代语文教育界的泰斗，自然实至名归。

所以，我常常对年轻教师说："只要你肚子里真正有学问，你怎么上课都叫素质教育。因为所谓'素质教育'，就是高素质教师的教育！"说这话的时候，我心里想的就是钱梦龙老师。

六、钱梦龙语文教育思想的魅力，其实就是常识的魅力

钱老师曾经对我说："刚当老师时，我想的很简单，就是我怎么学语文的，我就怎么教语文。我从未接受过师范教育，完全不知教学法为何物，在我的知识储备中根本找不到这个问题的答案。但我终于从自己学习国文的切身经历中得到了启迪：我在学生时代国文不是学得很好吗？我靠的是什么？自学。因此我想：如果我能够鼓励学生像我当年自学国文一样自学语文，学生不也就能学好语文了吗？"钱老师最初教语文时，首先想的不是怎样"讲"文章，而是自己怎样"读"文章。自己怎样读，就怎样教学生读。比如，自己爱朗读，就教朗读；自己爱边读便勾画圈点，就教学生也边读边勾画圈点；自己读书时好思考、好提问，就教学生在阅读时也思考并提问；自己爱舞文弄墨，就教学生课外练笔……就这样，钱老师一开始的语文教学法就与众不同，而这并非他刻意追求"标新立异"，而是想让语文教学回到朴素的起点。

我年轻时曾追逐过各种花样翻新的教学法，但后来渐渐无所适从。是读钱老师的文章，让我追问自己两个非常朴素的问题："我给学生训练了这

么多的方法，当年我是不是这样学语文的？""学生做的那些古怪的考试题，我是不是都会做？"答案往往是否定的。然后，我又问自己：当年我自己是怎样学习语文的？无非就是多读多写，哪有那么多的"方法""技巧"？对比现在学生的语文学习，我又不禁思索：学生应该读什么？（仅仅是课文吗？）学生应该怎样读？（非要用所谓"关键词""关键句"把文章切割得支离破碎吗？）学生应该写什么？（仅仅是教师命题吗？）阅读量应该有多少？（仅仅限于教材篇目吗？）写作量又应该有多少？（仅仅限于课堂作文吗？）学生应该怎样读？（是不是非要"受教育"不可？）学生又应该怎样写？（是不是非要写"托物咏志"或"借景抒情"的杨朔式散文不可？）……养成多读（尽可能多地接触语言材料）、多写（尽可能多地实践语言技能）的习惯，在不断的熏陶、感染、领悟中形成对语言的敏感和敏锐（即人们通常所说的"语感"），这就是我自己当年学习语文的经历。我想这可能也是大多数语文教师有过的体会。我们何不把这些质朴的道理告诉学生，并设法让他们具备这样的语文学习习惯——实际上也是生活习惯呢？

最后，我根据自己的学习经历总结出两点：阅读，就是让思想自由自在地飞翔；写作，就是让心泉自然而然地流淌。根据这两点实施语文教学，于是我的课便被人称作"教学创新"，是"素质教育"。

30多年来，钱梦龙老师以其教育思想和操作模式影响了中国语文教育界乃至整个基础教育界。但细细想来，他的"三主"也好，"导读"也罢，那么通俗，那么质朴，寥寥数语，却博大精深，可谓"大道至简"。钱老师说："有朋友认为我有'前瞻性'，其实我只有'后瞻性'，因为我的这些教学理念完全是从自己少年时代的自学历程中悟出的。"是的，钱梦龙语文教育思想的魅力，其实就是常识的魅力。他所拥有的推动中国语文教育改革的力量，其实就是常识的力量。

七、"你的评价可谓'深得我心'！"

现在，钱老师依然坚守着常识，并不断言说着常识。面对当今语文教育某些违背常识的观点与做法，年逾八旬的他，旗帜鲜明地再次发声。在其新著《教师的价值》中，钱老师细数常识，直言不讳——

语文教学，说到底就是民族语教育。民族语教育正是语文教学之"魂"！

我想，一位语文教师，如果确实教得学生能够熟练地运用民族语，能读会写、能言善听，则厥功至伟，此外还有什么呢？

语文教学，说到底，就是这么回事：教会学生读书和作文，使学生在读和写的实践中学习和掌握汉民族语。

总之，语文教学认定了民族语教育这个目标，多一点对民族传统、民族文化的尊重，也就找到了语文教学的"魂"。少一点花里胡哨，让学生实实在在地接触文本，实实在在地触摸语言，实实在在地学会读书和作文（包括听和说），语文是完全可以教好的，决不会"越教越不会教"。

"语文素养"就是"语文的素养"。凡是与语文无关的素养就不应该进入"语文素养"的范畴，比如思想品德修养、爱国主义等。

语文教学过程，实质上就是语文训练过程。训练是语文教学中师生互动赖以进行的"基本形态"，有了这个"基本形态"，语文教学才有血有肉，才会有生命活力；如果语文课抽掉了训练，那么语文教学除了剩下一个"空壳"，还能有些什么呢？

接受美学也并不认为读者可以随心所欲、毫无限制地阐释文本。所谓"一千个读者就有一千个哈姆雷特"，只是不同的读者从不同的角度解读哈姆雷特的结果，但哈姆雷特还是哈姆雷特，不会是张三李四或王五赵六，可惜我们在强调学生作为阅读的主体时，往往忽略了文本给予读者的暗示或提示对解读自由度的限制。这种剑走偏锋的所谓"多元解读"对阅读教学的损害，其实不亚于"标准答案"。

"教学文本解读"就是为了教学的需要而解读文本。它区别于"社会解读"与"文学解读"的主要之点在于解读的内容与难度受教学对象的制约，因此它是一种"目中有人"的解读。比如鲁迅的《故乡》，是初中教材，解读时就要适应初中学生的认知水平；小学教材里有《少年闰土》，是《故乡》的节选，解读的内容与难度就应该与初中有所区别。因此，教学解读是一种"不自由"的解读，既要正确地阐释文本，又要受制于教学对象，不像社会上一般读者那样可以随心所欲地解读文本，也不像文学解读那样必须刻意求深求新。

现在有一种很时髦的提法，叫"深度解读"，本意是不错的。解读文本当然不能仅仅触及皮毛，流于肤浅；但所谓"深度"，却是一个内涵不确定的模糊概念。怎样解读才算达到了"深度"，并无标准，于是教学中出现了刻意求深、为深而深的现象。这种现象在一些"新生代"名师的教学中尤为多见——他们从文本中往往"深挖"出一些惊世骇俗的思想，自炫深刻，也确实能博得一些年轻同行的喝彩。这些貌似深刻的解读，有一个共同的特点，那就是不看教学对象，为求深而求深，语不惊人死不休，目的不在于踏踏实实地教会学生读书，而在于展示教师个人的才华、素养；这种解读，除了让学生和听课者自惭浅薄、对执教者五体投地、高山仰止而外，还能有什么结果呢？

其实，在这样的阅读课上，不仅工具性失落了，就是人文性也被架空或扭曲了。

......

读着钱老师这些绝非无的放矢的犀利语言，我再次感到，他的确谈不上有多么"深刻"，他的教育思想之所以30多年来一直有着鲜活而源源不断的生命力，其实不过是常识的生命力！

写到这里时，我便在微信上把我对钱梦龙老师的这个评价告诉了他。他马上回复我说："重视常识，回归常识，这正是我在语文教学上一贯的追求，因为我觉得朴素的常识有时候比精致的理论更接近真理。你的评价可谓'深得我心'！"

八、"我们拥抱一个吧！"

最近一次见钱老师，是2016年1月。我得知钱老师生病了，心里一直惦记，决定去看望他。根据钱老师给我的路线图，我非常顺利地找到了钱老师的家。等我到了二楼钱老师的家外面，他已经笑眯眯地把门打开等着我了。

虽然钱老师说他最近体重减轻了九公斤，但我看不出来。钱老师说身上少了很多肉，还幽默地说："九公斤啊，还是好大一堆肉的。"钱老师说，他前段时间患了急性肺炎，后来又产生了药物过敏，折腾了很长一段时间，现在基本上好了。我看也是，钱老师看上去气色真的不错。他说，今天本来应该去复查的，但不打算去了。我一听就着急了："是不是因为我要来看你，你就不去复查了？"他说："不是的。本来我就不打算去复查。复查嘛，总归要查出点问题，然后医生又要你吃药。我觉得能不吃药就不吃药。"

我们自然又聊到了语文教育。钱老师深感现在的语文教学越弄越复杂，越弄越玄乎。他认为，语文教学中的课文解读，不是社会解读，不是学者解读，而是针对特定学生的教学解读。"如果不是针对学生，而是你一个人解读，你想怎样理解就怎样理解好了，没关系的，但你是针对学生，那就要考虑学生的实际情况。语文课不是自言自语地宣读你的研究论文。"我完全同意钱老师的观点。

我跟钱老师谈到我最近写的一篇文章，谈今天我们应该怎样做语文教师：有学问，有思想，有情趣，有才气，有胸襟。他说："这五点说得好！语文教师就应该这样。"我说："我在写的时候，想到的这样的教师就是你。一个教师如果真正有学问，哪怕他'满堂灌'，也叫'新课改'！"钱老师马上说："是的，教师该讲还得多讲。"我说："什么叫'素质教育'？高素质的教师所搞的教育，就叫'素质教育'！"他哈哈大笑："对对对，说得好。"

"高素质"从何而来？我和钱老师都认为最主要的途径是读书。钱老师特别强调阅读的"童子功"，他说："其实语文教育，主要就是教会学生读书，让学生一辈子都喜欢读书。"我说："现在许多语文教师恰恰不读书，他们离开了教参就不知道如何教书了。我曾经说过，和老一辈大师相比，我们连学者都谈不上。现在各学科本科文凭的教师很多，甚至硕士、博士都有了，但真正有学问的教师并不多。您连高中都没读过，就初中毕业，而且还留过几次级——"他插话道："是的，小学留级三次，初中留级一次。"我继续说："可是您最后成了大家，为什么？因为您一直不停地阅读。所以，初中毕业不等于您的学问只有初中。您一直没有停止追求，不停地阅读积累，所以才上出了《愚公移山》那样的经典课堂。这就是厚积薄发。"

我们由教育谈到社会，谈到国家，谈到中国的明天……不知不觉一个多小时过去了。一来我不忍多打搅还没完全康复的钱老师，二来我本身还有事要回浦东，于是便起身告辞。

临别前，钱老师说："我们拥抱一个吧！"于是，我紧紧地拥抱了钱老师。

九、仅仅把钱梦龙老师理解为教育家，远远不够

这篇文章已经很长了，但我还不得不谈谈我对钱老师人格的感受。古代知识分子讲究"道德""文章"合二为一，所谓"知行合一"。现在许多所谓的"知识分子"却"道德"是"道德"、"文章"是"文章"，知行分离。但在钱梦龙老师身上，我看到了知行合一的古风。中国传统文化中修身养性的思想，已经化作他自然而然的生活方式。这是"那一代"共同的风范。和我接触过的于漪老师、陈钟樑老师、洪镇涛老师、欧阳代娜老师等前辈一样，钱梦龙老师具有很高的人格修养。这种修养不是"做"出来的，而是自然而然地流淌出来的。

跟他聊天，你会感到面对的不是一位大师级的语文教育家，而是一位可敬的长者、可亲的朋友。我这人说话好激动，而且直率，每次说话时，钱老师总是静静地倾听着，不时理解地点点头。那一刻，我真的是感到了什么是长者风度，同时也感到了自己的无礼与浅薄。有一个细节可能钱老师都忘记了，但让我很感动：那年我应邀去钱老师的学校讲课，他每次陪我吃饭时总要对服务员说："请上一碟辣椒酱，我的这位朋友来自四川。"

我越来越感到，仅仅把钱梦龙老师理解为教育家，是远远不够的。他首先是一个有良知、有骨气、心灵年轻、视野开阔、志向高远、精神自由的现代知识分子，同时又是一位和蔼可亲的长者，一位可以给人以心灵安全感的朋友，甚至是一位乐于让朋友"肆无忌惮"和自己开玩笑的铁哥儿们！

钱老师内心深处坚守着自由和民主的理念，在他那里，"自由"和"民主"不是写在纸上的时髦口号或挂在嘴边对别人"启蒙"的理论，而是一种生活方式，一种心灵诉求，一种人生态度，其核心是对"人"的尊重。

钱老师有一种迷人的学者风度，这风度绝不是来自外在的包装，而是他高贵的灵魂散发出来的精神芬芳。

但愿这种气质、这种风度、这种芬芳，不会随着时代的推进，成为中国知识分子的绝唱。

2015 年 6 月 15 日

李吉林："长大的儿童"

每次想到南通，就感到一阵温暖，因为那里有李吉林老师。

最早知道"李吉林"这个名字，是 2001 年我攻读博士学位的时候。有一次上课，导师朱永新说到当代名师时提到"李吉林老师"，满脸敬意。我却感到惭愧，因为孤陋寡闻，又长期教中学，所以对小学名师知之甚少。

于是，我开始关注李吉林老师的文字。报纸、杂志包括网络上所有关于李老师的文章我都看过，因此知道了李吉林老师和她的"情境教育"，知道了她从 1978 年开始就在课堂，在田野，在孩子的心上，潜心研究探索，成长为了一名教育家级的小学教师！

第一次见到李吉林老师，是 2004 年 1 月在北京参加"中国当代教育家"丛书组稿会期间。当时教育部有关部门在全国遴选了十几位当代教育家，准备由高等教育出版社为每位教育家出版一部带有传记性质的著作，于是便把这些教育家请到北京开写作座谈会。正是在这次会议上，我第一次见到了李吉林老师。

当时李吉林老师已经 66 岁了，但青春的美丽依然留在眉宇之间，举手投足间散发出一种优雅的气质。尤其是她与人打招呼时的点头微笑，让人感到一种自然而然的亲和力，更让我感到了一种久违的教养。她的谦逊给我留下深刻的印象。座谈中，谈到写书，她表现出一种受宠若惊的不安："我做的这些还远远不够，承受不了这么高的荣誉啊！"这与当时有个别同时受邀的"教育家"不加掩饰的自负傲慢形成鲜明对比。后来，李老师的《情境教育的诗篇》问世，引起教育界的热烈反响。我细细读完这部 43 万字的巨著，受到震撼，感受到了李老师寓于朴实无华的伟大辉煌。

我和李吉林老师见面的时候并不多。有时候开会碰碰面，我向李老师问好，她总是那么和蔼地点头微笑，向我问好，然后便匆匆擦肩而过。我常常关注有关李吉林老师的报道。有一次，我在《人民教育》上读到一篇关于她的文章（或者是她写的文章，我记不清了），李吉林老师说："我爱儿童，一辈子爱。如今我已不是儿童，但喜似儿童，我只不过是个长大的儿童。我多么喜欢自己永远像儿童！因为我是他们的老师和朋友。"我怦然心动，因为我也是这样想的，也一直把自己视为"长大的儿童"。我当即拨通了李吉林老师的电话，诉说我的共鸣，向她表达敬意。

2015 年 10 月中旬，我和武侯区一群教师去江苏南通接受新教育培训，决定去看望李吉林老师。通过朋友冯卫东跟李老师约好周三去看她，但周二晚上冯卫东给我发短信，说："李老师以为你今天去，她早早就来到学校办公室等你。"我顿时既感动又不安，更急切地盼望着第二天快点到来。

第二天下午，我早早地来到南通师范学校第二附属小学。在二楼的一间陈列室，我一边看学校有关李吉林老师的陈列展览，一边等着李老师。三点钟左右，我听到一阵急促的脚步声，转身一看，李老师几乎是小跑着进入房间，走到我面前紧紧握着我的手："李老师好！欢迎欢迎！"听着李老师气喘吁吁的声音，我当时感动得不得了，赶紧拉着李老师坐下休息。

我问李老师："您现在身体还好吧？"

她说："还行吧！我今年 77 岁了，比你大 20 岁——你 1958 年的，我 1938 年的。"

我暗暗惊讶她居然还知道我出生于 1958 年。

"听说您现在都还没退休？"我问。

她说："是的，当初领导叫我继续干，我就一直干到今天。"

"您每天都来学校上班？"我又问。

"是呀，我每天上午准时来学校，中午回去吃饭、休息，下午上班时间又准时到学校。这么多年，习惯了！"她说。

李老师又说："我 18 岁中师毕业就来到这个学校，一直没有离开，都在这里教书。"她跟我聊起了往事，说到自己 18—28 岁时的课堂教学，得到领导的肯定。"1956—1966年的探索很有价值，受到领导的关注，说要好好培养这个年轻人，结果'文化大革命'中我就受到批判。那时候，满校园都是批判我的'大字报'，到处都是。"

我惋惜地说："那应该是你最宝贵的青春年华，不然你会更早出成果的。"

李老师说："是呀！我真正搞研究是在1978年，那时都已经40岁了。我带了一个实验班，搞了五年实验，取得了成功。但1983年我就没带班了，专门负责指导情境教育实验。"

李老师拉家常般地和我聊着她研究情境教育的一些事，讲她和孩子的感情……她满脸幸福地对我说："前不久，我几十年前教过的学生来看我，大家非常亲热。有一个孩子还记得，当时我在他的作文'塞'字下面画了一条红线，表示赞扬，说这句话中的'塞'字用得好！这个孩子当时成绩不好，但我一直鼓励他，所以他到现在还一直铭记着。"

这个细节让我看到李老师在日常教育中是怎样点点滴滴地关心并鼓励学生的。我相信这样的细节还有很多，李老师也许不一定都能记得，但她历届的学生肯定会永远记得。

我提到了她说自己是"长大的儿童"，她说："没有童心，当不好小学语文教师。"

我读过她的这样一段文字："看山看水小学最美，儿童最让我爱恋。从此我像农民忠实地守着自己的园地，不断地耕耘，不断地播种，不断地收获。泥土般的气息，稻谷似的芳香，仿佛又有清粼粼的河水流淌，让我享受着田园诗人一般的纯净与甜美。"

我理解李老师研究情境教育最质朴的动机，就是对儿童的爱。情境教育，核心是一个"情"字，首先就包含教师对儿童的热爱。用李老师的话来说："情境教育非常讲究一个'情'字，有情的教育，使教师和学生之间不再是传统的隔膜状态，而是亲、助、和的人际情景。珍爱学生的情感，关注儿童的情感世界；倾注自己的爱心，将其渗透在职业道德中。"正是这"倾注"和"渗透"，让她有一种"为了孩子的一切"的责任，有一种研究儿童发展规律的欲望，更有了一种持之以恒探索实践的毅力。从"情景教学"到"情境教育"再到"情景课程"，她由一名普通的小学教师成长为一名具有国际影响力的教育大家。我再次感到，对儿童的爱，能够使一名教师变得聪明起来，最终走向卓越！

在我看来，李吉林老师所创"情境教育"的意义，不仅仅是为中国素质教育提供了一条科学有效的路径，还在于为中小学教育科研提供了一个实事求是的范本。当今中国，不少学校盛行着华而不实甚至弄虚作假的"伪科研"——所谓"教育科研"成了贴标签、写文章、玩概念。有的学校仅仅是把教育科研当作"彰显特色""打造品牌""提升形象""扩大影响"的捷径，请几个专家帮着提炼几个新名词，然后打出一个"××教育"的旗号，就成了教育科研成果。很显然，这些所谓的"教育科研成果"，是说出来的，是写出来的，是编出来的，是吹出来的，除了用于迎接领导视察、应付检查验收、写汇报、做展板外，一点价值都没有！

看看李吉林老师是怎样做的：为了实验的需要，她半夜起身，孤身一人赶在黎明前到达看日出的观察点，进行实地设计；为了让孩子学好仿生学的课文，需要观察活鱼，当时市面上还没有塑料袋，她端着盛水的盆到市场自己掏钱买鱼；为了让孩子从生活里领悟浅近的哲理，练习写作文，她顶着烈日到田埂、沟边寻找老黄牛、大水牛……春天的山坡，夏天的荷塘，秋天的田野，冬天的雪地，她先于学生去观察，郊外的田埂、小河、土丘上都留下了她的足迹。她沉浸其中，虽苦犹甜。李吉林老师的"情境教育"，就是这样用20多年的时间一步一步做出来的。所以，"情境教育"绝不是一个标签，而是有着宏大理论体系和细致操作模式的鲜活的素质教育。这是李吉林老师以其爱心与智慧躬耕田野的硕果，是富有中国气派的教育理论与实践的结晶。

但李老师总是心怀感恩，给我说哪个领导对她的关心，哪个专家对她的指导，哪个编辑、记者对她的支持……"我的第一本书还是你们四川人民出版社出版的呢！"她说，"当时出差，在火车上和四川人民出版社的一位编辑聊起我的情境教育，他热情地鼓励我把我的思考和实践写下来，我便答应了。但后来一直很忙，便拖着没写。后来人家又催我，我感到对不住人家，便集中精力写成了我的第一本著作。后来，这本书还得了奖呢，真得感谢出版社！"李老师自然而然地说着这些话。我又想到那年在北京开会时她发言时的真诚与谦逊。

李老师如今名满天下，然而却一直待在学校。她说："我也就喜欢教书，单纯。我也不会当校长，叫我当我也不当。我就喜欢孩子，孩子们也喜欢我。"

我问李老师："您现在很少外出吧？"

她说："是的，我现在哪儿都不去，每天就在学校做我自己喜欢做的事。现在，最喜欢的就是自由自在。每天都到学校，研究情境教育中的儿童学习。"

她现在虽然不上课了，但依然在研究情境教育。说起专门为她成立的"江苏情境教育研究所"，她不住地夸和她一起工作的年轻人："现在我们研究所的年轻人可好了，彼此之间相处简单，肝胆相照，像一家人一样。"说着，她爽朗地笑了。

分别时，李老师硬要送我下楼。我坚决不同意，但她说："一定要送，一定要送，我就送你到楼下。"我怎么也拗不过她，便扶着她下楼，她说："不用，我身体好着呢！"

到了楼下，我与李老师握手告别。走了几步，我回头和她招手，让她回去，她却依旧笑眯眯地目送着我。身后的教室外墙上，李吉林老师手写的一幅堪称书法作品的题词赫然醒目——"师德为上，真情倾注，终身乐学，方为人师。李吉林二〇〇一年春"。

2015 年 11 月 3 日于成都至恩施的高铁上

吴正宪：永远在花季

对吴正宪老师，在很长一段时间里，我只知其名而不识其人。

很多年前，有一套"教育家成长"丛书，我忝列作者队伍。我对小学不熟，对小学数学教育更是门外汉，所以除了李吉林等著名的小学语文特级教师外，我对小学数学界的其他名师真的知道得很少。知道"吴正宪"这个名字，只是因为教育部师范教育司组织编写的"教育家成长"丛书中有一本《吴正宪与小学数学》，仅此而已。

但认识吴老师后的三次见面，让我对她有了真切的了解，并因此而心生敬意。

一、相聚在锡林浩特大草原

认识吴正宪老师，缘于 2010 年暑假，我们一起参加由北京教科院《班主任》杂志社组织的到内蒙古锡林浩特的讲学活动。在机场见面后，因为教育，我们一见如故，滔滔不绝地聊了起来。

她说特别喜欢读我的书："我觉得我俩有很多共同的东西，那就是我们都讲教育的人性、人情，这也是你书中最能打动我的地方。"我说："这是教育最根本的东西，也是常识，只是现在这常识被人忘记了。"

一说到共同的理念，我们就打开了话匣子，开心地聊着：教育的爱与责任、人情、人性、人道……她说："我们虽然是第一次见面，但其实早就认识了，因为我们有共同的教育理念，心早已相通。"

到了锡林浩特，第一天我和吴老师分别在两个地方作专题报告。傍晚，我们一起来到九曲湾，领略夕阳西下的美景。在草原上，我们放飞心灵，笑声融入绚丽的晚霞。在蒙古包里，我们引吭高歌。吴老师身披哈达载歌载舞，绽放出特别美丽的笑容。这一刻，我发现了吴老师之所以能成为具有全国影响力的著名特级教师的原因——童心！她的笑容如孩童般纯净，品质如孩童般纯正。因为有一颗永远的童心，吴老师爱孩子，爱教育，于是成了一代名师，真的就这么简单。

优雅而美丽，真诚而朴实，博学而谦逊，睿智而纯真，这就是短短几天吴正宪老师给我留下的印象。

二、相聚在课堂

第二次见到吴正宪老师，是 2011 年 12 月在哈尔滨，又是由北京教科院《班主任》杂志社组织的教师研修活动。我有幸现场听了吴老师的一节数学课，至今都忘不了下课前的那一幕——

"吴老师，我做梦都想着你的数学课。"小姑娘一边说，一边擦眼泪。"小姑娘，老师也会在梦中梦见你的！"吴老师走过去拥抱着这个小姑娘，又加了一句："谢谢你喜欢我。"

那一刻，我的眼圈湿润了。这是怎样的一堂数学课，能让孩子如此喜欢，以至流泪？让我们一起走进吴老师的课堂，分享吴老师和孩子们在一起学习交流的幸福吧。我愿意把我听课过程中几个触动我心灵的片段和当时的感悟写下来，与朋友们分享。

"嗯，这才是真实的你们！"

上课伊始，吴老师首先抱歉地说："本来今天是周末，孩子们应该在家里玩的，可是却被老师抓到学校上课。"说到这里，吴老师似乎是随意问了一句："同学们，你们大声地告诉我，是上课好，还是玩儿好？"

孩子们异口同声地回答："上课好！"

吴老师一愣："是实话吗？"

没有人说话，片刻之后有个别同学嗫嚅道："是……是……"

"都不喜欢玩？"吴老师问。

孩子们沉默了。

吴老师笑着说:"我想你们现在在想,老师脑子里喜欢什么样的学生呢?当然喜欢爱学习的学生。老师喜欢上课的学生,所以你们就这样讲,是吗?"

孩子们又异口同声地回答:"嗯,是的。"

吴老师问:"有没有喜欢玩的?请举手。"

一个孩子举起了手,然后两个、三个、五个……渐渐地,越来越多的人举起了手。

"嗯,这才是真实的你们!"吴老师说,"喜欢玩就喜欢玩嘛!上课好不好,这件事不能说得太早。40分钟以后(吴老师看了看手腕上的表),我真想听听你们对这节数学课发自内心的感受。比如说'我真的很快乐''我烦死了''我就想快点下课''我想逃走了'……随便谈,好吗?"

我看过不少名师上公开课,一上来要么是一厢情愿地给孩子"放松",不停地说"不要紧张""做深呼吸""看看下面的老师""有没有信心啊",等等;要么是一个劲儿地跟学生套近乎:"我知道某某学校的孩子最聪明!""我相信你们今天表现会非常棒!""我给大家唱一首歌好不好"……我不评论这些做法的好坏,只想说,相比之下,更欣赏吴老师这种非常真诚而自然的开头。

吴老师就周末上课向孩子们表达的歉意是真诚的,因为在她看来,孩子要到学校上课便耽误了他们玩的时间。这是她发自内心的对孩子的歉意。她通过"玩好还是上课好"的简单调查,让孩子们展示了真实的本性:先是说假话迎合他们以为能够迎合的老师——这也是孩子们另一种意义上的真实,然后又勇敢地表达了喜欢玩的真实想法。"嗯,这才是真实的你们!"在这里,吴老师已经不仅仅是对"真实"的表扬,也是对"真实"的呼唤。她用这句话给孩子们一个明确的导向,一定不要揣摩并迎合教师的想法,而要大胆地表达自己真实的想法。吴老师已经为希望这堂课出现应有的真实对话情境作了铺垫,对孩子们巧妙地进行了"启蒙"——"真实最美"。

"40分钟后,我真想听听你们对这节数学课发自内心的感受。"吴老师真诚的话语,其实是把这堂课的评价权提前交给了孩子。这是一种挑战,她以此给自己树立了一个标杆——这堂课一定要让孩子们满意;同时,也给孩子们展示了一种自信——"我"一定能够让你们满意的!

"我这话问得不好啊！"

这堂课上，吴老师讲的是"重叠"。她从孩子们一年级刚进校排队说起，以班上一个叫"宇博"的同学为例："假如宇博同学站的位置无论从前面数还是从后面数都是第五个，请问他这一列有多少人？"

孩子们出现了两种答案，有的说"9人"，有的说"11人"。

针对"11人"的说法，吴老师试图启发引导算错了的同学："当宇博在前五个的时候，他是一个什么？"

学生答不上来，教室里出现短暂的沉默。

"我这话问得不好啊！"吴老师很抱歉地说，然后思量着遣词："嗯……就是，他可以是第五个，可他因为在前五个人当中，所以我们还可以把前五个人看作一个——"吴老师的话说一半停了下来，期待着孩子们的回答。

一个女孩说："团队。"

"团队？这个同学用的这个词儿好！"吴老师及时表扬，"我们可以把它看作一个小组，前五个人有他，后五个人也有他，所以我们要——"吴老师再次把回答的机会留给孩子们。

"减一！"孩子们大声说。

面对回答不上问题的学生，一般优秀的教师往往是启发或等待，但吴老师却反省自己：会不会是自己提问的方式或者用语不恰当呢？这是一种站在儿童角度思考的结果。确切地说，这是吴老师拥有的人道主义情怀的自然流露，自然到近乎本能，因为她未必有一个严密而清晰的思维过程：孩子为什么答不上来？是他的原因，还是我的原因？嗯，我想想，应该是我的原因。我的什么原因呢？哦，是我提问的方式不对，用语不对……没有，我可以断定吴老师没想那么多。因为一个卓越的教师，总能在不经意间体现出对孩子的尊重，因而意识到自己的不足。

意识到也可以不说，不动声色地矫正就可以了，但吴老师却要说出来，并且公开向孩子道歉："我这话问得不好啊！"这份真诚和坦诚，就是大师胸怀。这种胸襟的展露，对学生本身就是一种教育与感染。

接下来，吴老师寻求更恰当的词，但她没有直接换一个词了事，而是耐心引导孩子们来找这个词："我们还可以把前五个人看作一个——"在这里，吴老师特意停顿了一下。这里的停顿是一种期待，甚至是一种信任。果然，总有孩子不会辜负吴老师的信任，一个女孩找到了这个词——团队。吴老师及时予以表扬："这个同学用的这个词儿好！"

其实，不就是换个词吗？由老师直接说出来还可以节省时间呢！但是，留点空白，留点时间，让孩子来填补，这已经不是一种教学技巧，甚至不能仅仅说是教学艺术，更体现了一种真正把孩子放在心上的教育思想。

"我可以暂时把它擦掉吗？"

吴老师要板书，可是因为刚才学生上来板书过，黑板空间不够了。她说："跟大家商量一件事，刚才画图的同学画得很漂亮，列算式的同学也写得很好，可是吴老师要继续板书，我可以暂时把它们擦掉吗？"

有的同学说："可以。"

吴老师说："得让主人来回答。"

那两位板书的学生说："可以。"

"好，谢谢你们的支持！"

看似微不足道的一个细节，让我怦然心动。这堂课中，吴老师类似的商量不止一次。比如，当站在黑板前的几个孩子挡住了同学们看黑板时，吴老师对他们说："我跟你们商量一件事，你们可以坐在地上吗？后面的同学看不见。"这里吴老师既有对这几个同学的尊重，还有对全班其他同学的尊重，因为她的心中始终装着每一个孩子。

吴老师和同学们商量的语气里没有一丝做作，我看到的是她从心底流淌出来的对孩子的尊重。对孩子的爱，真的已经深入吴老师的骨髓了。而爱的表达，常常是非常自然的言语与不经意间的细节。

"有时候停30秒再发言，可能更精彩。"

"又是这个圈圈来到我们课堂，把我们的矛盾解决了。那么，看着这个圈圈，我们该怎样求出报名数学组和语文组的一共有多少人呢？"

孩子们的小手一下子又举了起来，还有的同学站了起来，想要老师选择自己回答。

"别着急，其实有时候停30秒再发言，可能更精彩。现在不需要讨论，每个同学独立思考。静静地，每个人都要思考。"

教室里沉默了。

我们有教师上公开课，最盼望的就是学生积极发言，或者说，最担心的就是课堂上没有学生发言。在一些教师的眼里，所谓学生"配合"得好不好，就是看"举手率"高不高。似乎只有学生唧唧喳喳地发言，这样的公开课才有"观赏性"。于是，课堂上小手如林成了课堂高潮迭起的标志，成为一些教师上公开课的主要追求。

但是，当这种"高潮"来临的时候，吴老师却说让大家停30秒再发言，这是一种清醒的真教学。我说是"真教学"，是因为吴老师的目的不是让学生举手表演给听课教师看，而是着眼于学生思维的深度。所以，面对争相发言的"热闹"，吴老师却呼唤"沉默"。对于小学生来说，轻率地（甚至是从众地）发言，大脑却可能处于静止状态；而当学生思考所呈现出沉默时，每一个大脑都在燃烧。

吴老师曾经说："教育要有爱，但这里的'爱'应该是'真爱'。所谓'真爱'，就不仅仅是表扬和激励，还包括思维的帮助、学习的严厉、智慧的启迪。"在这里，吴老师给跃跃欲试、争取发言的孩子们"泼冷水"，让他们"停30秒再发言"，就是一种"思维的帮助、学习的严厉、智慧的启迪"。

这堂课上，吴老师不止一次地对急着发言的孩子说："别急，要学会倾听，倾听里面有学问。"吴老师关于"静静地思考"的提醒，关于"学会倾听"的忠告，都不过是源于她一个朴素的理念：课是为孩子上的，不是为听课教师上的；有没有"观赏性"不重要，重要的是孩子的大脑是否真正转动起来。

"有问题才好呢！"

一个女孩上去对着黑板上吴老师画的图案数数，数出12个人，因为她重复数了其中两个人。

吴老师说："嗯，看来是有问题。有问题才好呢！你重新数数，一共多少人？"有的学生还要数。吴老师继续说："问题就出现在这儿。这到底是怎么回事儿啊？我们一起看着算式，看着图，解决小姑娘和大家心中的疑惑。"

……

同学间的讨论中，一个小姑娘问另一个小姑娘："你为什么要减去一个2呢？"吴老师："我也想问，数学组7个人，语文组5个人，一共12个人，你为什么要减2呢？"那个小女孩说："因为有两个人既参加了语文组又参加了数学组，多出了两个人。"吴老师追问："7在哪里？5在哪里？"

……

刚才一个没弄清楚的高个子男生终于弄明白了，说："我错了，因为数学组已经算了他们两个，语文组就不能再算了。"

吴老师对全班同学说："还不给他掌声啊？"

全班响起热烈的掌声。

吴老师问那个大男生："还是12吗？"

"不是了。"男生说。

"可以擦掉了？"

"可以，因为是错的。"

吴老师由衷地说："我特别喜欢这个阳光大男孩。其实，老师也经常出错，出错很正常。只要通过交流，改正了错误，就是——"

全班同学一起说："就是好孩子！"

吴老师说："好样的！我们再次把掌声送给阳光男孩，好不好？"

掌声再次响起。

限于篇幅，我记录的这个课堂片段可能在细节上有缺漏，但只想轮廓式地展示一种真实的课堂气氛。所谓"真实"，就是孩子的出错和教师引导下的纠错。

我听过不少"完美无缺"的公开课，教师的每一句话都是印刷体，因为是事前背熟了的教案。学生的回答也滴水不漏，因为课前在教师的"指导"下"准备充分"。这样的课，从教学技术的角度看，无懈可击，但没有生命。说到底，这样的课，与其说源于错误的教学观，不如说源于错误的学生观。因为教师上课的时候，眼里没有学生，只有评委。他不是给孩子上课，而是给评委上课；不是着眼于孩子的发展，而是孜孜以求地获得"一等奖"。

吴老师说过："有益的数学学习，是一个不断试错的教学过程。课堂正是因为错误而精彩，因为错误而美丽。"之所以把课堂看成"试错"的过程，是因为吴老师把课堂看成学生成长的空间。她的这堂课，正是"因为错误而精彩，因为错误而美丽"。

小女孩出错了，吴老师说："嗯，看来是有问题。"但话锋马上一转，"有问题才好呢！"注意，这里不是廉价的表扬，而是引导孩子以问题为突破口来深入思考。而且，她不仅仅让女孩一个人思考，还教给全班同学解决问题的方法并号召："我们一起看着算式，看着图，解决小姑娘和大家心中的疑惑！"

对那个高个子男孩的引导也非常有趣。这里说"有趣"，是因为过程真的很有意思。我虽无法用文字详细描述，但可以大略说说，吴老师没有纠正那孩子的错误，而是"挑动群众斗群众"——"教唆"已经明白了的孩子不断"质问"还执迷不悟的男孩。如此唇枪舌剑，几个回合下来，高个子男孩真诚地说："我错了。"于是，掌声响起。

我特别感动于吴老师的两句话。一句是："其实，老师也经常出错，出错很正常。"将心比心，平等交流，让孩子不怕出错，并知道出错的意义——出错并纠正错误，这是通向真理的必经之路。另外一句是："只要通过交流，改正了错误，就是——"孩子们接着说："就是好孩子！"其实，吴老师没说完这句话，而是有意让全班同学补充。她通过这一句没有说完的话，把自己对男孩的表扬，转化成集体对他的鼓励。这也是一种教育智慧。

"你挺会对话的嘛！"

许多人举手要求发言。吴老师看了一下，说："我请这个小家伙，你还没发过言呢！"

这是一个瘦弱的小男孩。吴老师亲切地问他："5是数学组的吗？"

小男孩怯怯地回答："是的。"

吴老师说："请大声点，好吗？2是数学组的吗？"

"是的。"小男孩的声音提高了一点。

吴老师继续问："那么，这两个有区别吗？"

小男孩语塞，其他同学马上举起了手。

吴老师笑着对大家说："我们静静地给他思考的空间，给他点时间。"转而回头对小男孩启发道："你看这个2是数学组的，它还是——"

小男孩说："语文组的。"

吴老师"不依不饶"："可是，这个5也是数学组的，它们有什么区别吗？"

又有同学想发言了，很着急地晃动手臂。

吴老师却还是不选他们，坚定地说："给他时间！"

男孩不说话，但在思考……

就这样，经过不断的启发与鼓励、反复的等待与追问，小男孩终于说："这个2就是这两个同学既参加了数学组又参加了语文组。"

"我们给这个同学掌声！"吴老师大声说。

掌声响了起来。

"好，这个同学姓什么？"吴老师问大家。

"姓龚。"

"姓龚，好，我把龚同学的意见写在这里。"吴老师把刚才龚同学的答案写在黑板上。

"那么，"吴老师继续问同学们，"这5个人——"

"都是数学组的。"大家回答。

"'都是'这个词好像还不准确……"吴老师又开始启发。

一个举手的女孩被叫起来，说："这5个人单单是数学组的。"

"'单单'？什么叫'单单'？"吴老师继续追问。

瘦弱的龚同学主动举手了，吴老师非常兴奋："你说。"

"单单数学组，就是只是数学组。"声音明显比刚才响亮多了。

吴老师无比兴奋："他又说了一个词，叫什么？"

全班同学大声说："只是。"

"好，我就把龚同学的意见记在这里。这5个人和那两个人可不一样，他们——"

全班同学心领神会，很默契地接上说："只是数学组的！"

"我们再次把掌声送给龚同学。"吴老师说。

全班响起热烈而持久的掌声。

……

吴老师请龚同学走到讲台，对他说："你挺会对话的嘛！就这样，慢慢地学会了和同学们怎么样啊？"

龚同学大声说："交通！"

众生大笑。

吴老师却说："嗯，'交通'，这词儿挺好的，一交就通嘛！"

在这堂课上，我和其他听课教师，也包括上课的孩子们，见证了瘦小的龚同学由自卑到自信的变化，从不敢举手到主动发言的进步。这是这堂课的最大亮点。龚同学的不发言，是一个偶然的生成性问题，因为吴老师在北京备课时不可能想到在哈尔滨的课堂上会有这么一个姓龚的同学；但从某种意义上说，这也是一个预设的问题，因为吴老师充满爱心的学生观，必然让她关注课堂上的每一个学生，一直很胆怯、从不举手的龚同学必然进入她的视野，成为她鼓励、启发进而转化、提升的对象。

30年前，刚刚参加工作的我第一次上公开课，很是紧张。一位经常上公开课因而富有经验的老师告诉我："别紧张，你多抽你班上成绩好的学生发言。一堂公开课，只要有几个发言积极分子，就被撑起来了，课堂气氛就显得很活跃。"当时，我真的把这话奉为圭臬。我相信，到现在还有不少教师认为，只要有几个成绩好的学生频频举手，公开课就会出彩。

我越来越觉得，所谓好的教育——当然含课堂教学，其实就是一句很朴素的话："把每个孩子放在心上！"这里我说的是"每个"，而不只是少数的几个尖子生。这里的"放在心上"当然指教育教学的方方面面，包括公开课。试想，如果在公开课上只是少数几个尖子生在表演、展示，其他学生只是陪衬、旁观者，这样的课堂意义何在？让每个孩子在课堂上都受到关注，赢得尊严，获得成长，这不需要教师有多高的理论水平，只需要教育者有良知。

吴正宪老师正是这样有良知的教育者。我注意到，在这堂课上，她多次说："谁还没有发过言？哦，请这位同学起来说说。""旁边那个同学还没举过手呢，你起来试试，好吗？"这位龚同学也是这样被她发现的。应该说，在公开课上，主动让根本不举手的孩子回答问题，是有"风险"的。有的教师可能在公开课上会有意避开这样的学生，以求"平安"。因为主动选这样的学生来回答，可能答非所问，可能冷场，可能出洋相，可能让师生都很尴尬……但是，如何引导这样的孩子，唤醒他们潜在的能力，如何让他们也成为自己精神的主人，这直接体现着教师的教育理念，也考验着教师的教育智慧。

我们看到，吴老师不但主动选这位姓龚的小学生回答问题，而且或追问，或等待，或启发，或鼓励……这个孩子一步一步从自卑的阴影中走了出来，走到自信的阳光下，走到讲台上，最后甚至主动举手发言——当全班学生都还没有明确答案的时候，正是这个刚才自卑而不敢举手的孩子一锤定音："单单数学组，就是只是数学组。"这是吴老师用信任唤醒的尊严，用期待等来的能力，用智慧点燃的思考，用爱心创造的奇迹。

"我想去北京听您的数学课！"

下课铃声响了，可孩子们都不愿意离去。吴老师问："想下课吗？大家烦了吧？"

孩子们再次异口同声："不想！不烦！"接着是叽叽喳喳的声音："我最喜欢数学！""我也是，我也是！"许多孩子一边说，一边把手举起来。

吴老师问："能给我这堂课起个名字吗？"

孩子们的答案五花八门："重叠""重复""画图课""圈圈课""分类问题课"……

"谢谢同学们，我们下课了！"

可是没有学生动。

吴老师说："哎，下课不下课啊？"

全班学生大声说："不下课！"

"真的不想下课？为什么这么喜欢数学课？或者说，你特别想对吴老师说什么？"吴老师问。

孩子们继续七嘴八舌："这节课太有意思了！""这节课特别是圈圈的时候特别有意思！""我觉得这堂课蛮好玩儿的！""我觉得这节课过得太快了。""我想转到吴老师的班上去。""老师，您讲得太好了，一说我们就能明白。""我想去北京听您的数学课！"……

吴老师看到那位姓龚的同学又把手举了起来，便说："你还想说什么？龚同学一直在举手，你出来吧，过来，到这边来。"

那个姓龚的小男孩勇敢大方地走到讲台前，吴老师蹲下身子对他说："你一直想跟吴老师说什么？"

"这节课很有知识。"他大声说。

"哦，是吗？你从哪里感到有知识？"蹲着的吴老师继续笑眯眯地问他。

"就是画圈这一块。"

"那你今天学会'交通'了吗？"

"学会了。"

吴老师欣慰地摸摸他的小脑袋："好，好孩子！"

……

吴老师饱含深情地对学生说："谢谢！谢谢同学们！下课了，再见！"

这时候，一个害羞的小姑娘鼓起勇气说："吴老师，我会做梦都想着你的数学课的。"话还没说完，小姑娘的眼泪就下来了。

吴老师走到她的身边，俯身拥抱她："小姑娘，老师也会在梦中梦见你的，谢谢你喜欢我！"

短短 40 分钟的课，究竟是什么打动了这些孩子？

当然，有吴老师的教学艺术，但更重要的是她那颗爱孩子的心。这颗爱心，充满了尊重、理解、信任、宽容，同时又是一颗童心。爱心和童心，让这堂数学课洋溢着浓浓的人情味！

我想到多年前在拙著《爱心与教育》中说过的几句话："一个真诚的教育者同时必定又是一位真诚的人道主义者。素质教育，首先是充满感情的教育。一个受孩子衷心爱戴的老师，一定是一位最富有人情味的人。只有童心能够唤醒爱心，只有爱心能够滋润童心。离开了情感，一切教育都无从谈起。"我是中学语文教师，但从吴老师的这堂小学数学课上，却感受到一种情感的魅力。

整堂课吴老师说得并不多，更多的时候是孩子们的笑声，还有叽叽喳喳的"争吵"。显然，吴老师很喜欢这样叽叽喳喳的课堂氛围，并参与到叽叽喳喳的"合唱"中。我由此想到苏联教育家阿莫纳什维利的一句话："谁爱儿童的叽叽喳喳声，谁就愿意从事教育工作，而谁爱儿童的叽叽喳喳声已经爱得入迷，谁就能获得自己的职业的幸福。"吴老师正是这样幸福的人。

吴正宪老师现在可以说是名满天下。她所拥有的荣誉、头衔数不胜数，在旁人眼中，她是"名师"，是"大师"。但可贵的是，这些称号并没有锈蚀她那颗朴素而纯净的教育心。在孩子眼中，她依然是一位博学而富有爱心的老师。当孩子们依依不舍地围着吴老师的时候，吴老师也张开她的手臂拥抱着孩子们。我又想到苏霍姆林斯基的一句名言："对孩子的依恋之情，这是教育修养中起决定作用的品质。"吴老师正是因为拥有这样的依恋之情,所以当之无愧地具备了"教育修养中起决定作用的品质"。

不知从什么时候起,我们的教育越来越理性、客观、冷峻,似乎越来越有一种"唯技术"的"科学倾向"——教育实践被视为"科学的技术操作",学校被当作"人力加工厂",把教师当作工人,把学生当作加工对象,在教学过程甚至教学方法上,都追求一种规范、统一、精确、共性的程序和法则。丰富多彩的教学内容被"科学之刀"精确地肢解、切碎,然后往学生的脑袋里源源不断地注入……在这个过程中,"人"失落了!

在这种背景下,吴老师的这堂数学课已经超越了数学知识的传授和数学能力的培养,它所包含的人文精神——尊重、平等、自由、宽容、信任、和谐……应该说对所有学科的教学都是有意义的。苏霍姆林斯基说:"教育——这首先是人学。"陶行知说:"真教育是心心相印的活动。"两位教育大师不约而同地把教育指向了人的心灵。

三、相聚在西湖畔

第三次见到吴正宪老师,是2015年暑假在杭州西湖边。难得有这么休闲的日子,我们品茗聊天。抬头便是无边的湖水和湖面上田田的荷叶,缕缕清香飘来,我们所聊的教育也变得芬芳起来。

我对数学教育是外行,就吴老师所提的"儿童数学教育"这个概念向她请教。吴老师说:"我开始当老师时只有16岁,当时虽然对教师这个职业并没有很深的认识,但是对待工作非常认真。在当时只单纯追求高分的背景下,学生虽然得到了高分,但缺乏学习热情,对学习没有兴趣。课堂上,我发现很多学生目光呆滞,语言贫乏,一点也感觉不到他们对数学学习的热爱。面对这样的情况,我经常想,学生为什么不爱学呢?其中的症结是什么?思考过后我发现,我们的教学太缺乏儿童视角了,不管是教材编写还是课堂教学,都很少考虑怎样让儿童喜欢数学,于是我开始关注儿童。这就是我提出儿童数学教育的萌芽。"

"我可不可以这样理解,你最初还是从儿童的角度而不是从教师的角度思考数学教育的?"我问。

吴老师不假思索地说:"是的。但我不仅仅是这样想的,我是个想到就干的人，开始对教材进行改革。在马芯兰老师教育经验的影响下，我根据知识的内在联系和学生的认知规律，重新编排教材，组合成'六条龙'的小学数学知识体系，并在 1987 年通过了专家鉴定。此后，'读懂儿童，读懂数学，读懂教材'就成了我努力的方向。我在'三读懂'基础上确立了儿童数学教育的三维目标，即'传递知识，启迪智慧，完善人格'，在三维目标的基础上，又提出明确的儿童数学教学理念，即让儿童在'好吃'中享受到'有营养'的数学学习。这也是我直到今天都在追求的目标。"

我忍不住赞叹："好吃，有营养，太好啦！"

我接着说："不仅是数学教育，其他学科教育，不都应该'好吃'又'有营养'吗？"

我给吴老师说了我对"什么是好课堂"的理解："所谓'好课堂'，就是'有趣'加'有效'。有趣，是手段；有效，是目的。如果只是有趣而没有效，课堂就成了看小沈阳，只是搞笑而已。但如果课堂无趣，只追求所谓的有效，一味地灌输，学生不爱听，也很难达到真正的有效。有趣，就是能够吸引学生，让学生在课堂上兴趣盎然，心情愉悦，如沐春风，觉得时间过得很快，下课后盼着第二天再听这位老师的课。有效，就是教师完成了教学任务，学生们有成果——无论知识的、能力的、情感的、思想的，总之有收获。"

"这里的'有趣'，就是您说的'好吃'；而'有效'，就是您说的'有营养'。"我补充道。

吴老师表示赞赏，说："我教小学数学，你教中学语文，但不同学科的教学都有相同之处。"

我为自己和吴老师对教育有着共同的理解而开心。吴老师的教育有着鲜明的儿童视角，不但因为她有着纯正的教育心，而且还有一颗儿童的心。

在淅淅沥沥的小雨中，我们一起骑自行车环游西湖。吴老师的裙子在风中飘逸着，她爽朗的笑声传得很远。朋友说："简直就是 16 岁的花季嘛！"

60 岁的吴老师俨然还有着 16 岁花季的青春，这正是她教育生命依然蓬勃的原因。

2015 年 9 月 8 日

魏书生：君子之交

　　第一次见到"魏书生"这个名字，是我刚刚参加工作不久的 1983 年。我在一个刊物上读到了介绍魏书生的文字后，真是激动万分。那时我正痴迷于苏霍姆林斯基，所以很自然地把魏书生与苏霍姆林斯基相比较：他们两个人都是自学成才，都在农村中学任教，都把自己的心融入了学生的心……于是，我得出的结论是：魏书生就是中国的苏霍姆林斯基！我决心做一个像魏书生那样的老师——不仅仅是决心，我真的开始了自己的行动。魏书生老师让他的学生办班级日报，我在自己的班上也办了班级日报；魏书生老师让他的学生写日记，我让我的学生也写；魏书生老师让学生画"语文知识树"，我也让我的学生画……说魏书生影响了整整一代语文教师，可能有点夸张，但说他影响了年轻时的李镇西，是一点也不夸张的。

　　第一次见到魏书生老师是在 1995 年的夏天，我回老家乐山看望母亲，正碰上魏老师来乐山讲学。魏老师讲的题目是"自强育人教书"，他站在宇宙的高度看待社会、人生和教育，把我的心也引到了一个澄明的境界。那天下午听报告之前，我在去剧院的路上碰到了魏老师。烈日下，他也步行前往剧院。怀着崇敬和激动的心情，我追上去和他打招呼，并和他一起走到剧院。一路上，我们聊了些什么，我已经忘记了，但他的平和、从容给我留下了深刻印象。当天报告结束以后，我买了他的《班主任工作漫谈》一书，然后请他题词，他写了四个字："解放自我！"

　　那个暑假，我一口气看完了《班主任工作漫谈》，心灵的原野阳光灿烂，同时身上有一种飞翔的冲动。合上书，我作出了一个庄严的决定：要求学校给我两个班，我要进行真正的教育科研实验。后来的几年里，我同时担任"优生班"和"学困生班"的班主任与语文教师，把主要精力用在后进生的研究上，做课题、写随笔。正是那几年艰辛的教育教学探索，才孕育了我的《爱心与教育》。

后来，我又先后三次在不同的场合与魏书生老师有过近距离的接触和交谈，但都没有比较深入的交流。不仅仅是因为没有时间，还有我的自卑，使我觉得除了仰视，没有资格与魏书生老师进行平等的对话。随着教育思考和实践的深入，我开始反思自己，也开始反思包括苏霍姆林斯基、魏书生、叶圣陶等教育大师的教育，开始从单纯的感情崇拜转向相对成熟的理性审视。我开始意识到，正如苏霍姆林斯基的思想并不能取代我的实践一样，魏书生的具体做法也不能取代我富有个性的创造。在《和青年校长的谈话》中，苏霍姆林斯基有几句话说得非常精辟："某一教育真理，用在这种情况下是正确的，而用在另一种情况下就可能不起作用，用在第三种情况下甚至会是荒谬的。"

比如，魏书生老师指导学生画"语文知识树"，以我现在的眼光看，可能不太符合语文学科的学习特点。但如果放在魏书生老师的语文教育体系中，可能是最符合他教学个性和学生个性的做法。又如，他当班主任能够带着学生练拳击、练气功，我显然做不到，也没有必要去做。我认为，任何一位杰出的教育专家或优秀教师，其教育模式、风格乃至具体的方法技巧都深深地打着个性烙印。也就是说，他们的生活阅历、智力类型、知识结构、性格气质、兴趣爱好以及所处的环境文化、所面对的学生实际等因素，都决定了任何一个教育专家都是唯一的、不可重复的。这就是为什么不少人苦苦"学习"于漪、魏书生，却总也成不了第二个于漪、第二个魏书生。我这样说，当然不是反对大家向优秀教师学习，而是给自己也给其他正在成长的青年教师提一个醒：向优秀教师学习，主要是学习其教育思想，而不是机械地照搬其方法；而且，先进的教育思想必须与自己的教育实际和教育个性相结合，只有这样，才能将别人的精华融进自己的血肉。

于是，我在苏霍姆林斯基、陶行知、于漪、钱梦龙、魏书生等人的旗帜下，从他们的教育思想中提取"人性""民主""个性""创造"等精神元素，开始走自己的路——从教育浪漫主义到教育理想主义，变"语文教学"为"语文教育"，探索口语—思维训练、"语文生活化"与"生活语文化"、语文教育中人文精神的培养，班级管理从"人治"走向"法治"，研究充满爱心的人格教育、面向未来的民主教育……

我渐渐取得了一些教育成果，并开始引人注目——我的"事迹"出现在一些报刊上。特别是随着我的"影响"逐渐扩大，我所在的城市有人把我称为又一个"魏书生"，网上也常常有人这样评价我。面对这些赞誉，我总是很认真地说："请不要把我同魏书生老师相提并论。"

这绝不是一般意义上的谦虚，而是基于这样的认识：任何一个人都是独一无二的个体，人与人之间是不可比的。对于魏书生老师，我一直都认为他是我学习的榜样，我没有想过成为他，也不可能成为他，我就想做一个最好的自己。

长期以来，不少人喜欢用"中国的××"来赞美一个人，比如把张海迪称作"中国的保尔"，再早一些把鲁迅称作"中国的高尔基"。我不怀疑赞美者的真诚，但这是一种很不恰当的说法。在这样的称谓中，张海迪消失了，只有保尔；鲁迅消失了，只有高尔基。在我看来，作为独特的个体，张海迪是独一无二的，鲁迅更是无与伦比的。

由我和魏书生，我自然想到自己和苏霍姆林斯基。无论怎样形容我崇敬（注意，是"崇敬"不是"崇拜"）苏霍姆林斯基都不过分，但我始终清醒地认为，我就是我，不可能成为也不愿意成为另一个苏霍姆林斯基。

1998年，我见到苏霍姆林斯基的女儿苏霍姆林斯卡娅时，她曾给我写过一段话，大意是说："您是中国的苏霍姆林斯基式的教师。"这当然是过奖，是一种鼓励，但这句话后来竟然被讹传为"你是'中国的苏霍姆林斯基'"！于是，我不止一次被人这样"赞誉"，真让我无地自容。说实话，苏霍姆林斯卡娅的原话我能够接受，因为做苏霍姆林斯基式的教师正是我的追求，但我远远不是"中国的苏霍姆林斯基"，我也不想做。我曾经对人说过："如果硬要说'中国的苏霍姆林斯基'，在我的眼里，辽宁的魏书生可能是，上海的冯恩洪可能是，但我不是。"当然，现在我认为，魏书生和冯恩洪也都不是"苏霍姆林斯基"，虽然他们的身上有着"苏霍姆林斯基"的影子，但仍然只是他们自己。

著名教育专家查有梁教授在为拙著《爱心与教育》写的跋里有这样一句话："作者的思想源于苏霍姆林斯基，又超越了苏霍姆林斯基。"这话显然有些过头，但我把它看作查老师对我的鼓励或者说为我指出的一个奋斗方向。后来，《爱心与教育》出版后，有些读者朋友也爱把我的名字同苏霍姆林斯基联系在一起，甚至有一位好心的青年学者在写《爱心与教育》的评论文章时，标题竟然就是"超越苏霍姆林斯基"。对此，我是万万不能接受的。这绝不是出于谦虚或者世故，而是觉得现在的我哪里有资格奢谈"超越"？这些说法实在让我有一种无地自容的羞愧！

不是说苏霍姆林斯基不能超越——尽管我非常崇敬他，可从不认为他作为科学而不是宗教的思想理论就没有历史的局限或不足；但是，就目前的情况看，我不过是一名刚刚起步的苏霍姆林斯基的追随者而已，离"超越"岂止差十万八千里？

而且，即使从发展的眼光看，我为什么一定要"超越"苏霍姆林斯基呢？苏霍姆林斯基属于他的民族和他所处的时代，也属于他自己独一无二的精神个性。我们可以学习、借鉴他，但不可能也没有必要"超越"他。不同时代、不同民族或同时代、同一民族的杰出教育家之间，并不是人们通常所说的非要"发展"与"超越"不可，而是互相借鉴融汇、交相辉映而又保持自己的思想个性、时代特色、民族气派。中国的孔夫子、陶行知，还有国外的卢梭、苏霍姆林斯基，你能说谁"超越"谁呢？

对苏霍姆林斯基是如此，对魏书生也是如此。

2003年国庆，我去北京参加"全国著名中青年特级教师课堂教学艺术展示活动"，又一次见到了魏书生老师。尽管我和他以前就见过几次面，也算老朋友了，但仍然在他的面前"放肆"不起来——同样是面对名师，我和程红兵、韩军、程翔等人却可以很随便地调侃。其实，魏书生老师非常平易近人，和我聊天也很随便，但我心中始终把魏书生当作我的老师来尊敬。

在去会场的车上，我对魏老师说："20世纪80年代前期，我就开始学您的具体做法，但越学越不像；后来只取您的思想，然后结合我的实际走自己的路，我便找回了自己。"魏老师说："每个人都有自己的特点，我有的你没有，你有的我也没有。"我说我曾读过他的书，问他现在又出了什么新著，他说现在太忙写得少了，然后又说："我读过您的文章，您的文章很有文采与思想。"我知道魏老师是在鼓励我，但还是为自己的文章能够被魏老师读到而高兴。

那天上午听魏老师上课，讲的是《人生的境界》。实话实说，我不太喜欢这样的上法，如果让我来上，我不会这样讲，但这是魏书生式的上法，别人想学也学不来。上完课后，魏老师又作了一个报告，他没有就语文讲语文，甚至没有就教育谈教育，而是从做人谈起，从改造自己谈起。魏老师的许多话我在他的著作中读到过，但亲耳聆听，仍然引起我强烈的共鸣："要改造别人，先改造自己。""不要老是和别人比，要和自己比，活出自己来！""过年过节的日子很快乐，这容易做到；但要把平常的日子也活出滋味来，那才是一种境界！""不提口号，不搞运动，该怎么做就怎么做。用平常心做平常事！"……他谈到任何一件事都有一百种做法，就说刚才的语文课："同样一堂课，我有我的上法，李镇西有李镇西的上法，上出个性来就是最好的课。"讲台上的魏老师谈吐从容优雅，语言平和朴实而不乏幽默。他把我们的精神引向崇高的境界，又让我们的心回到平凡的世界。他用最朴实的大白话娓娓诉说着人生的哲学，让我们在感受他博大胸襟的同时，也禁不住审视着自己的灵魂。

中午在饭桌上，我和魏老师闲聊，他关切地问我现在身体怎么样，我说还行，就是头发掉得厉害，而且近几年不断发胖。他要我加强锻炼，我问他如何锻炼，他马上忍不住挥了挥拳头说："我坚持打拳，如果不外出的话，每天都坚持跑三千米。"我说我平时在家每天都坚持步行半个小时，他说这足够了。我说："魏老师，我会继续向您学习，但不会成为您，我要做最好的自己！"他直说"好，好"。我发现魏老师和我一样，不喜欢喝酒，只喜欢喝白开水。于是，我举着白开水和魏老师碰杯："君子之交淡如水！"

2003 年 10 月 5 日

李希贵：改革先锋

一

最近几年，希贵兄总是叫我"老先生"。比如，他给我签赠大作时写的是："请镇西老先生指正！"我说去他学校看看，他说："欢迎老先生！"有一次和他走在一块儿，他居然伸手来扶我。我说"不用，不用"，他说："哎，老先生嘛！"俨然一副尊老模范的样儿。

这是有典故的。2008 年 12 月，我应希贵邀请去北京十一学校作报告。晚上在一家饭馆吃饺子，我吃出一根细铁丝，便对服务员说："我今年 80 岁了，第一次吃到这种馅儿的饺子。"小姑娘当即向我道歉，然后小声嘀咕着："哪有 80 岁呀，不过就 70 岁嘛！"举座喷饭。不久后，我请希贵到成都讲学，然后陪他游峨眉山。在报国寺，他指着我问一和尚："请问老师傅，您看这位先生是 80 岁呢，还是 90 岁啊？"那和尚看了看我，摇头："嗯……我看恐怕不到 80 岁吧？"众人狂笑。从此，希贵便叫我"老先生"。

希贵的冷幽默由此可见一斑。

第一次见希贵时，他可不幽默，当时他还在山东潍坊任教育局局长。我只是从《中国教育报》上《一位教育局长的听课记录》这篇长篇报道中知道了他的名字。一次，潍坊一学校请我去讲学，晚上请我吃饭。巧的是，当时希贵——那时我叫他"李局长"——正在隔壁屋吃饭。好像是他正准备走，听说"李镇西来了"便专门过来向我问好。他向我伸出手来："欢迎你，李老师！"哇，终于见到了传说中的李希贵——但见他集小伙子的英俊与中年人的沉稳于一身。我赶紧双手握住他的手，那个激动啊，有些语无伦次地说："谢李局长！李局长，谢谢……"他脸上的笑容真诚而富有节制："欢迎你来潍坊传经送宝！"那口吻俨然是会见外宾的领导，但接下来又是一句大白话："我还有事儿，不陪你了。吃好，喝好！"我不住地点头，宛如鸡啄米。他绝尘而去，我惊鸿一瞥，好半天都没从幸福的梦幻中醒来。

二

再次见到李局长，是 2004 年 1 月，在北京。教育部有关部门和高教社合作，打算出一套"中国当代教育家"丛书，我忝列其中。当晚我拿着酒店房卡打开门时，已经有一位中年男子斜卧在床上看书。四目相对，彼此都乐了："李局长！""李老师！"几乎是同时与对方打招呼。就这样，我俩开始了几天"同居"且"同房"的生活。

也许是年龄相当——我比他长一岁，且都钟情于教育，重要的是我俩都有"想法"，这些想法还很接近……写到这里，我突然意识到我"高攀"了——不不不，实际上他远比我看得远、看得深，但我俩一见如故是事实，总之我们谈得很投机。渐渐地，我眼中的"李局长"成了"希贵"，他心里的"李老师"成了"镇西"。再后来，我成了"老先生"。

当时，华东师范大学出版社的吴法源先生还为我俩在房间里照了一张合影——我俩穿着拖鞋，就那么随意地对着镜头乐，标准的哥儿俩的生活照。

那几天，我们白天开会，主要是讨论写作提纲。据说这是新中国成立后第一次组织"中国当代教育家"写书，每人一本。面对如此殊荣，我在多少有些自豪的同时，更多的是不安——和李吉林、魏书生等大家坐在一起，我有些心虚。不过，我也看到了个别"教育家"的言谈骄慢，好像给他出版著作是在央求他。形成鲜明对比的是，李吉林老师真诚、自然的感恩："我真的没做什么，可党和人民却给我这样的荣誉……"这句话连同李吉林老师谦虚的神情，我至今还记得。同样记得的还有李希贵毫不做作的低调。他坐在一个不起眼的角落，发言时音调不高，语速不疾，从容不迫，娓娓道来。他说他所做的"还仅仅是探索""远不成熟"云云。他的谦卑与内敛给我留下了深刻印象。后来，他出版了引起基础教育界热烈反响的著作《为了自由呼吸的教育》，一时洛阳纸贵。希贵的这本成名作正是在那几天酝酿的。

有一个"同居"期间的细节，十年之后的今天，我不得不"独家揭秘"。那几天大家忙着开会，研究写作提纲。一回到房间，我便放松了，可希贵依然手不释卷，时而蹙眉细看，时而仰头凝望，若有所思，念念有词。如此痴迷，让我忍不住问他读的是什么书，他给我看——《新概念英语》第一册！我吃了一惊，问道："你看这个作甚？"他眼睛也不抬一下，对着书回答我："随便看看，随便看看。"看他那认真的样子，显然不像是"随便看看"，但人家守口如瓶，我也就不好多问。几年后，他出访美国，居然能够连比带划地和人家简单交流，拿着英文读物也能连蒙带猜地知道个大概，回国后写下《36天，我的美国教育之旅》。我这才恍然大悟：这家伙，原来如此！

三

后来，我和希贵见面的次数渐渐少了，大家都忙。我偏居一隅，在西南一所涉农学校快乐而执着地编织着我的教育故事；他则由潍坊到北京，再由教育部到北京十一学校，同样快乐而执着地缔造着属于他的教育传奇。但在不多的几次见面中，我们彼此都给对方留下了不少有意义也有意思的温馨记忆。比如，在峨眉山温泉池里，我俩赤裸裸地聊教育，他一边舒展着四肢上被泡得鲜嫩通红的小鲜肉，一边和我大谈"学校双向聘任的意义和可行性"。又如，一次他来我校不问我的办学理念、课程改革，径直到我的班上去问我的学生："你们喜欢李老师吗？"学生说："喜欢。"他追问："为什么？请至少说出三个理由。"学生："幽默，课上得好，喜欢和我们一起玩儿……"他听了，脸上绽放出灿烂的笑容，好像是他得到了学生的表扬。那一刻，我在得意的同时，更多的是感动——在希贵心中，学生永远占据着崇高的地位。

十多年来，我不能经常见到希贵，但关于他和他学校的正面报道、负面评价和中性传闻，一直不绝于耳。围绕着他，一直有不同的看法，甚至争议——这大概是所有改革者必然的"宿命"吧！我始终很理解他。当他创办了"教育部基础教育质量监测中心"之后抽身返回校园时，很多曾经以为他会一直待在教育部的人大吃一惊，认为他"没处理好关系"，不会在官场上"混"。但我了解希贵，他性格温和，对人真诚宽容，善于和不同的人打交道，特别善于欣赏别人的长处，哪里会处不好人际关系！至于所谓"官场"，从来就不是他孜孜以求的地方。他一直心系校园，准确地说，是心里一直装着学生。

心里装着学生，正是他后来在北京十一学校掀起翻天覆地的"教育革命"的原因——在我看来，他在北京十一学校所做的一切，已经不仅仅是"教育改革"，而是在继承前任校长李金初一系列教育改革基础上的"教育革命"。但我要特别强调的是，他心中装着的学生，不是抽象的，而是一个个鲜活的个体。

希贵在北京十一学校的教育实践，让我们的教育眼光回到了教育的起点，思考一个朴素但被许多教育人忘记了的问题：教育究竟为了谁？

其实，我们似乎从来都没有停止过对诸如"办学目标""教育目的"之类话题的讨论，而且答案好像越来越"明确"——"办人民满意的学校""为了一切学生"等。但我总觉得这些写在许多学校墙上的醒目标语似是而非——"人民满意"中的"人民"是谁？大家约定俗成或者说心照不宣地认定就是家长，还有各级领导，当然，还有含混无比的"社会"。所以，"办人民满意的学校"其实是"办家长满意的学校""办局长满意的学校"。"为了一切学生"好像指向很明确，但实际上也很模糊甚至空洞，因为"一切学生"在这里是一个集合概念。希贵则认为，我们不应该让一个个孩子消失在"人民"和"一切学生"的概念中，应该追求"面向个体的教育"。

黎巴嫩诗人纪伯伦说过一句流传很广的话："我们已经走得太远，以至于我们忘记了为什么而出发。"这同样适用于教育。如果要问教育最初的出发点是什么，答案不正是一个个具体的学生吗？但是这么多年来，我们的教育越来越眼花缭乱，越来越高瞻远瞩，而"人"却湮灭了。谈到办学，不少校长首先想到的是一些宏大的词汇："理念""规模""模式""打造名校""国际理解""走向世界"……唯独忽略了每天面对的一个又一个具体的孩子。李希贵所倡导并践行的"面向个体的教育"，正是要把"这一个""每一位"还有"你"重新置于教育目的和办学目标的首位。

这个主张好像并非李希贵的原创。我们的老祖宗早就说过"因材施教"，所以他所呼吁的"面向个体的教育"似乎并不"新"。但是，当一些理念渐被遗忘，复又提起的时候，它就是"新"的；当一些理念只被人说，今被人做的时候，它就是"新"的；当一些理念由模糊走向清晰、由贫乏走向丰富的时候，它就是"新"的；当一些理念由旧时的背景运用到现在的背景去继承、去发扬、去创新的时候，它就是"新"的……正是在这个意义上，针对当今中国教育无视个体的现实而提出"面向个体的教育"，便显示出了它的改革新意。

四

有关北京十一学校教育改革的报道早已铺天盖地，这里不再赘述。我想补充的是，希贵对每个学生的尊重，不仅仅体现在课程改革、走班制等宏观层面，在一些微观细节处，他也充分体现出几乎本能地对孩子的在乎。

2014 年我陪武侯区教育局局长去北京十一学校时，百忙之中的希贵陪我们吃午饭。席间大家相谈甚欢，可不知什么时候坐在我旁边的希贵不见了。我以为他打电话去了。二三十分钟过去了，他才回来。

我正纳闷这个电话打得也太长了，他一坐下便抱歉道："刚才我陪学生吃饭去了。今天星期一，该我陪学生吃饭。"原来北京十一学校有个制度，每天中午都要有一位校级干部轮流陪学生吃饭。当然，校长和学生吃饭似乎已不新鲜。我看到过媒体宣传某些学校的校长和学生"共进午餐"，但这些校长是把这当作对优生的"奖赏"——经过选拔的品学兼优的学生，才有资格与校长同桌吃饭，这是一种"荣誉"。

而希贵不是。我问他："是不是你以这种方式和学生交流，了解他们的想法？"他解释道："不是，不是。他们是来找我帮忙的。"我有些不解："帮忙？帮什么忙？"他继续解释说："今天有一个学生说，他打算组队去参加一个比赛，但凑不齐队员，想让我在全校范围内给他推荐合适的人选。""哦。"我恍然大悟。

他又从衣服口袋里掏出一张纸给我看："这是学生对全校空调使用情况的调查数据，他们认为学校的空调使用率不高，有些资源浪费，想让我给他们出出主意，怎么才能让空调的使用更合理？"

希贵说得诚恳而自然，没有丝毫的做作，我很感动。

我想起上午在北京十一学校教学楼过道里看到的那张"校长道歉卡"，而且还是手写的——

亲爱的同学们：

你们好！

因国际部大楼改建工程延期至明年暑期，原定2014年十实事之"学生影院建设工程"作为改建工程的一部分，顺延至明年进行。为此，我向全体同学致歉！

李希贵

吃饭时，我和希贵聊起此事，他笑着说："小事儿，小事儿。今天还贴了一张新的道歉卡呢！"我问什么内容，他说："有同学抱怨有时候外面来参观的老师在教学区大声说笑，影响他们上课了。于是，我便给他们道歉。"我说："这不是你的错，是那些参观者的错。你是代他们道歉的。"他笑了笑，什么也没说。但我从他的表情上读到某种不屑回答的意味："你这都不懂呀？我是校长嘛！"

这的确都是"小事儿"，但并不是每一位校长都能做到。我又想到一件小事。希贵的一位同事在和我聊天时，说希贵校长把他的手机号向全校学生公开。每当他收到学生发给他的各种诉求短信时，总是及时转给相关部门。我再次感慨：这样的校长恐怕也不多。我也常常把我的手机号告诉学生，但没有在全校公开。我听说曾经有一位校长收到本校某学生的手机短信后，很是恼怒，首先想到的是在学校追查：是谁把校长的手机号泄露给学生的？不同校长的教育境界正是在这些小事上拉开了不小的距离。

当今中国，几乎每一位校长都爱说"以人为本"，却不是每一位校长都能够把这四个字化作自然而然的日常生活。希贵却做到了。

五

我听到的对希贵及其北京十一学校的批评和质疑，主要有三点：一是北京十一学校集中了全国许多学校不可能拥有的资源，尤其是高素质的教师队伍；二是李希贵搞"全盘西化"；三是北京十一学校的做法不可复制。

对北京十一学校的做法，不是不可以批评和质疑，但至少这几点批评和质疑，是难以让我信服的。

当然，不是中国所有的学校都拥有那么丰厚的物质资源和优秀的教师，可拥有和北京十一学校条件相当的学校绝对有。但是，为什么有的事儿北京十一学校做到了，其他和北京十一学校同样重量级的学校却没有做到呢？说什么北京十一学校"全盘西化"，我想问问持此观点的人：您生了病，不是什么药管用就服什么药吗？管它中医还是西医。更何况，简单地给李希贵扣一顶"全盘西化"的帽子，实在太没学术含量了，太可笑了！至于说北京十一学校的做法"无法复制"，这正是多年来一些人否定许多学校教育改革和创新的理由。可惜，这个理由经不起简单的追问：为什么一定要"复制"呢？难道您希望中国的教育又回到"农业学大寨"时代吗？不能"复制"，就没有意义吗？北京十一学校为中国教育提供了一种可能，为素质教育提供了一条富有成效的路径，为中国至少是北京的孩子及其家长多提供了一种选择，这不挺好吗？

当我跟希贵聊起这些批评和质疑时，他淡淡一笑："有争议是好事，能让我们更加完善。何况，我们的确还在探索中，也不成熟。"说这话时，他依然满脸真诚。

六

2014年，武侯区教育局潘局长托我请李希贵来作报告，结果希贵居然断然拒绝，理由是"我一般不外出讲学了"。我一听就不高兴了："你一般不外出讲学，可'二般'还不行啊？你就没个例外？"越想越火，哼，白跟你"同居"了！

2015年上半年，我再次厚着脸皮央求他："给我个面子吧，满足一下我的虚荣心，我跟别人说，我能请动李希贵，人家都不信，说：'你就吹吧！'你看，如果你真的不来，我哪还有脸在这个世界上活！"也许希贵怕"出人命"，终于动了恻隐之心，答应了。

于是，那天他驾临成都，一见面便给了我一个热烈的、让我心颤的拥抱，还给我带了点土特产，并请接待他的老师放在我车里了。然后，他与我共进晚餐，领导还安排我坐在他的旁边，这是真的吗？我简直晕乎乎的！

晚餐完毕，希贵说："镇西，到我房间聊聊吧。"我再次受宠若惊，不住地说："好，好，好！"伴之以频频点头，宛如鸡啄米。

走出酒楼，天正下着小雨。我撑着伞罩着希贵，步行回他下榻的酒店。

他抢过伞非要给我打。我主他客，显然不妥。但我没和他争，毕竟他个子比我高。他撑着伞和我在雨中缓缓步行，还拿出手机让同行的老师拍照，然后感叹道："你看你刚到教科院，便有人给你撑伞了，而且还是校长，难怪你连校长都不当了，愿意去教科院。中国的官本位由此可见一斑。"我略有不安，心想，我在教科院也就是一个普通工作人员，但是那毕竟是"教科院"。这么一想，也就心安理得了。

七

进入房间，没有一点过渡，我们很快便进入教育的世界。

他问我不做校长做什么，我说思考、研究、带徒弟……他说"好，好"。我们聊到学校的一切都应该"目中有人"，而这个"人"不是抽象的"学生"，而是"每一个学生"。我说："如果现在问一些校长，办学最重要的是什么？他可能会想到'质量'，想到'理念'，想到'规模'，想到'模式'，想到'特色'，想到'品牌'……唯独没有想到每天面对的一个个具体的学生！"希贵深以为然。我说我所在的武侯实验中学大门上的校名是我校学生题写的，他特别赞赏："这就是文化！"

我谈到一些学校是这样学北京十一学校的："把最优秀的学生集中到一块，同时把最优秀的教师也集中到一块，然后搞所谓'走班制'改革。"希贵说："那不行，这和走班制没什么关系了！"我说："是啊！其实，这样的学生，这样的教师，升学率肯定很高，哪还用得着什么'改革'？这是典型的假教育、假改革！"

说到教育公平问题，希贵特别反对在高中搞所谓的"重点中学"，而且还将重点中学分为三六九等，因为分等级，收费还不一样。"这样只会把校长引偏，远离真正的教育。"他说，"评等级也不对，这是人为地拉大教育差距。"

接着，又谈到现在许多学校的办学规模越来越大，班额也越来越大。我说："一次我去某地讲学，问起当地的班额，回答是我们这里最近几年都搞小班化教学了，我问'小班化'有多小，回答是'也就90多个'。我大吃一惊，90多个还'小班化？对方说，以前一个班都是150多个呢！"希贵也认为，学校不应该越办越大。我说："可现在都追求集团化办学，所谓'扩大优质教育资源'。2015年，我的政协提案就是建议把学校办小一些。什么叫优质教育，把学校越办越小，自然就'优质'了。一个班30来个学生，教师能够一一关注，走进学生心灵，教学个性化，能不优质吗？"

我谈到成都的先锋学校，每班只有30多个学生，可以说是真正的因材施教。"但是有人说，这样的学校没有可复制性。"希贵说："这种思维是不对的，为什么一定要复制呢？教育就是要多元！"我说："是的，现在有些人的思维就是，出来一个东西，马上推广到全国，但教育本来就应该给老百姓提供多种多样的选择。"

八

希贵特别不赞成"经营学校"："所谓'经营'，就是把学校当企业，这就不是办学校了，是出不了教育家的。世界上许多著名的学校，都是这样经营的，所以出不了教育家。倒是在那些偏远地区的学校，像夏山学校、巴学园，能够出教育家。"我说："我想到20世纪中国许多大教育家都是在中国最贫穷、最偏僻的地方办教育的。反过来讲，你的北京十一学校能够在京城，在皇城根下搞教育改革，真是不容易、不简单！"

我说的是实话。对希贵的为人，还有他的思考、他的智慧、他的胆略、他的才华……我发自内心地敬佩。我多次公开说过，在我有限的视野内，特别敬佩三位学校管理大师：李希贵、程红兵、卢志文。我对希贵说："你的文字朴素而生动，深入浅出，从大家司空见惯的想象中发现教育的真谛。最近在外面讲学说到读书，我老爱说两句话：'老师要读王栋生，校长应读李希贵'。"

谈到"教育家"的话题，我俩都认为，教育家的诞生有赖于宽松、宽容的环境。我说："教育家成长最重要的条件就是——自由！思想的自由，办学的自由！学校的健康发展也有赖于自由的风气。20世纪的西南联大就是证明。兵荒马乱，民族危亡，政府无暇去管，西南联大因此硕果累累。"

谈到某些"高考名校"，希贵说："还不是到处挖生源！"我说："真正出类拔萃的学生，并不是教师教出来的！"希贵也开始鸡啄米了："对，对，对！贝多芬哪是学校培养的啊？"他以姚明为例："姚明是学校培养的吗？他连初中毕业证都没有。当时一有篮球赛，他就想方设法去看，请假不被批准，只好违纪去看。所以，学校后来没给他发毕业证，只是肆业。现在姚明就读过的学校，都不好意思说姚明是他们学校培养的。"

希贵还说到莫言："莫言和他哥哥的经历对比，真是打了中国教育的耳光。"我问为什么，他说："前天我还和莫言两兄弟一起吃饭，我在高密一中做校长时，莫言的哥哥是副校长，他文笔非常好，但缺乏莫言的想象力和创造性，因为他读了小学、中学和大学。而莫言，小学只读了四年半便辍学了，连小学毕业证都没拿到。但他的想象力和创造力因此没有受到任何影响，自由自在，最后才能写出那么好的作品。所以，我们的教育，不要压抑孩子的个性，不要扼杀孩子的天赋。"我说："不妨碍孩子的教育，就是最好的教育。"他再次鸡啄米似的点点头："对，对，对！"

九

十多年前，希贵曾经撰文评论拙著《民主与教育》，其中有这样两段话——

尊重比爱更重要。李镇西对学生是非常尊重的。尊重就是民主的开始。尊重还必须教会学生选择，李镇西认为"充满民主的教育，应尊重学生选择的权利"。对此我深有同感，我曾经写过一篇《造就一个选择的校园》的文章，认为必须给学生选择的权利，让学生在选择中学会选择。可以说，选择就是民主，民主蕴含着选择。

"我们的教育必须改变。"这是李镇西论著中流露出的一句分量很重的话，表明他想改变教育的决心。是呵，我们的教育必须改变，必须变得更加充满人性，充满民主。要做到这一点，就必须要求我们的教育工作者，从善待每一个学生开始，从善待每一颗心灵、每一个生命开始，去做好教育工作中的每一件事情，让教育因民主而充满爱，因爱而走向民主。如果我们都从自身做起，从点滴做起，从现在做起，那么我们的民主教育就成为可能。

今天再读，我实在惭愧。十多年过去了，不能说我一点都没有将这些理念付诸实践，但和希贵相比，我做得实在有限。

我想到了马克思的一句名言："哲学家们只是用不同的方式解释世界，而问题在于改变世界。"说的是实践的力量。希贵之可贵，就在于他不仅以民主的教育理念来解释"世界"（教育），而且已经并将继续用实践"改变"

着他的"世界"——北京十一学校。他将"面向个体"的教育观实实在在地化作了北京十一学校常态的教育生活。当我们许多人还在憧憬某些崇高的教育理念时，希贵已经在行动了，而且远远地走在了至少是我的前面。

在大谈"教育家向我们走来"的今天，我对用"教育家"来评价当代中国的教育人是很谨慎的，因为我不认为当今中国已经遍地"教育家"了。但是，现在如果有人一定要问我："中国当下究竟有没有真正的教育家？"我会这样回答："不多，但李希贵或许可以算一个。"

2015 年 8 月 16 日修订

程红兵：书生意气

在我的记忆中，20世纪80年代中期到90年代中期，中国基础教育界有一大批优秀的青年语文教师脱颖而出，可谓"群星璀璨"。其中，"程红兵"这个名字格外耀眼。

"我把做人和做学问分开。做人要真诚，与人为善，尊重他人；但做学问，我却从不讲情面，勇于怀疑，敢于批评，只认真理，不看任何人的脸色。"这是程红兵对我说过的话，也是我从他身上学到的最可贵的品质。

如果不谈学问，生活中的程红兵低调而淳朴，甚至还有几分本真的憨厚，以至常常成为我调侃甚至"欺负"的对象。每当我"取笑"他时，他总是"嘿嘿嘿"地傻笑。

其实，红兵智慧过人，能力超群。别看他平时话不多，不显山不露水，可一站到演讲席上，便如同换了一个人——思维敏捷，视野开阔，高屋建瓴，意气风发，语言极富穿透力。因此，我早就觉得苏轼所谓的"大智若愚"，说的就是程红兵。

红兵待人特别诚恳。每次我到上海，他再忙都要抽出时间来看我。我在华东师范大学学习期间，他一有空就来陪我。我上网不方便时，我的电脑有点小问题时……都是他及时帮我解决的，生怕我有半点不方便。

他就是这样，不是只对我，而是对周围人都这样。凡是认识他的人，都说"程红兵为人真好"。冯恩洪做校长的时候，红兵非常尊重他，但从不去冯家串门。然而，冯校长退下来后，每年春节，红兵都要登门看望。切不要以为他对领导才如此，不，在红兵心中，尊重是没有高低贵贱的，真正的尊重是对"人"的尊重，而不是对职位的尊重。他出国学习考察，自然要带一些礼物回来。朋友那么多，不可能都照顾到，但他给司机的礼物是一定不会少的。所以，他的司机在我面前提起"程校长"时，总是很感动。

十多年前，我曾问时任建平中学常务副校长的红兵："你这个常务副校长大多数时间都在做什么？"他苦笑着说："我相当多的时间都在听老师们诉说。也许我脾气好，他们愿意找我倾诉。有的老师在我面前一边说一边哭，一把鼻涕一把泪的。这虽然耗去我大量的时间，但我想，人家信任我嘛！"

本来为人善良、待人真诚是做人的根本，但在这个日益物质化的时代，这种情怀、这种品质，已经越来越"古典"了。

红兵是公认的好人。"好人"一词在现代人看来有时是能力平常、学术平庸的同义语，但红兵不是这样的"好人"。一旦进入专业领域，红兵便显示出其智慧的魅力和思想的锐气，而且从来只认真理不认人——哪怕这个人是他的好朋友。

我第一次知道"程红兵"这个名字，就是和一篇文章——《语文教学"科学化"刍议——与魏书生同志商榷》联系在一起的。当时，魏书生的声望如日中天，而程红兵基本无人知晓。但他站在人性的角度，直率而理性地对魏书生关于"人人有事干，事事有人干，时时有事干，事事有时干"等一整套"语文教学的科学管理"提出质疑。

当我为这位素不相识的青年教师叫好的时候，无论如何也不会想到，几年后已经成了我朋友的程红兵也会对我说"不"。1999 年 5 月 6 日，四川成都市教科所为我组织了一个"李镇西语文素质教育观摩会"，红兵特意从上海赶到成都。那天上午，我上了两节作文评讲课和一节阅读教学课（讲《拿来主义》），受到教师们的好评。但红兵发言时，在对我的课进行了积极评价后，直率地提出批评，说我在阅读教学时为了教学进度扑灭了学生已经燃烧起来的思想火焰；说我在作文教学中侵犯了学生的隐私，云云。他说："李镇西老师是一个革命者，但还不是一个彻底的革命者。"我当然并不完全同意他的看法，但他有的观点确实击中了我这几堂课的某些软肋，而且特别钦佩他敢于公开质疑的勇气。于是，我即兴作了一个简短的发言："谢谢程红兵老师的直言，这本身就说明了我与他的关系达到了一种境界。"

是的，从他当面对我说"不"的那一刻起，我就已经把红兵当作肝胆相照的朋友了。我们都认为，只有能够与自己碰撞思想的人，才是真正的朋友。我们都为拥有对方的真诚而自豪。

后来，我陪红兵在成都玩了两天。在当年的一篇短文中，我这样写道——

在都江堰，我们冒着蒙蒙细雨站在宝瓶口，望着一江春水向东流而思绪万千；在杜甫草堂，我们漫步在曲折的小径上，阳光透过竹林，斑斑点点地洒在我们的脸上、肩上和心上……那真是一段值得回味的时光！心灵的翅膀在心灵的晴空自由自在地飞翔，思想的清泉在思想的绿野无拘无束地流淌：人生、事业、使命感、批判性、知识分子、人文精神、语文教育、人的解放……或者是共同的话题把两道探寻的目光引向广阔的社会乃至遥远的将来；或者是不同的观点使两块思考的燧石碰撞出灿烂的火花；或者是漫无边际的语言挥洒，收获的却是感情滋润心田的惬意；或者是默默无语的小径漫步，两支思考的火炬在无声中汇聚……

当今社会，学术争论很容易演变为人际关系之争，最后往往各拉一派而自任"盟主"，双方势不两立。但红兵不是这样。无论是魏书生还是我，包括他曾"质疑""商榷"过的钱梦龙老师，都和红兵保持着良好的关系。那年，红兵陪我去看望钱梦龙老师，在整个过程中，他对钱老师都十分尊敬。这份尊敬不是装出来的，也装不出来。

还要特别强调的是，红兵的批评或争鸣，无论多么直率和尖锐，都从不损害对方的尊严与人格。在《语文教学呼唤有价值的思想》中，红兵写有这样一段文字——

有个语文特级教师先在网上发文，后来又将其发表在《中国教育报》（2004年9月21日）上，批评我在《中国教育报》一篇访谈文章中提到对《教师之友》刊发"那一代"三篇文章的看法。我觉得那三篇文章有点"损"，而且是组织进行的"集束"炸弹，有炒作的特征。这位老师对此颇有不同意见，其立意主要是批评有作用，组织的批评有作用，程红兵失去了批评的锐气，很让他失望，等等。对此我不想与之争辩，因为与之争辩，一不小心，就会陷入与之同一个层面绕圈子，毫无意义。其实他基本上是站在工具的层面上谈问题，谈批评的作用，这当然是正确的。但批评也是要讲究价值的，更高层次的批评必然要进入价值理性的层面思考。其实我所说的"损"，就是基于价值理性的思考，批评应该尊重人，尊重被批评者的人格，批评不能有损于他人的人格。"那一代"系列，其中批评魏书生的那篇文章，似乎在揭他的老底，说他学术修养太低，有点说他"欺世盗名"的意思。这样的文章非常典型地超越了学术批评的范畴，置被批评者的人格于不顾。从这个意义上说，我不赞成，主张批评严格限制在学术的范畴内，严格限制在一定的范围之内。

批评，也包含着一种对人的尊重。哪怕是"不讲情面"的文字，也流露出与人为善的真诚。在程红兵身上，对真理的追求与对人的尊重实现了统一。

红兵善于思考，勇于质疑，但他不仅仅是一个批判者，更是一个建设者。我甚至认为，他是最具教育家气质的教育者。近几年，大家都喜欢谈论"教育家办学"，我认为，当代没有真正一流的教育家，但从不否认，的确有为数不多的教育人为我们这个时代的教育作出了杰出的贡献。红兵便是其中之一。

他至少在以下几个方面，对中国教育的贡献是不可低估的——

在语文教育方面，他是目前中国顶尖级的语文特级教师。所谓"顶尖级"，并不是说他有多少荣誉、学术兼职和社会活动，而首先是因为他的课堂教学实践取得了令人不得不信服的成绩。他所追求的语文教育理想和所倡导的语文教育理念，都不是停留在论文和演讲中，而是体现在身体力行的实践上。当代中国貌似高深的"专家"不少，"语文专家"尤其不少，"语文新课改专家"更是如过江之鲫，谁都可以对语文教育指手画脚，但他们当中有几人能像红兵一样，一直站在教室里，用行动实践自己所说的理念？

说到理念，其实红兵的语文教育理念很朴实，甚至很"土"。比如，他主张"回归自然常态的语文学习"，他认为："学生要广泛阅读，有了大量的阅读，学生形成一定的文化积淀，这就为语文教学打下了良好的基础。"他还说："语文学习其实是很朴实的，熟读成诵是基本功。"红兵的话很朴实，没有一个时髦词，但却道出了语文教育的规律。

他是这么说的，也是这么做的。高一、高二阶段，他不给学生布置一道作业题，而是让学生进行大量有品位、有思想、有文化的阅读；到了高三，他和学生一起研究高考命题规律，进行科学的考试训练。结果，他担任校长时所带过的高三毕业班，语文高考成绩从来都是全校第一。他对中国语文教育的影响，是富有思想含量的行动。

在学校管理方面，红兵和我敬佩的李希贵、卢志文等人一样，属于大师级的学校管理专家。红兵性格温和，心地善良，富有智慧，更具有现代管理理念。他靠"科学管理、民主决策、人文关怀"三大法宝，在前任校长冯恩洪已经取得较大治校成就的基础上，把建平中学继续向前推进。2009年，建平中学有四位教师申报特级教师。在写材料阶段，红兵就为他们出谋划策，帮他们修改甚至重写申报材料，然后还和他们一起弄"模拟答辩"……最后，这四位教师均顺利通过答辩，被评为上海市特级教师。红兵的人文关怀让我感动，也让我惭愧。

在学校文化建设方面，红兵更是作出了开拓性的探索。作为冯恩洪的继任者，红兵初任校长时面临的挑战是很大的，因为冯校长交给他的建平中学已经是一所具有相当影响力的学校了，是中国基础教育改革的标志。但红兵以他的思想、智慧和胆略，仅用几年时间就让建平中学又上了一个台阶。在冯校长提出的"合格＋特长"育人理念的基础上，红兵深化了建平中学培养目标的内涵——"自立精神、共生意识、科学态度、人文情怀、领袖气质"。这些内涵可不是耸人听闻的时尚说法，而是已经体现在学校的课程设置中。红兵超越的突破口正是"课程改革"，以及由此引发的"课程文化建设"，乃至"学校文化建设"。只要到过建平中学的人，无不对该校"琳琅满目"的课程赞叹不已。心理健康、艺术审美、主体发展学习和休闲健身学习领域，侧重于自立精神的培养；人与自然和人与社会学习领域，侧重于共生意识的培养；科学知识和科学技能学习领域，侧重于科学态度的培养；中华文化和民族思想学习领域，西方文化和国际交流学习领域，侧重于人文情怀的培养（民族精神与世界眼光）；社会实践和社团活动学习领域，侧重于领袖气质的培养；活动评比和学科竞赛学习领域，侧重于兴趣特长的培养……课程文化的建设，带来的是学校文化的整体提升。这种文化不是贴在墙上的口号，而是直接融入了学校教育改革的核心领域——教学与课堂，这自然也促进了学校教育质量的飙升。对于建平中学这样的名校来说，离开了较高的升学率，所谓的"素质教育"绝对是不完整的。而优异的高考成绩，使建平中学的素质教育更加丰满而真实。

在教师培养方面，红兵也有自己独到的见解和做法，同样取得了突出的成果。他把教师专业化视为品牌学校建设的关键，把工作重点放在教师的专业化发展上。

红兵认为，教师的专业化发展，目的在于提高教师素养，包括文化底蕴、教育追求、教育智慧。他培养教师不是简单地组织读书或听讲座，而是把教师成长同学校改革结合在一起。用他的话来说，就是："推动课程改革，提升教研水平，促进教师发展，培育特色学科。通过校本培训，培养一批在全国各学科领域中有较高知名度的教师，培育若干在上海市、在全国有较大影响的特色学科，形成一支人格魅力足、专业水平高、综合能力强的教师队伍，实现教师专业化发展。"在具体的业务指导上，红兵特别注重营造思想自由的氛围，用思想点燃思想，让观点碰撞观点；同时，大胆提拔、任用年轻人，让他们在压力下得到锻炼。现在，建平中学拥有一大批名师，这当然不全是红兵的功劳，但红兵绝对功不可没。

......

红兵30多岁便担任学校管理者，40多岁便独当一面，成为著名的建平中学的"船长"。有的人"一阔脸就变"，当了校长就忘记了自己的根本，可红兵却始终保持着自己的本色——我不仅仅指他身为校长一直没放弃教学，更是指校长这个"正处级"并没有磨灭他的书生气质，没有锈蚀他的善良天性，没有麻木他的思想触觉，没有顿挫他的批判锋芒……

红兵，是一名纯粹、纯真、纯正的教育者。

在目前的教育体制下，红兵无疑是"戴着镣铐跳舞"，但他以自己的智慧与胆略，在学校管理这个舞台上，将"舞"跳得如此优雅，如此有声有色、有滋有味。

红兵的意义，在于他用自己的行为与业绩告诉我们，不要动辄就埋怨社会，把一切不如意都推给体制。在这个喧嚣的时代，只要坚守内心的良知与理想，自觉拒绝世俗的诱惑与时尚的挑逗，一个有追求的教育者还是可以有所作为的，甚至可以走得足够远。

红兵永远是我的一面镜子，照出我的不足，催我奋进。正因如此，我才更加珍惜我们的友谊。

2009年2月，我和红兵通电话，谈到很多话题，其间还就吴非（即王栋生老师）的杂文争论了几句。晚上，我给红兵写了一封信——

红兵：

最近几年和一些老知识分子交流比较多，谈的都不是语文，而是中国的时政和未来。说真话，和他们比，我觉得自己完全是个苟活者。我真的想早点退休，做一个自由人，让灵魂飞翔。

今天早晨给于漪老师打电话，想问她的生日是哪一天，因为我只知道她生于1929年。结果，她说她生日刚过。我真诚地祝她健康，接着我们聊了几句。放下电话，我想，于漪等被某些年轻人看不起的"那一代"标志着一种风范、一种境界，但愿这种风范和境界不会成为绝唱。

下午和你说吴非，我之所以现在到处推荐吴非，是因为他从许多司空见惯的"常态"中揭露出了"病态"。他说的不过是常识，但在一个互相欺骗的社会，说出常识便是深刻，更是勇气！因为比知识更重要的是见识，比见识更重要的是胆识，比胆识更重要的是常识。读他的文章，我好多时候感到惭愧，因为从中读到了我的庸俗和苟且。

写到这里，我想，作为你最好的朋友，我想给你提个建议：我们一起来抵制"公开课"怎么样？这里说的"抵制"，不是说我们要去"做"什么，而是我们可以"不做"什么——这里的"什么"，就是指到处借班上课。十年前，我们讨论过公开课的弊端，可是你我一样到处"献课"。相信你和我一样，有着许多无奈。但是，凭着一堂上得极为熟练的课走遍天下，所谓"一招鲜，吃遍天"，我越来越觉得不好意思了。而且，这种做法也不符合语文教学常态。于漪就是不上公开课的。所以，现在别人请我讲学，我说作报告可以，但课坚决不上，我不想演戏。

前年在一次讲学的时候，谈到什么是真正的语文教师，我说："在我有限的视野中，我最敬佩的两位语文老师是上海的程红兵和南京的王栋生。"常常有了什么想法时，我就自然会想，如果红兵在我身边，多好！

好了，不写了。下次到上海，如果你也在，我们聚聚。

镇西

2009 年 2 月 24 日

这封信，不过是我和红兵一次真诚的交流，但它最自然地体现了我俩的君子之交。

2016 年 12 月 3 日修订

杨东平：当代君子

大概是 1994 年，《城市季风：北京和上海的文化精神》这本书震撼了我。这本书突破了"国家"的笼统观念，将京派文化和海派文化作比较，开启了地域文化和城际文化个性及特质比较的话语空间。作者视野开阔，思想深刻，文笔流畅，气象宏大。当时我教高三，正意气风发地进行语文教学改革。尽管高考的火药味已经十分浓烈，但我依然没有让学生被题海湮没，而是给他们推荐了一系列有关文化的书籍，其中便有这本书。因为这本书，我和学生记住了一个名字：杨东平。

第一次见到杨东平老师，是 2000 年的夏天，他应四川省教育厅的邀请到成都来讲学，当时同被邀请的还有孙维刚老师、韩军老师和我。和著名的杨教授同台讲学，虚荣心让我暗暗自豪。说实话，初见杨东平教授，除了伟岸的个子在我意料之中外，他的言谈举止和我想象中的"范儿"有不小的差距。从《城市季风：北京和上海的文化精神》中想象杨东平，他应该是一个气度不凡、谈吐激扬的学者。而当时我眼中的他，气度很"凡"，谈吐一点都不"激扬"。他的演讲，语言平实，语速缓慢，语音低沉，感觉激情不足，也似乎少了点儿幽默。总之，没有我期待中的著名学者应有的气场。不过，只要仔细认真听，就会发现杨教授很有思想，而且思路清晰，分析深刻。他的演讲更多的是靠内容而非形式吸引听众。杨教授思想的魅力连同他儒雅温和、内敛低调的风范，给我留下了很好的印象。

在和杨教授的聊天中，我才知道他本科毕业于北京工业学院（现北京理工大学）自动控制系液压传动与控制专业，后任该校高等教育研究所所长。我简直没想到，写下《城市季风：北京和上海的文化精神》这么高屋建瓴、气势雄浑巨著的杨东平先生居然是理科出身。更让我惊讶的是，他居然是中央电视台著名栏目《实话实说》的总策划。深感荣幸的是，因他的提议，2003年春天，《实话实说》邀请我作为嘉宾前去参与节目的录制，那一期主题好像是谈"什么是好学生"。在现场，我观点鲜明，直抒胸臆，真正来了个"实话实说"。下来后，杨老师对我直说"讲得好，讲得好"，同时惋惜"给你的时间太少了，你没讲够"。

后来，我和杨东平老师一直保持着联系。其实，见面的时候不多，我更多的是从网上读他的博客，读他充满思想与智慧的文字：《孩子会输在起跑线上吗》《"三好生"制度向何处去》《我们培养什么样的人》《教育改革的信心从何而来》《中国教育需要一场革命》……杨东平老师视野开阔，他所关注的不仅仅是教育，同时他还是著名民间环保组织"自然之友"的理事长，为环境（自然与人文）的保护执着地发出自己的声音。2004年，杨东平先生被《南方人物周刊》评为"影响中国的50位公共知识分子"之一。

和生活中温文尔雅的气质不同，杨东平老师的文字不但见解独到，而且富于批判力度。这在引起许多人共鸣与赞叹的同时，也自然招来了一些人的谩骂——的确是谩骂："危言耸听""妖言惑众""说你杨东平祸国殃民毫不过分"……每每看到他博文后面那些不堪入目的下流语言，我非常难受。但对于所有谩骂，杨东平教授既不义正辞严地反击，也不呼朋唤友地求援，总之，他从不作半点回应，而且从不删帖——一条都不删，就让那些污言秽语摆在那里。于是，严肃的博文与下流的谩骂，互相反衬——正邪高下，对比鲜明；君子小人，一目了然。所谓"清者自清，浊者自浊"，是也。我想到诗人艾青的名篇《礁石》："一个浪，一个浪／无休止地扑过来／每一个浪都在它脚下／被打成碎末，散开……／它的脸上和身上／像刀砍过的一样／但它依然站在那里／含着微笑，看着海洋……"杨东平老师正是这样的君子。

2008年春节期间，我一个名叫崔涛的学生来看我。他毕业于中国科技大学，学的是工科，但深感中国教育问题太多，立志从教，想力所能及地为改变中国教育作些努力。我很感动，决定帮他。鉴于他不是师范生，没有教师资格证，不可能去学校教书，便建议他去21世纪教育研究院投奔杨东平教授。毕竟崔涛没有研究过教育，他说还需要考虑和准备。两年后，他决定去试试。当我给杨东平老师打电话推荐崔涛时，他二话不说，欣然接受。来成都第一次见到崔涛时，看到他皮肤黑黑的，杨老师幽默地说："呵呵，成都奥巴马！"

到了21世纪教育研究院，崔涛进入了一个相对陌生但富有挑战的领域。他跟着杨老师学习，同时作为项目官员，参与了21世纪教育研究院的许多项目，比如"地方政府教育创新奖"、每年的"两会沙龙"，还有关于"在家上学"的研究。他对我说："杨东平老师是继您之后对我影响最大的老师。杨老师平和，有智慧，我在他的身上学到的东西太多了，其中最重要的有两方面：一是'做中学'，就是杨老师说的太多的东西都需要学习，但最好的学习是实践，因此不如慢慢去做，在做中学；二是'渐进'，就是一步步来。我认为杨老师是一个悲观而积极的行动者，他做了很多公益活动，许多是跨界的。从他的身上，我学到了不急不躁、坚持不懈，一点一滴地改变我们想改变的。"

崔涛在21世纪教育研究院只待了两年。但短短的两年，对他的人生影响极大。正是在杨老师身边这两年的研究与实践，让他看到了教育发展趋势。"我觉得我可以这样去做点事，而不仅是看。"他说。于是，他回到了成都，加盟了被民间称作"中国的夏山学校"的先锋学校。这的确是一所充分尊重学生天性、以不同学生的需要创设课程的学校，孩子们享受着精神充分舒展的自由。而崔涛则几乎24小时都和孩子们泡在一起，经常晚上有孩子来找他聊天，他晚上也和孩子们住在一起。旁人可能觉得他很累，然而，2015年我和杨东平老师去先锋学校看崔涛时，崔涛却说："先锋学校是我理想中的学校。这样的学校让我想到夏山学校，想到巴学园，这里的娃娃都很自由，我觉得在这里能够做我想做的，能够实现我的理想，我乐在其中。"

对杨东平老师而言，也许崔涛只是被他影响的许多人中普通的一个，但对崔涛而言，杨东平是拓展他教育事业并改变他人生的人。我相信，杨东平老师也许都没有意识到，他所影响的"崔涛"还有许多。

2009年4月5日，我以中国陶行知研究会常务理事的身份去南京参加"陶研会"，再次见到了杨东平老师。那次会议的主题是"陶行知生活理论的当代价值"，杨老师在大会讲话中说，80年前陶行知在这里创办的晓庄农村师范学院，孕育了生活教育理论。生活教育一反培养小姐、少爷、书呆子的传统教育和洋化教育，是植根于大地和生活、为改善生活而进行的教育，是学用结合、朴实无华、家常便饭的教育。他希望陶行知生活教育理论能够融入当代的教育主流，成为当下教育改革的重要思想资源。他说："只要紧密地扎根于现代生活，理论之树就可以长青。我们都坚信不疑，生活教育必将进入当代学校教育的主流，迎来一个'陶花'盛开，爱满天下的春天！"那天刚好是清明节，我和朱小蔓会长以及杨东平常务副会长等人一起来到陶行知墓前，凭吊这位伟大的教育家。

一个月后，杨东平老师来到我所在的武侯实验中学。他对我校的平民教育颇感兴趣，看得很细，还拿出相机拍照。在校园的陶行知塑像前，我俩还合影留念。后来，他特意在其博客上撰文介绍武侯实验中学朴素的校园环境。正是那次在陪他参观校园的过程中，杨老师建议我向上级教育主管部门申请"特许学校"的政策。这是我第一次听说"特许学校"这个概念。

他向我介绍说，特许学校是美国的一种新型办学模式，经由州政府立法通过，特别允许教师、家长、教育专业团体或其他非营利机构等私人经营公家负担经费的学校，不受例行性教育行政规定约束。这类学校虽然由政府负担教育经费，但却交给私人经营，除了必须达到双方预定的教育成效外，不受一般教育行政法规的限制，为例外特别许可的学校，所以称为"特许学校"。特许学校与政府之间是一种契约的关系（通常三年至五年），学校必须在契约规定期间保证达成双方认可的经营目标。这种目标通常是以改进学校教学现状为主，因此多数属于教育革新的实验学校。因为是教育实验性质，所以特许学校通常可以免除例行性教育行政法规的限制，如各学科授课时数、教学进度、教师工作准则、薪资规定以及例行性的报表等。

我真的动心了。杨老师走后，我便给武侯区教育局提出申请，但因为种种原因，终未被"特许"。不过，通过杨老师介绍的特许学校，让我看到了学校体制的另一种可能，但愿在中国会有真正的"特许学校"。

最近几年，杨东平老师每年春节都在成都过，因为她夫人是成都人。于是，每年寒假，我都会和他至少有一次见面。我们曾一起去龙泉看国际标榜学院，去安仁镇看建川博物馆，去柳江古镇看蒙蒙烟雨，去新都看先锋学校。更多的时候，是在一个阳光灿烂的下午，我俩坐在东二环五段和三官堂街交叉口的紫云天茶楼，谈教育，谈社会，谈我们感兴趣的共同话题。他近年来关注的主要是教育公平、高考改革、教育去行政化等话题。杨东平老师依然思路开阔，见解独到，说话总是那么温和、从容，声音不疾不徐。哪怕谈到一些令人激愤的教育弊端，他也语气平和。我从没看到过他激动，更无法想象他会有声色俱厉的时候。他的精神力度不是体现在语气上，而往往是体现在一针见血的分析和富有建设性的思考上。和他聊天，或者说听他说话，真的像是在读一本耐人咀嚼的书。

当然，我俩的聊天也不完全都是高大上的严肃，也有轻松有趣的时候。比如，有一次我问他到成都来学会了哪些成都话。他想了想，用成都话说："烦求得很！"我顿时眼泪都笑了出来。他却一点也不笑，非常认真地问我："这是什么意思？"我只好一边擦眼泪一边给他解释："就是很烦的意思。"他一听，也不好意思地笑了，笑得很纯真、很可爱。

杨东平老师出身高级干部家庭，说起来也算是"官二代""红二代"，但他一点都没有气充志骄、恃才矜贵的气息，半点都没有。他的朋友很多，不少是各界名家大腕，也有许多普通的一线教师，无论是谁，他都平等相待。他对人发自内心的尊重，让每一个和他接触的人，都感到自己是杨老师最重要的朋友。

是的，他和谁都可以成为朋友，但绝非圆滑，更不世故。他有自己的原则，并努力守护着自己的原则。这个原则，我理解的就是对自己心灵的坚守。

2015年春节他回成都，我又和他在紫云天茶楼喝茶。我说我刚整理了一本书稿《教育为谁》，主要是呼吁教育回到起点，遵循常识。他非常赞同我的观点。我提出请他写序，他欣然允诺。不久，他果真写了一篇——《教育现代化和教育正常化》。他说在这个越来越浮躁喧嚣的时代，"李镇西的新作适时地发出了清醒的呐喊"。他对我"遵守常识，保持朴素，坚守良知"的办学努力表示赞同，说："我把李镇西的这种努力，称为'教育正常化'，它是教育现代化的基础和前提。"

但2016年年初，我邀约成都一批年轻教师成立了一个以研修教育为宗旨的工作站，邀请杨东平老师担任工作站的特聘导师时，他却谢绝了，理由是"我不擅长面对中小学教师讲课"。我理解，不做自己不擅长的事，这是杨东平老师的原则，更是他的真诚。

前不久，我的工作站举行读书沙龙活动，我请杨东平老师来和教师们一起喝茶聊天，谈读书。杨老师却毫不犹豫地答应了，欣然和我们走进了竹影婆娑的杜甫草堂。这也体现了杨东平老师的原则与真诚——只要是力所能及，他总是乐意去做。

这真是一个美好的时刻。在古朴典雅的杜甫草堂"仰止堂"，我们一边品茶一边聊书：《要相信孩子》《和青年校长的谈话》《教学机智——教育智慧的意蕴》，还有《巨流河》……杨东平老师也谈了他自己对读书的看法："对教师来说，有两类阅读：一是读与教育有关的书，这是对教师职业生活有帮助的阅读；还有一种是'无用的阅读'，这是能提升人的修养的阅读。"他还给老师们推荐了两本有关四川的书——《我的凉山兄弟》和《江城》。

在读书沙龙正式开始前，大家摆拍了一张照片。照片上，所有教师都像学生一样坐在座位上举起右手，像一群教室里的孩子正争先恐后地举手要求发言。前几排全是教师一张张青春袭人的笑脸，而最后排不起眼的地方，是几乎被前面年轻人遮掩的杨东平老师。他也高举起右手，脸上同样是孩子般纯真、明亮的笑脸。

低调、内敛，甘愿在年轻人后面默默地助力，这恰恰是杨东平老师的为人。

第二天，杨东平老师又应邀为武侯区教育局机关干部和全体校级干部作了一场题为"走向 2020 年的教育现代化"的报告。他讲了四个问题：什么是教育现代化、教育现代化的历程、促进教育变革和教育创新在中国。他分析了目前教育的三大问题：教育不公平、应试教育和教育行政化，又分析了应试教育"打而不倒"的原因，比较了中西教育。他特别对流行的所谓"中国基础教育比美国强"的观点提出质疑，分析了中国教育与发达国家教育的差距，但他不仅仅是抨击，更主要的是建设。他提出了"教育范式的改变"：从国家主义到以人为本，关心每一个学生；从升学教育、应试教育到培养人、培养新公民；从学科中心、知识本位到能力本位、生活教育；从教师中心到学生中心；从教什么、如何教到学会学习、学会生存。他还提出"从课改到教改"：改革教材内容，走向全课程、主题式学习；从课堂走向学校，走向生活教育；改革办学体制，走向教育家办学。他尤其提出要"改革中小学办学体制"，并以全球教育发展趋势为背景，建议公办学校进行体制改革，实现教学模式的多样化、高质量；公办学校应该管办分离，委托管理；开放各类教育创新实验；主动迎接并适应互联网时代的教育创新……

杨东平老师的语言依然温和，却蕴含着内在的力量，在娓娓道来之间打开了我们的视野，为我们的精神世界注入思想的阳光。他依然没有振臂一呼的"气势"，却让我们每个人的头脑掀起风暴。大家都说，杨老师的报告"真是一场思想盛宴、精神大餐"。

前段时间，网上流传一篇文章——《民国时期的十大先生》，说的是胡适、蔡元培、马相伯、张伯苓、竺可桢、陶行知……我读后感慨万千，立刻转发到微信朋友圈，并写下这些文字："所以现在只有教授，没有先生。"在我看来，只有学问是不能被称作先生的，既有学问又有人品才可称为先生。

现在想来，所谓"现在只有教授，没有先生"，说得绝对了一些。应该说，在我们这个时代，真正的先生虽然不多，但还是有的。比如杨东平老师，他就是具有传统知识分子风范的现代学者。他善良而正直，纯真而睿智，温文尔雅但绝不世故，博学多才而视野开阔，与人为善而又恪守原则，见解深刻而从不咄咄逼人，勇于批判但更富于建设……尊重、平等、宽厚、大度，在他身上得到充分的体现。

杨东平完全可以被称作"先生"，或者"君子"。

2016 年 2 月 1 日晚

陈钟樑：令人享受

那天在饭桌上，我笑着对钟樑先生说："我回去一定要写一篇关于你的文章，题目就叫'走下神坛的陈钟樑'."当时，钟樑先生哈哈大笑，神态宛如纯真的少年。可是，现在当我真的开始写他时，便觉得这个题目不太妥当，于是改为"陈钟樑：令人享受"，因为与他在一起，真是一种享受。

不过，在我的心目中，陈钟樑先生曾经的确是一尊"神"。

我不敢说陈钟樑先生的知名度有多么高，但至少在中学语文界，他的名字如雷贯耳、家喻户晓。我第一次注意到"陈钟樑"这个名字，是20世纪90年代中期读《语文学习》时，看到陈先生有一篇谈语文教学发展的文章——《期待：语文教育的第三次转变》。文章中，陈先生认为20世纪的中国，人们对语文教育的认识经历了两次转变：第一次是20世纪初，从"文字型教育"转变为"文字—语言型教育"；第二次是改革开放十多年后，从"文字—语言型教育"转变为"语言—思维型教育"。他进而指出："人们没有理由不期待着语文教育的第三次更为壮观的转变，转变为'语言—人的发展'，以此设计语文教育的课程与教材、教法与学法、测试与评价等方面，促使语文教育全方位的改革。"这篇文章不长，但高屋建瓴而又深入浅出，我感到陈钟樑先生是一位拥有丰富实践经验的语文教育思想家。我开始有意识地关注陈先生的文章，并逐渐知道了他的一大堆头衔："著名特级教师""全国中学语文教学研究会副理事长""上海东方教育中心副主任""上海师范大学硕士生导师""华东师范大学讲课教授"等，他的形象在我的心目中日渐崇高起来。

第一次见到陈钟樑先生是 1999 年 10 月在天津召开的全国中学语文研究会第七届年会上。陈先生个子不高，但很有风度，举手投足间都透出一种儒雅的气质。大会闭幕式上，他刚好坐在我的旁边。出于敬意，我把刚刚出版的拙著《从批判走向建设——语文教育手记》赠送给了他，并小心翼翼地请求与他合影。钟樑先生欣然同意。后来，我在成都和珠海与钟樑先生又有过短暂的接触，但都没有深入交流。不仅仅是因为时间紧，主要还因为我由自卑而表现出来的"矜持"。对于这样一位语文教育大家，我唯有用沉默和聆听来表达我的仰慕——那时，在我的心目中，他的确是一尊让人敬畏的"神"。

这次到杭州参加第二届"西湖笔会"，我不但再次见到了陈钟樑先生，而且有幸与他"同居"了几天。

我本来和他并不是一个房间。在杭州的第一天晚上，我是同一位教授住一个房间。但当晚我几乎彻夜未眠：教授的呼噜简直达到了专业水平，如万籁俱寂时的雄鸡报晓，高亢而嘹亮，震得我全身每一个零部件都不得不闻鸡起舞，然而窗外却迟迟不见曙光。第二天早晨，我很直率地对教授说："对不起，今晚我得另寻新欢。"这位教授非常理解我，他抱歉地说："我打呼噜是挺厉害的。有一次我住院住的是大病房，结果我一睡着，病房里其他人都无法入睡。"

于是，我找到陈钟樑先生，问他："你打呼噜吗？"他斩钉截铁地回答道："不打。""那好，今晚我来陪你睡！""欢迎，欢迎！"说完这话，他突然反问我："你打呼噜吗？"我说："不打。怎么，你也怕呼噜声？"他说："前几天在洛阳，我和陈军同房，陈军的呼噜真是惊天动地！"

由于我头天晚上没睡着，所以那天晚上很快便入睡了。但到了半夜，我被一阵激越高亢的小号声惊醒。回头一看，演奏者乃一代名师陈钟樑。想不到此人竟是睡在我身旁的"赫鲁晓夫"！我悄悄地把灯打开，只见熟睡中的钟樑先生面目委实有些狰狞，嘴巴大张，仰天长啸。面对他洞开的口腔，我凝视良久，心想：钟樑先生的喉部居然自带音响设备并安装了功放，小号之声便从他那幽幽的喉舌里喷涌而出，徐徐绕梁，不绝于耳。唉，没想到我刚出虎穴，又入狼窝！

第二天早晨，我笑着对钟樑先生说："你也打呼噜啊！"他睁着一双无邪的眼睛惊讶地问："是吗，我怎么不知道？"我说："当然，你的呼噜比起那位教授还差一个档次，他是专业的，你是业余的。不过，你打的呼噜却是美声！"当晚入睡时，想到又将免费听一场小号通宵演奏会，我试探性地问钟樑先生："如果你侧着身子睡而不是仰面睡，你能睡着吗？"他说："可以呀。"于是，我乘胜进军："那你就侧着身子睡吧，这样就不会打呼噜了。"这个办法果真灵验，那一夜他停止了"小号演奏"，而我也睡得很香。

论年龄，六十有三的钟樑先生绝对属于老龄，但在我看来，他其实很年轻。这种年轻既写在他的脸上——白皙的脸上几乎没有一条皱纹，更体现在他的心态上。是的，在与钟樑先生几天的朝夕相处中，我发现钟樑先生的确很年轻。

只要他一走进房间，第一个动作一定是打开电视，然后拿着遥控器不停地搜索频道。每当这时，他总是目不转睛地盯着电视，那痴痴的神态，我想只有迷恋电视的中小学生才会有。而且，钟樑先生有一绝技，任何时候打开电视，他都可以立即进入剧情。有一天中午，他打开电视，屏幕上是一群俊男靓女，一看就是偶像剧。突然，钟樑先生叫了起来："快看，范冰冰！"我当即便笑了："我女儿也喜欢范冰冰，原来你也是个追星族呀！"我问他是什么电视剧，他说："《青春出动》。"果真是个电视迷。又有一次，电视里正播放电影《黄河绝恋》，我指着屏幕上的演员宁静和那个外国人说："好像这两个人在生活中就是夫妻。"钟樑说："这是很早的事了。宁静在演完《红河谷》以后就与那个外国人结婚了。"

钟樑先生的幽默是出了名的，而且，他肚子里总有那么多的笑话。在那几天，只要他走到哪儿，哪儿就总是笑声不断。比如，他对年轻女性说："我年轻时比你还年轻呢。"钟樑先生很会模仿表演。他是上海人，但学北京公共汽车上的售票员说话却足以乱真。他说，有一次在北京乘公共汽车去地安门，他问售票员"地安门到了没有"，结果被正在悠闲地修指甲的女售票员一顿训斥："不日（是）已经告人（诉）你了吗？你累日（死）我了！你站远一点，烦日（死）我了！"他用卷舌音快速模仿售票员的话，真是惟妙惟肖，逗得我们捧腹大笑。

钟樑先生曾给我们讲述过他在北京的一次经历："有一次我去故宫，当时是3:50，我怕关门，便问售票员：'还可以买票吗？'回答'可以'。没想到买了票还要求买鞋，可待买好鞋子穿上，又不让进，因为4:00钟到了，这是故宫关门的时间。我急忙问售票员：'可以退票吗？'她回答：'不行。''那为什么刚才要卖票呢？''刚才是几点？''为什么刚买了票又不让进呢？''现在是几点？''那么，这票明天可以用吗？''明天是几号？'"

与其说钟樑先生是在叙述，不如说他是在说单口相声，或者是在分角色表演，他的口吻时而是他自己，时而是那冷漠而不讲道理的售票员，特别是听他模仿"为什么刚才要卖票呢？""刚才是几点？""为什么刚买了票又不让进呢？"时，我们仿佛就在现场，看到陈钟樑先生正可怜巴巴地企求着售票员。

在餐桌上，钟樑先生也令我大开眼界，他惊人的食量让我望尘莫及。一天早晨，他一边吃一边和我聊："老年人身体好有五个标志：说得快，走得快，吃得快，拉得快，睡得快。"他还给我一一解释："所谓说得快是指反应机灵，走得快是指动作敏捷，吃得快是指吃得香，拉得快嘛……"我说："你别解释，我都懂了。你这几天的表现，就是对这五条的注释。"盘里的东西他全吃完了，于是又起身加了一大盘蔬菜，我忍不住对他说："你真是'饭桶'啊！"

这当然是玩笑，不过当时我还说他是"智囊"，这倒的确是真的。和钟樑先生一起聊天散步，我会感受到一种智慧的启迪，因为钟樑先生随时都在思考。那天晚上下着小雨，我和钟樑先生来到西湖边散步。夜幕下的西湖朦胧而神秘，远没有朱自清在《冬天》里描绘得那么美丽。但听着钟樑先生的闲聊，我的眼前则展现出一道道美丽的思想风景。

"教育成功的秘诀，破折号，爱心！"我清楚地记得这是钟樑先生那天晚上走出宾馆时对我说的第一句话。接下来，他回忆起他当班主任和当校长时的一些往事。他谈到处理学生早恋的事，特别强调："必须尊重孩子们美好而纯真的心灵，才谈得上对他们的引导和教育。"有一个细节让我很感动：一位女生要转学了，去教导处开转学证明，教导处主任对她说："想好啊！千万别后悔，转学证明一开，以后你想回来都不可能了！"钟樑先生讲到这里，很动情地说："为什么不给这位学生一点温情呢？这毕竟是她就读了几年的母校，应该让她有一些留恋之情。这位主任应该对学生这样说：'你现在虽然转学了，但如果到了新的学校不适应，我们欢迎你随时回来！'如果这样多好！可教导处主任却那样说，唉……"写到这里，我的耳边还回响着钟樑先生当时沉重的叹息声。

由教育者的爱心，我谈了一些我的思考。我津津乐道于自己心灵的自由，因为没有任何行政事务的干扰。钟樑先生却说："你以后还是应该当一段时间的校长——当然，我说的是只当一段时间，这样你思考问题的视野会更开阔，而且与外面交往的机会会更多，更有利于你的事业。"

我们又谈到了新世纪的语文教学改革。钟樑先生说："都说要继承传统，但什么是传统？又如何继承？这是值得我们认真思考研究的。比如，有人认为应该'多读多写'，这当然是对的，但今天的孩子应该读什么写什么，又如何读如何写，这才是关键。"说到这里，他引用了马克思的一句话："马克思说过，'人体解剖是猴子解剖的一把钥匙'。这句话是什么意思呢？我理解的就是，只有把握了今天的现实，我们才能更深刻地理解过去。因此，继承传统必须立足今天的现实，站在未来发展的高度，才能真正继承优良传统。"

他以"语文是人类最重要的交际工具"这句话为例："这句话是对语文功能的概括，当然是对的。但站在今天的角度，我们不能简单地把'交际'理解为同一时空面对面的交际，而应根据时代发展赋予其新的内涵。我理解，今天来谈语文的'交际'至少还应包括两个方面：一是通过文本同时代的其他人乃至其他民族和国家的人进行交际，比如我们通过《文化苦旅》与余秋雨进行沟通，通过《时间简史》同霍金展开交流；二是通过文本与历史对话，与未来对话，比如我们通过阅读《史记》与司马迁对话。所谓'抚摸历史的伤痕'，我们也可以通过自己留下的文本与未来的人对话。如果这样来理解'交际'，我们语文教育的内涵就要丰富得多，其前景也广阔得多。"

谈到语文教育科研，我深感现在伪科学太多，模式泛滥，名词乱飞，而缺少一些实事求是的朴实学风。我对钟樑先生说："我越来越感到，真理总是朴素的。哪有那么多的玄妙理论啊？有些人就喜欢把简单的东西深奥化，以显示其'学问'。"钟樑先生非常同意我的观点，他说现在语文教学杂志上一谈到教学方法、原则，总是这个"性"那个"性"。他引用文艺评论家王瑶先生的话说："现在一些年轻人一做学问就谈'性'，我老了，对'性'不感兴趣了！"他又引用李政道的一句话："不管对自然现象还是社会现象的规律，叙述得越简单，应用越广大，那么，这个科学的内容往往越深刻。"说到这里，他举了一个例子：毛泽东的老师、著名历史学家周予同先生在回答学生"中国传统文化的特点是什么"的时候，是这样说的："吃饭，生孩子。"钟樑先生评论道："如果让一些人来阐述这个问题，肯定是一篇长长的论文甚至一部巨著，可周先生用非常通俗简洁的语言就把这个问题说清楚了。为什么'吃饭'呢？因为'民以食为天'！为什么'生孩子'呢？因为'不孝有三，无后为大'！一切都围绕农耕生产，并传授生产经验。吃饭是'生存'，生孩子是'发展'，就这么简单。"

钟樑先生又谈到现在语文教育界的浮躁，认为医治浮躁的最好办法是读书："1970年联合国教科文组织第16届大会确立了'阅读社会'的概念，倡导全社会人人读书。'读书人口'在人口总量中的比例，将成为综合国力的一个重要指标！"

我惊讶于他的大脑宛如一部随时都在高速运转的机器，时时都燃烧着思想的火焰。从他的口中，随时都可以冒出一段名言或某个最新的数字。他还十分善于收集和学习。几天下来，在我们的谈话中，只要他认为有用的，哪怕是讲一个笑话甚至只是一个词，他都会随时掏出笔记下来。

现在，我终于发现了他永远年轻的秘密，那就是随时不停地阅读，不停地吸收，不停地思考。于是，他的思想车轮永远走在时代的前列。我再次感到，所谓僵化、保守，与年龄是没有必然联系的。

我们沿着西湖，边走边聊。此时的西湖，仍在夜幕下静静地流淌着。近处的灯光勾勒出西湖柔美的曲线，远处黑黢黢的轮廓书写着吴山的静默。微风徐来，浩瀚的湖水拍打着堤岸，汩汩作响，我听到了思想的涛声。天空没有星光，但因为与钟樑先生为伴，我心灵的夜空正星光灿烂……

钟樑先生说他每周一下午都要去上海师大去给他带的硕士生上课，我由衷地对他说："你真该去带博士生，我真想当你的学生，每周一下午都能聆听你的教诲。"

笔会结束的最后一天下午，我回到房间，钟樑先生因事已经提前离开。他给我留了一张字条——

镇西：

愉快的"同居"生活告一阶段。

盼望着下一次继续"同居"!

再见!

钟樑

4 月 12 日

人去楼空,钟樑先生幽默的话语、爽朗的笑声、睿智的目光和青春的气息,现在竟化成这一张薄薄的字条。我凝视着这张字条足足有几十秒钟,不禁伤感起来……

我把字条小心翼翼地收藏起来,突然有了些遗憾:可惜这张字条是用圆珠笔写的,不然保存的时间会很长,因为我打算把这件"名人手迹"作为一件将不断增值的"文物"留给我的子孙。下次,我一定要让钟樑先生用钢笔重写一遍。

可是,"下次"又是何时呢?

2001 年 4 月 15 日

吴非：思想风骨

一

那天接到南京朋友郭文红老师的电话，问我看吴非最近的博文没有，我说没有，最近太忙了，的确有一段时间没有看吴非的博客了。郭老师便要我去看吴非刚刚写的《像太阳一样升起的白旗》，她说她是含泪读完的。郭老师还告诉我吴非老师病了，她要我问问吴非老师好点没有。

打开吴非的博客，果然，《像太阳一样升起的白旗》很快便撞击着我的心灵。吴非用深情柔软的笔触，描绘了三个美丽的生命如流星般划过夜空，短暂却璀璨；但他依然保持着应有的思想力度，表达出对人性的思考。不过，我也读出了一些迷糊："我在病中，想起一个又一个学生的面容，感叹生命的短暂，同时也赞叹生命的美丽。"从这几句话中，我感到吴非老师的确生病了。还有文章的最后，吴非老师这样写道："我吃力地写下这些，每一行字都要用去我很长时间，我很累……"看来，病得不轻。

我拨通了吴非兄的电话，问候他的病情，结果让我大吃一惊：原来吴非兄的左眼突然失明了，而且是在上课的时候！他顽强地睁着一只眼睛，流着泪坚持上完了课。要命的是，左眼的失明已经不可逆转，我担心他另一只眼睛会不会也失明，他说医生说有这种可能，现在他正努力避免或者延缓右眼的失明。"我不会放弃努力的！"吴非兄在电话里坚毅地对我说。但同时，他也叹息，说他本来2010年就该退休了，没想到……我不知如何安慰吴非兄，他却反过来嘱咐我，一定要注意身体，身体不好，什么都谈不上。

放下电话，我重新打开吴非的博客，再读《像太阳一样升起的白旗》，有了更深刻的感受，联想到刚才吴非跟我说这篇文章是他断断续续分好几天写成的——每天在 Word 文档上写一点，写完后再把文章粘贴在博客上。这已经不仅仅是毅力了。吴非兄是用自己依然年轻的生命吟唱一首生命的赞歌！这首歌，在我的心里，在郭老师的心里，在无数读者的心里，激起了悠长的回声。三个年轻生命的逝去，给生者留下了美好而温馨的记忆。我再次感叹生命脆弱而又坚强，黯然而又辉煌！

我不知道这篇文章是不是吴非兄留在博客上的最后的文字——他的眼睛已经不允许他像过去一样上网写作了，但即便如此，这篇文章也不能说是"绝唱"，因为这只是一首歌的开头，吴非领了个头，许多相识和不相识的人便接着唱了下去——《像太阳一样升起的白旗》的后面，有着长长的留言，表达着不仅仅是对吴非，也是对善良、对人性、对良知的赞美。

在我看来，"纯真日光"四个字是对吴非文字的最好评价。

一位学生的留言，让我眼睛湿润——

王老师，您教了我们四个月，2010 年 1 月 6 日，您睁着一只眼睛给我们上了最后一堂课。我会永远记得，末路的英雄，知不可为而为之。

寥寥数语，给我呈现出一个感人的场面：教室里，学生静静地仰望着讲台上的老师，每一双明亮的眼睛都闪烁着从心灵深处升起的崇敬的光芒；讲台上，矗立着一尊美丽而英勇的雕像——一位老师在认真地讲课。他闭着的左眼正淌着泪水，睁着的右眼依然明亮而纯真！

对吴非兄的学生来说，这堂课对他们心灵的震撼，不亚于都德笔下韩麦尔先生的"最后一课"。当然，对吴非兄来说，这的确是他几十年教书生涯的最后一课。我想，那天，当他像平常一样走进教室的时候，无论如何不会想到，他会以这种近乎悲壮的方式为自己的教育人生画上一个句号。不！不是句号——吴非兄当时站在讲台睁着的那只明亮的眼睛，分明是为自己的职业生涯展现的一个惊叹号！

二

几天来，我依然忙碌，但吴非的面容和面容上的那只眼睛，几乎一直在我面前浮现，挥之不去。想着我依然可以读书、写作、上网，而这一切对现在的吴非兄来说，已经属于"冒险行为"，心里很是难受。总想为他做点什么，比如帮他找医生，或者特效秘方。但想来想去，除了叹息，毫无办法。

郭老师又来电话问我代她问候吴非老师了没有，她也很着急，说和吴非老师同在一座城市，想去看他，却又不敢去，因为怕打扰他。"李老师你说，我能够为王老师做点什么？"电话那头，善良的郭老师急切地问我。可我又能问谁呢？

苏州的朋友王开东也发来短信，要我向吴非老师转达他的敬意和关切。开东可能觉得和吴非老师不是特别熟，所以不便直接打扰吴非兄，所以托我问候。

我们在心疼着吴非，可他却惦记着大家。他知道我和许多朋友牵挂他的病情，1月30日早晨，便通过电子邮件说明了自己的眼疾——

水肿基本消失，血管基本疏通。但上周做了视野检查，没有好转。只有"视敏度"略有提高。

继续穴位注射复方樟柳碱，准备打满两个疗程（36天或40天），静脉注射葛根素连续25天，再有三天结束；继续服用水药；每天服三遍弥可宝。从下周开始针灸，每周三次。

听耳鼻喉大夫说，阿司匹林不会导致耳鸣，前天起恢复使用。血压控制也较好。

虽然没有明显进展，但是不放弃。

我的生活节奏逐渐放慢，不用上班了。唯夜间失眠，比较矛盾，不敢再用药。

目前每天上午仍然去省中医院，中午休息。下周要视针灸大夫的安排。

"虽然没有明显进展，但是不放弃。"这句话让我感到了吴非兄的乐观和坚忍。我在心里祷告：苍天有眼，可要保佑吴非兄最后的光明！

当天下午，吴非兄又来一信，给我以兄长般的叮嘱——

镇西兄不要太忙，要吸取我的教训。我不善于拒绝，总是不好意思说"不"，因而忙碌终日，年复一年，无法休息。特别是近十年，很少有闲下来的日子，方方面面的杂事太多，推辞每一件事都要大费口舌，于是就连散步的时间也没有了。我常常想，如果每个人都把自己的那份工作做到位，其实也不会有什么多余的难事让少数人超负荷的。这次是上天可怜我，看我太累了，让我休息了。我终于可以慢慢地喝一碗粥，静心地听一段音乐了。只是那么多书还没来得及看，眼睛却残损了。流沙河三年前来书警告——"什么事别人都可以代做，病可是要你自己生的"，殊为可叹。

自己的眼睛已经渐渐远离光明，心中依然燃烧着照亮他人的火炬。记得很多年前读穆青写焦裕禄的通讯，其中有一句话："他心中装着全体人民，唯独没有他自己。"据我所知，吴非兄和我一样，并非共产党员，但他善良而正直的天性，让他的心中同样随时装着他认为需要关心的人们。"在没有英雄的年代里，我只想做一个人。"吴非，正是这样一个真正的"人"。

三

几个月过去了，我一直惦记着吴非兄。

2010年3月5日，我应邀去南京讲学，特意提前半天到达南京。下了飞机，我给吴非发短信，他回复我说，快到他家的时候给他打电话，他好下楼接我。

一个小时后，我来到吴非的宿舍楼下，直接上了三楼敲开他的门。开了门，他很惊讶："不是说好打个电话，我下去接你吗？"我笑着说："这是不可能的，你眼睛不好，天又下着雨，我怎么能让你下楼接我呢？"

进了屋，我一边和吴非寒暄，一边习惯性地朝客厅走，可吴非指着脚边的沙发请我坐。我这才反应过来：吴非家是没有客厅的，进门几步便是我以为是客厅的卧室，沙发旁还有一道门，估计是间小房间。我坐在沙发上，对面一步之遥便是狭小的卫生间和同样狭窄的厨房。两室一厨一卫，大概也就五六十平方米吧，这就是吴非的居室。

吴非和我面对面坐在一张餐桌旁，他端来一盘水果，是四个削好的梨，雪白而水灵。我非常感动：刚才在等我的时候，他已经把梨削好了，尽管他的眼睛并不好。

我便问他眼疾怎么样了，他说左眼下半部完全没有视力，而且没有了余光，因此上街很不方便。我说："那很危险，你一定要小心。"他说："我正在慢慢适应这种生活。"我问："右眼可能受波及吗？"他说："基本不会。只是右眼视网膜十几年前有一个小瘤，前些年破裂，局部视图有些缺损；而且，因为只用右眼，便会增加右眼的负担。"我又问："左眼的问题，究竟是什么原因引起的？"他说："有专家认为是偶发事故，可能是血管痉挛，从而引起血栓。"

我说："很多朋友都很关心你，向我打听你的病情呢！"他表示感谢，说："钱理群老师劝我面对现实，尽快找到一种合适的方式，继续读书、写作。"我说："是呀，对你来说，不能看书，不能写作，那真是要了你的命呀！"

我又环顾四周，感慨道："你就住这么小的地方，没想到，没想到！"他却笑着说："这是学校当年分配的宿舍，上班近。我另外有房子的，只是在这里住了23年，有感情了，就像农民离不开熟悉的土地。"他随手拍了拍身边的饭桌，说："早年我好多文章是在这张桌子上写出来的。"

吴非兄虽然左眼有疾，但精神状态很好。他依然健谈，思维之敏捷，人如其文。谈到教育腐败，他说现在的一些校长其实早就该进牢狱的，有些是披着"教育皮"的市侩，却还欺世盗名地游走在场面上，吹起牛来大言不惭。他们庸俗不堪，也依据这样的价值观把教师弄得庸俗不堪。"教育腐败"也许比"司法腐败"更可怕，教育为立国之本，如果根本发生动摇，不但我们毕生奋斗的一切将毫无意义，几代人的努力也将付之东流。校长队伍的腐败势必毁灭教师队伍，贻害无穷。中小学的基建和每年的招生已经成为最大的腐败源，一些校长靠招生富甲一方，有的甚至以此营造"联络图"，为升官加爵铺路。而目前的体制和社会风气还不能有效地制约他们，这是教育改革的一大障碍。

无私无畏，疾恶如仇，吴非是一条真汉子！

他接着说："同样是在南京，杨瑞清却不被很多人知道。他是真正的教育家，是我敬佩的人。他长期在一所农村小学从事行知教育思想的实践，真了不起！可现今媒体却不太宣传平民教育家，他的知名度还不如那些'教育流氓'，真是可悲呀！"

"其实，我们教育界也有不少好校长，"他继续说，"比如复旦附中的一位老校长，对教师特别好，每次教师来找他，他都会真诚地问：'我能为你们做些什么？''有什么事需要我帮忙的？'这话多让教师感动！后来，我经常也把这些话转送给一些年轻的校长。"我很得意地向吴非兄表白道："我也爱跟我学校的教师这样说呢！真的，如果教师有了困难，只要我能够帮上忙的，都会全力以赴。"

他赞许地点点头。

说起教师素质，吴非也感慨不已："现在有些教师的素质不高，业务素养也很低。20世纪50年代时院系调整，好几所大学到师大附中来要人，结果有三位教师直接被调到大学当教授。现在，哪个中学的教师能够直接到大学当教授？还有少数教师的道德素质也很差。其实，教师的一言一行，学生都看着呢！"虽然叹息，可他谈到南京师大附中语文组时很自豪："我们语文组有些教师真不错，庄敬自强，有真正的教师修养。他们有一个共同的特点：不苟且。"

听到这里，我心里一震："不苟且"三个字太有分量了。我说："我一定把这三个字带给我校教师。不苟且，意味着抵御外在的诱惑，坚守内心的良知，不管社会风气如何，绝不放弃应有的理想、情操和气节！"

他说："是的，教师不能放弃理想。人生在世，吃的穿的用的，能够花费多少钱呢？够用就行了。不能因为过分追求物质，而放弃了精神追求。"

他非常赞赏我目前从事的平民教育，认为我选择的道路是正确的，对我们的办学理念给予了高度评价。说起2009年访问武侯实验学校的事，吴非说当时王副校长介绍"要论升学率，我们可能无法和重点学校相比。但是经过我们三年的教育，孩子们懂礼貌，知道不能妨碍别人，学会说'你好、谢谢、对不起'，知道给师长让路……"时，他认为，武侯实验学校所主张的才是时下教育真正要追求的。教会孩子做文明的人，不说脏话，这比只追求分数和升学率更有意义。教会孩子做一个善良的人、文明的人、会思考的人，这才是真正的教育。目前，在平民教育方面，全国竟然还没有示范学校，希望武侯实验学校能在这方面能有所作为。

听吴非兄谈话，真如同读他的杂文，嬉笑怒骂，一针见血，直抒胸臆，酣畅淋漓。

不知不觉一小时过去了，想到司机师傅还在楼下的车里等我，我不得不依依不舍地向吴非兄告别。我环视了一下他的陋室，说："我给你的房子拍几张照片，发到网上，让大家了解一下你的'蜗居'，可以吗？"

"别，别，别！千万别！"没想到他直摆手，"我是另有房子的，只是喜欢住这里。你照了相发到网上，人家还以为我作秀哭穷呢！"

左眼虽然几乎失去光明，但心灵依然晶莹纯净，吴非依然是吴非——热情豪放，乐观豁达，敏锐犀利，正气凛然。他的思想依然在飞翔，我很欣慰。

2010 年 3 月 6 日晚上，匆匆写于从南京至成都的航班上

黄全愈：一脸"苦相"

2017 年 7 月中旬，我去参加诸城新教育年会，意外的收获是结识了著名学者、美国迈阿密大学的黄全愈教授。2000 年，一本《素质教育在美国》风靡中国大陆，一时洛阳纸贵。人们在热议"美国素质教育"的同时，记住了这本书的作者"黄全愈"这个名字。

到诸城的第一天晚上，我走进饭厅，和新老朋友纷纷握手。也许是东道主的忽略，远处沙发上坐着一位儒雅的长者，却没人给我介绍。他很有修养地站了起来，向我微微点头，不卑不亢。我也向他点头回礼，礼貌中有几分矜持。我估计他也是这次年会邀请的专家，他的脸上写满了疲倦，甚至可以说是一脸苦相。

直到坐到饭桌上，我才知道，他是著名教育专家黄全愈。我端着杯子走到他面前大抒其情："久仰久仰！幸会幸会！"他照例是一脸的苦大仇深，但笑容依然很真诚："久闻大名。只是我经常把你和李希贵混淆。"我笑得差点把嘴里的饮料喷出来。我说："李希贵是我的铁哥儿们，你把我和李希贵混淆，我很开心。"

我们的聊天很快进入正题。我说："我写过一篇谈中美基础教育的文章，认为许多中国人说的所谓'中国基础教育强，高等教育弱；而美国基础教育弱，高等教育强'是不对的。虽然我没有深入了解美国教育，但凭着起码的逻辑思维，既然基础教育不好，人家为什么能培养出那么多的创造性人才？我们的基础教育好，为什么培养的高端的创新型人才那么少？如果一定要说中国基础教育强，那这个基础强有什么用？"

黄全愈教授同意我的观点，频频点头："你说得对。关键是，这个基础是什么？美国培养出那么多的高端人才，没有扎实的基础，显然是不可能的。就像一座大厦，怎么可能凭空出现在基础很弱的沙滩上？"

我说："是呀！说中国学生的基础很扎实，无非就是死记硬背了许多知识，如果这些知识无益于创造，拿来何用？"

后来，黄全愈把他的几篇文章发给我，客气地要我"指正"。我读后对他说："哪敢指正大教授的大作！不过，我感觉我俩好多教育观点是一致的，关键是我还发现我俩的文字风格很相似。"他说："对，对，对！"

一天早晨，我给黄教授发微信，问他是否有兴趣参观诸城的恐龙博物馆。他回复我说，时差还没有倒过来，就想睡觉，可又睡不着，实在太疲倦，不想去参观博物馆。我觉得他太可怜了，对他说："那今天你也别去参观学校了，就在房间休息吧！"他说："这，行吗？"我马上去找朱永新老师，说了黄全愈教授的痛苦状。朱老师马上打电话对黄教授说："你别去学校了，没关系的，你就在房间休息吧！"

其实，黄教授的本性是很幽默的。我送他一本《爱心与教育》，他郑重地双手接过，说："要签名，要签名。"待我签了名，和他合影时，他特意拿着书。正准备拍，他又觉得姿势不对："应该这样拿，像拿'红宝书'一样！"于是，他将《爱心与教育》放在胸前，才开始拍照。这是那几天我少有的看到他精神抖擞的时候。

他的幽默当然不仅仅体现在日常生活中的"搞笑"，还体现在其文章著作中。当年读《素质教育在美国》，就因作者妙不可言的风趣语言而忍俊不禁。这次和黄全愈教授在诸城见面的一周前，也就是 2016 年 7 月 4 日，他刚刚在《中国青年报》上发表了一篇文章，对"核心素养"提出了质疑——

让我们暂且容忍"培养核心素养"的教育逻辑问题，来剥其壳看其核——不管是培养"核心素质"还是培养"核心素养"，关键是所要培养的内核——即"core competencies"的具体内容，诸如独立意识、创造能力、探索精神、批判思维、学以致用、自强自尊、竞争面貌、国际视野、社交技能、团队合作、正直善良……君不见，从发掘到培养都是"素质教育"涵盖的内容？然而，凡是尚未开发和培育的素质，均不为"素养"，就都不属"素养教育"的范畴。

黄全愈教授认为，无论是"素养"还是"素质"，都是语言形式，关键是培养的内容。

诸城分别，全愈先去北京，然后从北京回美国，而我则回成都。但我眼前一直晃动着他睡眠不足的苦相，还惦记着他的"倒时差"。我在微信上问他："一直牵挂着你的失眠问题，全愈痊愈没有？"

随后，他给我发来了一条长长的回复——

从诸城开始，一直努力倒时差，但总是在半夜一两点时，痛苦挣扎。到了青岛，已进步到半夜 3 点时"众人皆醉我独醒"，回国行程已过半，决定不再倒时差，以免刚倒好，回美国又得再倒回来。于是，总是一副半眯半醒、普度众生的苦相（有照片为证）。也好，半迷糊是最佳创新状态。16日，为保证不耽误学校晚上的讲座，乘早上 7 点的高铁去北京，暴雨，6 点出发，到站时还剩不到 20 分钟就发车，小董博士拽着我这个老迷糊和大包小包，一路狂奔……眼看列车启动，逮着一个车门就上去——12 号车厢，然后扛着大包小包往我的 2 号车厢拱……这一折腾，晚上演讲完，在车里就跟司机说胡话……到旅馆倒头就睡，醒来 5:58——完了，时差倒过来了！两天后，回美国又开始倒时差。要命的是，躺床上尽想着烟熏鸡架、墨鱼饺子、桂林米粉、红烧茄子、臭鳜鱼……

还没读完信息，我的眼泪都快笑出来了。

2016 年 7 月 18 日

大师境界

周有光：唯有仰望（二题）

一、他一直笑眯眯的，眼里有光

突然听说周有光先生去世了，我心里一颤：原来说去北京参加他 112 岁寿辰纪念座谈会的，后来因故取消了。我还安慰自己说，明年吧，明年一定去。谁知，先生没有"明年"了。

我是从周有光先生的文章中认识他的。这些文章大多是他百岁以后写的。不少人也活过了百岁，但大多只是"活着"，而周有光先生是"生活"——百岁之后的周有光先生，思想活跃，思维敏捷。

他说："在全球化时代，要从世界看中国，不要从中国看世界。""鱼在水中看不清整个地球。人类走出大气层进入星际空间会大开眼界。今天看中国的任何问题都要从世界这个大视野的角度。光从中国角度是什么也看不清的。"最近十年来，每当我读到周有光先生对中国发展、对世界未来发表的那些富有见地的文字，常常拍案叫绝。想到这是一位年过百岁的老人写下的文字，对这位老人的敬意真的是无法用语言来表达。

人们往往以为年轻人思想开放，视野开阔，而老年人是保守、僵化和落伍的代名词，但我从百岁老人周有光先生的文字中，看到的是一颗依然青春勃发的心。

可见，是否僵化，不在于年龄，而在于视野。

2016 年 6 月初，我到北京本来没有看望周有光先生的打算——对我来说，看望这位老人是一种奢望。但朋友马国川说，他可以给我联系一下。于是，2016 年 6 月 6 日上午 11 点，我们来到了朝内大街后拐棒胡同一幢普通的楼房前。

开门的是他的保姆，保姆说周先生还在睡，她去叫醒，让我们等等。我和国川站在中间一间屋子里等候着。先生的家是那种老式的房间，没有客厅，就窄窄的三间屋子，每间屋子不过几平方米。整个房间都很暗。真没想到，周有光先生的居所竟如此局促、狭小且阴暗。

过了一会儿，坐在轮椅上的周有光先生被保姆推着出来了，然后进了书房。然后，保姆小心地搀扶着他在沙发上坐下，我便坐在他身旁。

马国川大声地给他介绍："这位是李镇西，是一位很优秀的教师！"他笑眯眯地转过头，对着我点头，同时双手合十，向我表示问候。

老人看上去真的不像 111 岁的人，他的皮肤特别细腻白嫩，脸上也没有皱纹，和我聊天时，依然头脑清醒，声音还算洪亮。

我首先向他问好，他说前不久还病过一次，"差点死掉，后来又活过来了！"他笑眯眯地说，好像有些得意，表情很是天真。得知我是四川人，他说他也在重庆待过。我说我经常读他的文章，他说他现在不写文章了。我给他写我的名字"李镇西"，他认真看了，点点头。保姆说他现在还看电视节目。

考虑到老人年纪大了，我不忍心和他多说话，就那么敬仰地看着他，先生也一直笑眯眯地看着我。我特别感动的是，他的神情和目光，完全是婴儿般的纯真。

坐了大概半个小时，我不忍心继续打扰老人，便向老人告辞。老人再次双手合十，对我点头微笑，然后握着我的手。我大声对先生说："周老，祝您再活 111 岁！"老人哈哈大笑。

这爽朗的笑声，分明就是年轻人的声音。

2017 年 1 月 14 日

二、不称"汉语拼音之父"，丝毫不影响我对他的尊敬

迈过 112 岁门槛的第二天，周有光先生平静地离开了这个世界。绝大多数善良的人——尤其是知识分子，对周有光先生表达了追思。

周先生生前朴素低调，尽管他在多个领域为国家作出了贡献，但社会知名度并不高。一些平时对周有光先生不太了解的普通人，这几天也通过各种渠道知道了周先生是一个不平凡的人，也表达了真诚的敬意。

周有光先生在我的心中，是一个神话般的传说。所谓"神话般的传说"，不是神化他，而是实在佩服他全方位的才华——作为中国著名的经济学家，后来却成为著名的语言文字学家，并参与设计"汉语拼音方案"。这种跨界真的是一种褒义上的"奇葩"。还有他令人惊叹的高寿，以及他百岁以后还撰文说一般人不敢说的真话——当然，我也想过，这些真话也只有一个满百岁的人才敢说。这何尝不是一种悲哀！但无论如何，周有光的一生可以用"传奇"来描述。因此，媒体（包括微信等自媒体）铺天盖地地追忆、谈论、评价他，是很自然的。

"汉语拼音之父"是各大媒体加在周有光先生头上最耀眼的头衔。但我认为，称周有光先生为"汉语拼音之父"是不妥的。

固然，20世纪20年代在大学读书时，年轻的周有光便积极参加了拉丁化新文字运动。后来从事金融工作时，他依然对拼音文字有着特别的兴趣，并自学了字母学，还发表、出版过一些关于拼音和文字改革的论文与书籍。因此，新中国成立后，周有光被中国文字改革委员会邀请担任汉语拼音方案委员会委员；1955年10月，他到北京参加全国文字改革会议，会后被留在中国文字改革委员会工作，参加制订汉语拼音方案，任中国文字改革委员会和国家语言文字工作委员会研究员、第一研究室主任。周有光提出了"汉语拼音三原则"：口语化、音素化和拉丁化。毫无疑问，周有光先生为汉语拼音方案的制订作出了重要的贡献。

但说他是"汉语拼音之父"，意味着汉语拼音是他一个人发明的。这显然与事实不符。周先生也特别反感别人这样叫他。他这样说："汉语拼音搞了100年，自己只是参与方案最终制订的几个人之一，不能叫'汉语拼音之父'。"我们不能从谦虚的意义上理解先生这样说，他的这几句话表明了先生实事求是的科学精神。他说的是事实——

周有光先生只是汉语拼音方案委员会的委员之一。该委员会的主任是吴玉章，副主任是胡愈之，委员有韦悫、丁西林、林汉达、罗常培、陆志韦、黎锦熙、王力、倪海曙、叶籁士、胡乔木、吕叔湘、魏建功等先生。中国的汉语拼音运动不是从新中国成立后才开始搞的，它可以上溯到清朝末年的切音字运动。卢戆章（1854—1928 年）是我国第一个创制拼音文字的人。王照、劳乃宣、黎锦熙、蔡元培等人都为汉语拼音化进行过探索与尝试。中华人民共和国国务院 1957 年通过且由全国人大 1958 年批准的《汉语拼音方案》，吸收了以往各种拉丁字母式拼音方案，特别是国语罗马字和拉丁化新文字拼音方案的优点。它是我国 300 多年拼音字母运动的结晶，是 60 年来中国人民创造拼音方案经验的总结，比历史上任何一个拉丁字母式的拼音方案都更加完善和成熟。

不能因为尊敬某人，就把所有的高帽子都戴在他头上。不说周有光先生是"汉语拼音之父"，一点都不影响他的卓越贡献。

国人对人的评价有一个不好的传统——要么一钱不值，贱如粪土；要么十全十美，高山仰止。

仅以教育界为例，"教育家"称呼的泛滥就不说了，还有"在国际国内具有广泛的教育影响力""是目前基础教育界不可多得的青年专家""中国班主任工作专业化研究第一人""中国的雷夫""当代陶行知"……这些评价当然不一定都是本人认可的，但如此没有底线更没有上限地吹捧一个教育者，合适吗？

实事求是地评价一个人，是对他最好的尊重，也是对他最高的评价。不称"汉语拼音之父"，丝毫不影响我对周有光先生的敬仰之情。且不论他一生中在多个领域作出过贡献，单凭他说过"要从世界看中国，不要从中国看世界"这句话，我就有理由将先生放在我心中最尊崇的位置，永远追念。

2017 年 1 月 16 日

于光远：教育要讲"童道主义"

1999 年 8 月 23 日，我应苏州市分管教育的副市长朱永新博士（他同时是苏州大学教育哲学博士生导师）的邀请，前去为苏州市"名师名校长培训班"作题为"教育：从爱心走向民主"的报告。

开始我并不知道朱市长还请了哪些人，便不知天高地厚、糊里糊涂地去了。到了苏州我才知道，应邀前来讲学的还有两位真正的专家，一位是华东师范大学教育学原理专业的博导叶澜教授，一位是听名字便让我如雷贯耳的于光远先生——原中共中央顾问委员会委员，著名经济学家，延安时期中共中央图书馆主任。离开苏州时，朱市长向我表示感谢，我却真诚地对朱市长说："应该感谢您，因为您给了我这样一次宝贵的学习机会！"

我说的是心里话。无论从哪方面讲，我都是没资格去给"名师名校长培训班"作"报告"的，但却不后悔这次苏州之行。因为在苏州三天，我聆听了朱永新教授（从某种意义上说，我更愿意称他为"教授"而不是"市长"）、叶澜教授和于光远先生的教诲，的确受益匪浅。其中，最难忘的教诲之一，便是我在饭桌上听于光远先生谈"童道主义"。

于光远先生并没有听我的所谓"报告"，因为他是在 24 日才到达苏州的。我和他的第一次见面，是在朱教授安排的午宴上。大概是朱教授对他说了我的报告如何，所以在共进午餐前，他一见我就说："你很年轻嘛！听说你的报告反响不错，祝贺你！是啊，教育就是离不开爱心和民主嘛！"

"谢谢于老的鼓励！"我说，同时拿出《爱心与教育》双手递给他，"请于老指正！"

他接过书，一看书名就说："《爱心与教育》，很好，这个书名取得好！"接着，他便饶有兴趣地翻看了起来……

开始用餐了。我坐在于老身边，边吃边聊。

于老看见我女儿在满座的大人中间有些拘束，便笑眯眯地说："小姑娘，别客气啊！"他又问我女儿："你叫什么名字？"我女儿小声答道："李晴雁。""什么？"于老没有听清楚。我女儿便提高了声音说："李晴雁。'晴天'的'晴'，'大雁'的'雁'。"于老听后笑了起来："嗬，不是小燕子，是大雁，而且是晴天的大雁。这个名字好，志存高远！"

满座的人都笑了起来。于老的秘书胡冀燕老师解释说："于老特别喜欢孩子。"

我说："于老，长期以来，我一直很喜欢读您的文章。您说真话的勇气令人敬佩。"

他谦虚地摇摇头："没什么值得敬佩的，人本来就应该说真话嘛！"他接着又说："你在书的一开头说教育要充满人道主义，这很好；但我要说，现在的教育，不但要讲人道主义，而且要讲'tóng 道主义'！"

"'tóng 道主义'？哪个'tóng'？"我不解地问于老。

"'tóng'就是'儿童'的'童'——'童道主义'！"他向我解释道，"现在一些教师根本没有你书中所提倡的'童心'，不把儿童当作儿童，怎么搞得好教育呢？"

于老接着讲了这么一件事："有一个还没上幼儿园的孩子，有一天偶然经过一个幼儿园，他好奇地往里面看。结果，一位阿姨走过来严厉地叫他走开，还说如果在这儿捣蛋就要打他。孩子吓得扭头便跑，从此他一听爸爸妈妈说'幼儿园'就很害怕，到了上幼儿园的年龄，他说什么也不去上幼儿园了。"说到这里，于老叹了口气，"唉，你们看，像这样的阿姨，这样的教师，能让孩子喜欢吗？这样搞教育，怎么行呢？"

他又说："现在，大家都很关心教育，这是好事。但还要研究教育，研究现在的教育存在哪些问题。我看，目前教育中的最大问题就是，缺乏对孩子的尊重，缺乏'童道主义'。"

我感慨万千地说："想不到于老这么关心教育，我们当教师的，更应该把教育搞好。"

于老接过我的话说:"我最近多次在各种场合说过,过去别人都叫我'经济学家',现在我更乐意别人叫我'教育学家'。我真是想在有生之年,能多思考教育,多为教育发出呼吁!"

从于老的一席肺腑之言中,我感受到了他对教育深深的关注之情,也感受到了他那颗对孩子的爱心和童心。

吃饭结束时,于老请秘书把他写的一份自我介绍分送给在座的每一个人。他特别指着我女儿对秘书吩咐道:"别忘了小晴雁,也要送一份给她!"他还特意拉着我女儿的手说:"与爷爷一起合个影,好吗?"于是,我拿出相机,把镜头对准了用手亲切扶着我女儿肩膀的慈祥的于老……

我从于老这些自然而然的细节中,深切地领悟到了他所说的"童道主义"的含义——真诚地尊重孩子,真心地爱孩子!

1999 年 8 月 26 日

流沙河：深不可测的河（二题）

一、一部百科全书

　　7月的阳光经过绿色的过滤，显然温柔了许多。它透过凉棚上枝叶藤蔓的缝隙洒落下来时，似乎也带上了些许绿色。现在，这绿色的阳光正星星点点地洒在凉棚下的茶桌上，洒在盖碗茶的盖上，洒在茶桌旁流沙河先生的肩上和手臂上，也洒在围坐在流沙河先生身旁的韩军、冉云飞和我的身上。先生正兴致盎然地同我们谈笑呢。他不时兴奋地挥动手臂，于是，那绿色的阳光便在他那苍劲的手臂上跳动起来。

　　韩军从北京来成都讲学，想见一见仰慕已久的流沙河先生。我便给云飞打电话转述了韩军的愿望。其实，这又何尝不是我的愿望呢？流沙河先生对云飞说："我们一起喝茶吧！"我们当然很高兴。于是，我、韩军、云飞便和流沙河先生如约来到了大慈寺内的茶铺里，围着盖碗茶，坐在了一起。

　　大慈寺地处闹市，但我们坐在茶铺的凉棚下，便远离了喧嚣，也远离了酷暑，清静而凉爽。我们一边品茶，一边听流沙河先生聊天，心中有说不出的闲适与惬意。入夏以来，一直烦躁不安的心顿然恬静了许多。

　　"这大慈寺有点年头了，始建于唐代。"刚一坐下，先生就聊开了，"唐宋时期，这一带可繁华得很啊！玄奘的头盖骨就埋葬在寺的后面。那时的大慈寺是一片庞大的寺院建筑群，据说有两万多间房屋，接纳僧众好几千人，到明清开始衰败下来。现在的大慈寺是光绪年间重修的，占地面积连当年大慈寺的零头都赶不上！"听着先生的感叹，我们仿佛走进了历史。

先生得知我和韩军都是教语文的，便和我们聊起了语文教学。

"您的那首选入中学语文教材的诗《就是那一只蟋蟀》，我教过多次。"我刚提到这首诗，先生就摆摆手："不，那首诗为难了很多教师啊！"我不解地问："为什么？"先生说："一般的教师讲诗，都是以普通话为标准来分析诗的押韵，我这首诗却完全是用四川话写的。四川话读起来很押韵，但如果用普通话一读就不押韵了。比如，'就是那一只蟋蟀，劳人听过，思妇听过'，在四川话里是很押韵的，但用普通话读，就完全不押韵了。"

先生又谈到"蟋蟀"一词的来历："这是人们根据蟋蟀的叫声给它取的名，这叫'自呼其名'，类似的还有鸭子、乌鸦等。"

"另外，四川人爱说'没啥'，这其实是由古音'没蛇'演变而来的。"一谈到语言及语音的演变，先生真是兴致勃勃，"我这可不是乱说，这在许慎的《说文》中可以找到依据。'蛇'这个字也应该是'自呼其名'——由蛇'嘶嘶'的声音演变而来。在英语中，蛇读'snake'或'serpent'，第一个音发's'，这说明这个单词最早也是由模拟蛇的发音而产生的。"我已经听冉云飞说过，先生近年来对语言学文字学的研究很有兴趣，果然如此。

因为韩军来自北方，先生对他说："在我们四川人的口语里，保留了许多古汉语的发音。比如'糊里糊涂'就是源于《诗经》里的'弗虑弗图'。"

云飞在一旁补充道："还有，如果有人神志不清，我们四川人就喜欢说他'恍兮忽兮'，这四个字是从《老子》中来的。"

话题说到了中国文化的起源，我们谈到三星堆出土文物的许多谜。先生认为三星堆文物不一定是蜀文化的产物，而是中原文化的遗迹："因为至今没有任何相关的文字记载，另外，从三星堆文物看，当时的青铜冶炼技术水平已经相当高了，但在四川没有发现任何一处同时代的冶炼遗迹。据考证，三星堆文物是三千六百年前左右的东西，夏末商初，那正是一个动荡变革的时期，因此，三星堆的出土文物很可能是当时中原一带一些躲避战乱的人带入蜀国的。当然，这只是我的猜测。"我们自然又谈到中华民族的祖先，先生说："其实，中国人的祖先并不是北京人、蓝田人或元谋人，我们的祖先是20万年前从东非大峡谷过来的非洲人。"

我以前只知道先生是诗人，近年来又写了许多随笔杂文。没想到，先生的知识面如此广博，古今中外都在他的兴趣与视野之内。

头顶一片绿叶，顺着阳光的流泻滑落了下来，亲吻着我的脸庞。我随口问云飞："这凉棚上的植物是什么？"云飞摇头，但却说："先生一定知道。"于是，我求教先生。先生不假思索地答道："朱藤，又叫紫藤，属豆科，落叶木本植物，花呈紫色。"

我再次惊叹于先生的大脑简直就是一部百科全书，面对我们的每个话题，他那本"书"都能随时翻到有答案的那一页。云飞说："先生知识之渊博，的确深不可测。先生还曾翻译过英文小说，不过没有多少人知道。我可以这样说，先生写文章所涉猎的知识，只是他所拥有的知识的'冰山一角'！"

我问先生为什么现在不写诗歌了，他蔼然答道："现在不是诗歌的时代，人们更多关注流行歌曲和卡拉 OK。如果我辛辛苦苦琢磨语言意境、琢磨平仄韵律而写成的诗却没有人读，还有什么意义呢？诗歌首先是面对读者的，而不是个人的自言自语。另外，诗本身应该是吟诵的，而不只是用眼睛看。只有通过吟诵，才体会到诗的韵味。可现在，吟诵的传统在中国早已消失，只有在日本还保留着。"

说到这里，先生给我们讲了一个日本人与中国人比赛吟诗的故事："在日本，至今都有一个由诗歌爱好者组成的民间吟诗团，还经常到中国来访问。最早他们来中国，我都参与了接待。但每次比赛，中国人都比不过日本人，因为中国人气息不行，而日本人吟诗，激情充沛，声音洪亮，韵味十足。后来，日本人又来的时候，我们就派了个唱川剧高腔的去比赛。嗬！这个唱川剧的一上去，'咿咿呀呀'一唱，就把日本人给镇住了，他们终于服了！"

先生年近七十，可激情不亚于年轻人。他一边讲述，一边模拟，眉飞色舞，声情并茂，把我们逗得哈哈大笑。在他的感染下，我们没了拘束，也海阔天空地谈论起来。每当这时，先生就静静地坐在一旁，静静地啜茶，并含着微笑，慈祥地看着我们。

盖碗茶淡淡的清香弥漫在我们的周围，我感到流沙河先生本身就是一杯韵味悠长的清茶……

临别时，我拿出特意带来的《流沙河诗话》，请先生题字。先生拿着书离开了茶桌，我起身欲随其后，他用手按着我的肩膀说："你坐，你坐。我一会儿就来。"他执意不让我看他题字，一个人远远地坐在另一张空茶桌旁一笔一画地写着。云飞看我不解，便说："这是先生的作风，他从不让人看他题字。他曾修改钱锺书先生的一个著名比喻，用于对自己此举的解释，你既然喜欢吃这个鸡蛋，又何必看它是如何生出来的呢？"

等了好一会儿，先生笑吟吟地双手将书递给我。我急不可耐地打开扉页，只见上面画了一只飞翔的鸟，鸟的旁边是一座亭子，旁边是一行小字——

陪镇西先生大慈寺喝茶　流沙河　两千年七月十六日星期日

2000 年 7 月 28 日

二、听先生说文解字

一直想请流沙河先生到我校作一次文化讲座。当我试着向他提出这个请求时，他在电话里爽快地答应了，我向他表示感谢，他说："谢啥子哦！你放弃了优越的条件去城郊搞平民教育，这是功德无量的事，我也应该帮你们做点事。"

当天上午我给他家里打电话约定具体去接他的时间，接电话的是他的夫人吴老师。吴老师告诉我，今天沙河先生胃病犯了，中午饭都没吃。但她马上说："沙河老师还是坚持要去，问题不大，你不要让他讲久了。"

我特别感动，同时不安。

下午两点半，我把车开到沙河老师住所时，他已经在街边坐着等我了。

上了车，沙河老师就跟我闲聊起来。

聊到教育，我们谈起"绿领巾"事件，他说："不好，这样做不好。搞教育就应该老老实实地把学生教好，尊重每一个学生。"

我说到现在一些教育是鼓励孩子告密，鼓励学生投机，如大学的学生干部，已经有人说大学学生会是"藏污纳垢"的地方。

沙河先生说："过去的教育，就是要人做好人。不许背后说人是非。如果别人做得不对，应该当面说。包括家庭教育，弟兄几个，如果有孩子到爸爸妈妈面前说，爸爸，二哥怎么怎么不对。爸爸会说，那你应该当面批评他，不应该背着二哥来告状。我们那时的教育就是这样的。"

我说，现在老一代知识分子身上那种善良纯正、温文尔雅，还有风骨良知，都是民国教育的结果，而这种书生气，正是 20 世纪 50 年代知识分子改造运动中要被"改造"掉的。但教育的力量和影响不是那么容易被"改造"掉的，这些品质至今还存留于老知识分子身上。但这些品质在现在的知识分子中已经不多见了。

我对沙河先生的学历很感兴趣。我问："你好像在四川大学没有毕业？"他说："只读了几个月，所以我连川大的肄业证都没有。"

"那你的文凭就只是高中了？"

他笑了："也没有。我高中只读了五学期，便直接考大学了。因为我当时各科成绩都很好。所以，要说文凭，我只有初中文凭。"

"你当时怎么想到考四川大学农业化学系呢？怎么不报考中文系呢？"

"当时的川大中文系没有新文学，而我一直喜欢新文学。所以我没报中文系。"

我又问他身体还行吧，他说还好，就是有老胃病，还有一只眼睛不太好。我请他多保重。他说他每天都要散步健身。

说着说着，到了学校。本来我想陪他在校园里转转，但因为天气比较冷，我就和他直接到了我的办公室。还有一会儿讲课时间才到，我们继续聊。

说到我岳父的《如此人生》，他说："我是认真读了的。绝大多数内容，我都很熟悉，因为我也是那个时代过来的人。但是有一个细节，我很意外。就是你岳父大学毕业刚到一个小县城当法官，晚上不出门，几个年轻人关在屋子里面打麻将。为什么？因为他们不愿接触当地人，怕关系好了，以后影响判案的公正。我读到这里流泪了。多么可爱的年轻人啊！"

我说我岳父当年考石室中学没考上，他说："这不奇怪，当时石室中学招考非常严格，上千人报考，只收七十多个人，第二学期还要淘汰一半。"我问他当时读的哪所中学，他说："省成中，就是四川省立成都中学。我们那时候，学校风气非常好。我读高中时，每次考试学生都交叉坐，就是你的座位四面都是其他年级的学生。没有监考老师，不用监考。只有教室门口有一个工友负责收试卷。"

我很吃惊，想到现在的所谓"诚信考试"，其实民国时期就有了。我问："没人作弊吗？"他说："没有人作弊。我在高中阶段只经历了这么一件事。一位郫县的姓杨的同学，成绩好得不得了。那次化学考试，当时是出五道题，选做四道，每道题 25 分。这个同学成绩非常好，很快便做完了四道。

看到还有时间，便把第五道题也做了。做完后提前交卷就走出了教室，刚走出最多 10 步，但已经走出教室门了，突然想到第五道题有一个错误，就是这道题是要求计算容积的，因此单位应该是立方，可他粗心写成平方了。但他想起来了，便回教室把试卷翻开将 2 改成了 3。就这个举动，被认为是作弊。一部分学生去找校长，一部分学生帮他捆铺盖卷。当天便被开除了。"

我说："这事如果放到现在，肯定很多人来帮着求情。"

他说："那事谁敢求情？还有一位县长的儿子，经常欺负同学，被老师批评体罚，回家不敢告诉父亲。因为如果父亲知道了，他还要挨一顿打。"

四点钟到了，我陪沙河老师来到阶梯教室。沙河老师一进去，掌声就响了起来。

我对在场的全体老师和部分学生这样介绍道："今天，你们面对的是成都市的文化名片。流沙河先生出生于 1931 年，上个月才度过他的 80 岁生日。他说他的生日没什么好过的，因为是光棍节，11 月 11 日。"

老师们都笑了。

我继续说："流沙河老师原名余勋坦，功勋卓著的勋，为人坦荡的坦。但因为他的笔名流沙河太著名，单位的同事包括门卫都叫他流沙河，所以后来人们把他的本名给忘记了，连他的身份证也是'流沙河'。但这也给他带来麻烦，每每有人问他姓哪个 liu，他都不好说，因为他想，我总不能说是'流氓'的'流'吧？"

老师们又哈哈大笑起来。

"今天，沙河老师身体不是太好，但他之所以要来，是因为他被我们学校的老师感动了，他说我们搞平民教育，是功德无量的事。他也愿意来做一点事。好，让我们用热烈的掌声欢迎沙河先生为我们作讲座！"

沙河老师平和地开始了他的讲座："老师们好！同学们好！我今天讲座的主题是：'汉字常识'。"

他从汉字的起源讲起，讲汉字在人类史上的地位，讲汉字的文化内涵。讲着讲着，他拿起粉笔板书他要讲的汉字。他的讲述，不是抽象枯燥的文字学，而是故事，一个个的故事，给我们展现汉字的无穷韵味。他不温不火，娓娓道来，语言幽默，妙趣横生，不时激起大家快活的笑声。

比如，他抨击当年第三批简化字的荒唐，便转身在黑板上写了"旦"和一个草头下面一个"才"（这个字电脑无法打出来），说："这就是当时的简化字。你们也许会说，那个'旦'没有简化呀，注意，他把'鸡蛋'的'蛋'废除了，就用那个'旦'！你们仔细看，这是哪个鸡生的蛋？哪个鸡的排泄孔是方的，生了个方蛋，中间还有蛋黄，生在地上的。"下面的老师和同学们爆笑。

他不笑，等大家笑完了，继续说："还有这个字，你们不认识，一个草头，下面一个'才'，是每天三顿都要吃的菜的菜。这个简化字的意思是，你再有才，也不过是一份菜！"

爆笑再次响起。

什么叫"大家"？什么叫"有学问"？能够把枯燥深奥的学问讲得如此通俗易懂，平白如话，且趣味无穷，这才叫"大家"！这才叫"有学问"！

沙河老师的讲述不仅仅是简单的故事，而是充满充沛的感情和隽永的思想。下面是我记忆中的沙河老师的片段话语——

我们今天使用的汉字，是一种非常奇妙的文字。古人类全部经历过象形文字的阶段，无论哪个民族，最初都是象形文字，但是到现在依然使用象形文字的民族，除了我们，这个世界上再也没有了。

汉字是世界上最悠久而唯一还在使用的文字。

讲同样的意思，单位面积内，汉语最简洁，说起来最从容。

联合国各个国家的文件里面，中文文件最薄，因为用的是汉字。

林语堂发明了汉字打字机，一群新加坡的华人年轻人发明了汉字的电脑输入，这证明世界上最古老的汉字具有自我创新的能力，具有与时俱进的品格！

有人会说，你是不是喜欢国学？我说我不喜欢国学这个说法。现在喊学生娃儿去背点三字经之类的，唉，没啥意思！因为那些东西里面还有许多糟粕，瞎灌输给学生，本人不赞成。

文化上应该是开放的态度，引进一切先进文化，我们要学外语，还要精通，但我们万万不可丢了我们的母语。我们的母语，形成我们的文化，我们的精神，我们的灵魂，只要汉字还在，汉语还在，中国永远不会亡！我感到我们很幸福，我们能够把古老的东西留下来，其他民族不行。

我是热爱这个祖国的，什么叫"爱国"？我就是爱国，但我不是"爱国主义"，爱国就爱国，你还要"主义"干什么？主义是一种理论学说，爱国不是学说，就是一种感情。我爱国，是爱我祖国的文化，爱我祖国的历史，爱我祖国的山川，爱我祖国的文物，爱我祖国的文字，爱我祖国的语言，爱我祖国的同胞！我不是什么狭隘的"国学"，自己的意识形态破了产，赶快去抓一点孔孟来抵着，那能抵得住吗？世界潮流是怎么形成的？德先生和赛先生，必须要接受他们！我是赞成他们的。

中国文字多么美丽，多么灿烂，我们的祖先造字的那种思维，是如何地幼稚天真，带有人类童年的那种趣味，嗨，我只能说，我们的祖先聪明！造出了这么有趣的文字，而且到今天我们还在用。所有的汉字都能解释，有的汉字还能解释出一段很有趣的故事来。

汉字对于我们中国人说来，是和阳光、水、空气同样重要的，是我们每时每刻都在使用的，这四样对于我们来说缺一不可。但凡是我们最熟悉的，我们反而不去思考它。我们每个人都在使用的名字，又有几个人知道这几个字代表的意义呢？

人要学会感恩，感谢大自然，感谢阳光、水、空气，在中国的文化中，要感谢汉字，中国人有一句话"大恩不报"，是因为这个恩太大了没有办法去报，但也是因为人的惰性，认为享受这四样是应该的。对于汉字不了解，这是一种危机。

……

一个半小时不知不觉地过去了，大家用热烈的掌声感谢先生给我们带来的精神大餐。

我总结道："沙河先生是真正的爱国者，因为他爱我们的汉字。我们这批小同学多幸运啊！全国的中学生都在语文课上学习了流沙河先生的诗，可唯有你们这么幸运地和沙河老师近距离接触。让我特别感动的是，沙河老师到现在还没吃午饭，一直强撑着病体为我们讲汉字。我提议，我们全体起立，向我们敬爱的沙河老师致敬！"

全场起立，长时间的掌声再次响起了。

2011 年 12 月 13 日

邵燕祥：不动声色的深刻与幽默

邵燕祥——20 多年来，我十分仰慕的名字。

他少年时代投身于推翻旧中国的革命洪流，年轻时代以写诗崭露头角。但我是从他改革开放以来写的一系列杂文中感受到他的文采与风骨的。从 20 世纪 80 年代起，我就读他的杂文，并把不少杂文作为补充教材，在语文课上给学生们讲授。

2002 年的一天，湖南一编辑朋友给我寄来一篇文章的复印件。打开一看，是我 2000 年 9 月去苏州读书前夕写的一篇评论电影《生死抉择》的文章，当时我正活跃于中国青年报网站的"中青论坛"，网名是"金戈铁马"。此文贴上去后，引起了不小的反响。

但我仔细看这篇文章的复印件，居然是发表在《文学自由谈》杂志上！我可从来没有将这篇文章投寄给任何报刊呀！仔细看，更让我惊讶——我这篇小文居然是著名老诗人、杂文作家邵燕祥先生为我推荐给《文学自由谈》杂志的，他是以"迟到的推荐"为题发表的。

我感到奇怪，因为 2000 年时，我与邵燕祥先生还没有任何交往，那时他还不认识我。怎么回事儿呢？读了邵燕祥先生的文章，我多少有些明白了：估计是邵燕祥的某位朋友从网上下载下来寄给他的吧！

邵燕祥先生的推荐文字如下——

迟到的推荐

邵燕祥

我向读者推荐一篇署名"金戈铁马"的文章，出处不明，我手头一份打印稿是从我书房的故纸堆里捡出的，因我友人中无人笔名为金戈铁马，故此稿可能是友人从互联网上下载寄我共赏的，当时因为什么缘故没得及时欣赏，今日一读，不禁击节，急忙转向大家推荐。

文末注明作于 2000 年 9 月 13 日，大约正是影片《生死抉择》红遍全国之时。当日从上到下一片叫好。时过境迁，就影片《生死抉择》围绕"情与法"的矛盾大肆渲染，在反腐败声中形成的舆论后果，有所讨论，似亦无伤大雅了。

影片的观后感适合《文学自由谈》的话题么？就反腐败题材来说，文学作品和影视作品有相通之处，况且《生死抉择》系据小说《抉择》改编，由此也可探讨改编中的得失。

张平的小说《抉择》我读过，影片《生死抉择》我未看过，从《一曲催人泪下的母爱颂歌——看童话故事片＜生死抉择＞有感》来看，影片于原著似有不少出入，或曰剪裁、丰富、发展，可能因此使之从"成人"读物变成了"童话"吧。

评论者金戈铁马先生显然对该片的处理持有异议，但笔调蕴藉，正是有些人所呼吁的"温柔敦厚"，距所谓"酷评"甚远，与人为善，令我感动。

然否？请读者公鉴。

2002 年 3 月 9 日

当时我和邵先生没有任何联系，但对他一直心怀感恩。

前几年，开始和他有一些书信往来和电话联系。好几次上北京准备去看他，可都因为这样或那样的原因未能如愿。一次我去北京参加教育部关工委组织的教学活动，终于抽出时间去看望邵燕祥先生。

我给邵先生买了一束鲜花，当我叩开他的房门时，首先是他夫人迎接的我。紧接着，我看到一位老人从书房里小跑出来——的确是跑过来的，他紧紧握住我的手！不用说，这正是邵燕祥先生！

邵先生把我请到他的书房，又是搬椅子又是送茶水，让我感到一种无法抗拒的热情扑面而来。我和他面对面地坐着，坐在他的书海中——他的书房的确是书海。我坐在那里，周围便几乎没有空隙了。

杂文中的邵燕祥先生，给我的感觉是堂堂汉子，铮铮铁骨，嬉笑怒骂，掷地有声！可眼前的邵先生，个子并不是很高，面容非常温和而慈祥。他音量不大，声音很柔和。但说出来的话都展示着先生广阔的视野和忧国忧民的胸襟。他问我的工作，问我的写作，问我的经历……我一一向先生汇报。然后我也问他的经历，问他最近在写什么、读什么，问他几十年来起伏的命运……

我拿出特地从家里带来的他的几本著作让他签名，他非常认真地写着。以前我就知道邵燕祥先生的字特别雅致而潇洒，于是站在他的身旁，看他在《邵燕祥随笔》的扉页上这样写道——

镇西先生：

感谢你多年来读拙作并对我表示支持和鼓励。

邵燕祥

甲申清明

然后，他又从身边的书橱里抽出两本最新出版的著作——《锣鼓与鞭炮》和《新三家村札记（邵燕祥卷）》，签上名字后送给我。

我也把拙著《教有所思》和《民主与教育》赠送给邵先生。

他问我是哪年出生的，我说1958年。他说："在你出生的前一年，我被打成右派。"我说："是的，虽然1957年中国有50多万知识分子被打成右派，但第二年李镇西诞生了！"他听了哈哈大笑起来。

问他是如何被打成右派的，他便又抽出一本书送给我："你看看这本书就知道了！不过，这是1981年出版的。"我一看，是《沉船》。他同样在扉页上给我写了起来——

镇西先生：

这是一份档案材料，从中可以看到一个身出牢笼而思想尚未突破牢笼的人的心路痕迹。

燕祥
甲申清明

在那个清明的下午，我和先生坐在书海中聊时政、聊教育、聊文学、聊读书，也聊起了我的岳父……

窗外，阳光明媚，我的心中一片晴朗。

时候不早了，我还得乘飞机回成都。我只好向先生告别。他一直把我送到外面，我叫先生留步，他执意要把我送到电梯口。分别时，他特意对我说："请一定代我向你岳父问好！"我对邵先生说："请邵老师一定保重身体！"

回到成都，我再次翻开邵燕祥先生的书，重读他的一篇篇杂文。读着读着，感慨万千之际，我不由得想到孙郁在其《百年苦梦》中对邵燕祥的一段评论——

邵燕祥是执著的，他自觉不自觉地成了鲁迅传统的一员。社会结构可以慢慢改造，而人的心理结构的改造，却是艰难的。拯救灵魂，这一直是二十世纪中国许多文人坚持不懈的工作。鲁迅以来的传统，便这样一代又一代被接受着。需不需要鲁迅？我们的文坛精神的清道夫是不是过少？邵燕祥的存在，至少提示着我们，中国文人的苦路正长，奋斗正长，心念正长。这条苦路上的一切探索者、思想者，都是我们民族的脊梁。倘若没有脊梁存在，我们的精神天空，会是何等的苍白啊！

2004 年 4 月 8 日

谷建芬：永远的感恩与敬仰

一

从教 35 年来，从乐山到成都，从青年到中年，我对谷建芬老师的感激之情以及心中那份遥远的思念一直持续不断。

直到现在，我和谷建芬老师也没有任何私交。大学毕业不久，为了让我的教育既有意义也有意思，我决定把我的班取名为"未来班"，并和孩子们一起设计班训、班徽、班旗和班歌。班歌歌词是全班同学一起写的，经过我修改后交给音乐老师谱曲。可孩子们从他们的音乐课上唱的谷建芬的歌中喜欢上了这位谷阿姨，便提出："能不能让谷建芬阿姨为我们谱班歌？"这个想法大胆而奇特，但当我们给谷建芬老师写信提出这个请求时，谷老师居然答应了。从此，她专门为我班孩子谱写的班歌《唱着歌儿向未来》就一直伴随着我的班主任工作。

我之所以把谷建芬老师视为我成长历程中的一位关键人物，是因为 30 多年来，我一直觉得她的目光注视着我，因此而受到激励。她答应为我谱班歌，对我来说是一种运气，是偶然；但谱了歌之后，我却有意识地把她视为一种标杆，这是必然。每当我的工作有所懈怠时，我就问自己，连和教育没有直接关系的作曲家谷建芬老师都那么关心我的学生，我有什么理由不好好爱我的每个学生并做好每天的工作呢？

1984 年夏，我曾去北京看望过谷建芬老师，后来便没有和她联系了。不仅仅是考虑到她很忙，更重要的原因是，她毕竟是名人，我不愿意有意无意地借她的光环来照亮自己。

二

但近 20 年之后的 2003 年 10 月 20 日，我去北京出差，想去看看谷老师。通过朋友找到她的联系电话后，我打了过去，谷建芬老师非常热情，并给我详细说了她家的地址。当我捧着鲜花来到谷建芬老师的楼下时，门卫问我是找谷建芬的吗，我说是呀。他说刚才谷建芬老师还问他客人来了没有呢！我心里顿时掠过一丝感动：谷老师在等我呢。

来到谷老师的家，她的先生邢老师已经把门打开了。我一进门，谷老师便从里屋走了出来。当我看到她的第一眼时，一下子觉得时光倒流了 20 年——还是那么慈祥的笑容，胸前还是挂着眼镜（好像这眼镜挂了 20 年），还是那么亲切地请我"快坐下"。坐在谷老师身边，我仔细看了看她，不禁惊讶于她仍然是那么年轻，脸上看不出皱纹，和我事先想象的老太太形象根本联系不上。我忍不住地说："谷老师，您和我 1984 年第一次见您时变化不大，还是那么年轻。"她笑着说："哪能啊！我今年 68 岁了，奔七十的人了！别看我这头发还这么黑，其实是染过的！"

见到自己仰慕的艺术家，我竟然一下子不知从何说起。我问谷老师收到我前几年寄给她的《爱心与教育》《走进心灵》等书了吗？她说："收到了，收到了，你也很有成就啊！"

我说："谷老师，20 年前您为我的学生谱班歌的事，我永远不会忘记。您当年那张歌谱与写给我和我学生的每一封信，我至今珍藏着。唱过您谱写的班歌的孩子们，现在都已经是中年人了。"谷老师感慨道："时间真快呀！"我说："最近一次我和学生聚会时，大家还提到您为我们谱班歌的事呢！"

我真诚地对谷老师说："我不敢说您的那支歌对我的学生有多么大的影响，但是我 20 年的教育生涯可以作证，您为我们谱班歌这件事本身，对我产生了非常大的影响。我记得 1984 年我来见您时，您对我说过一句话——'不管怎样，只要我们这些从事精神作品生产的人不垮，国家就有希望。我们个人的力量当然不可能扭转大局，但要尽力守好自己脚下这块净土。做，总比不做好！'这句话一直激励着我。我经常告诫自己，谷建芬老师并不是搞教育的，但她却那么真诚热情地关心我的学生，那么，我作为一个教师，有什么理由不把自己的本职工作做好呢？因此，如果说我现在在教育领域取得了一些成绩的话，的确有着谷老师您的影响。真是感谢您呀，谷老师！"

谷老师谦虚地说："哪里哪里，你是一个很用心做事的人。其实，无论做什么事，只要用心去做，就一定能做好，能取得成功！"

我又说："我常常想，当年谷老师对我那样一个年轻教师的爱心，我已经无法报答了，但能做到的是把这份爱心传递给其他人。"

谷老师轻轻点头，仍然那么和蔼可亲。

三

我问谷老师是否经常参与大型晚会的歌曲创作，她说："现在的许多晚会要我参与歌曲创作我都推辞了，我创作歌曲最喜欢有感而发，不喜欢按别人的意志写。"

我说就像我们教语文的命题作文，学生也是最不喜欢写的。她说："是呀，我最不喜欢写'命题作文'，更不喜欢写一些应景之作。"

我特别对谷老师说，自己最喜欢她谱曲的那首《今天是你的生日，我的中国》，并问她是怎么创作的。她说："这首歌是在一个特定的时期写的。当时因为国家政治气候的变化，老百姓的情绪是忧国忧民的，谁愿意唱激昂的歌呢？于是，我采用舒缓的曲调，表达了一种深情，让人们深情地回眸祖国走过的历程，包括经历过的风风雨雨，在无限的期盼中祝福共和国的生日。结果出来后，也有人说歌唱祖国的歌，怎么能这样写呢？但我说，这不是20世纪50年代了，那时可以很激昂地唱'五星红旗迎风飘扬'，现在能这样唱吗？艺术创作应该贴近老百姓的心境，因为我就是老百姓，因此我把我的心情表达出来，就能引起大家的共鸣。"

我知道谷老师和我们的祖国一样，也经历过许多风风雨雨，便问她："您是否想过把您一生的经历写成书呢？"

她说："我原来也想过，但后来看到许多明星出书，就不想写了，还是把专业的事儿做好吧！历史赋予每个人的使命，就是让他用自己的作品说话。我的作品就是音乐，就是我写的歌。"说到这儿，谷老师特别强调："现在许多人把成功和成名混为一谈，其实，成功和成名是两回事。有的人一辈子默默无闻地执着于自己的事业，他事业成功了却不一定成名，比如无数的科学家。有的人成名了，却不一定意味着他事业的成功。我们应该追求事业的成功。"

听了谷老师的话，我非常敬佩她的真诚、正直，但仍然说："您写的书和那些明星的不一样，因为您的经历也折射出共和国几十年的历史，会很有价值的！"

她不置可否地笑了，仍然强调艺术家的地位还是应该靠艺术本身。说起这点，她感慨中国艺术家的地位没有得到足够的重视："在我国，一切都以官儿的大小来决定地位和待遇，而在国外，人们对艺术家是非常尊重的。有一次我随团到欧洲访问，别人知道我是作曲家后，特别尊重我，无意中倒把带团的领导给冷落了，这让领导很尴尬，也让我感到过意不去。在一个博物馆中，珍藏着一架海顿用过的钢琴，平时都是锁上的，不许别人碰，但他们破例让我弹了弹，那种很古典的声音顿时让在场的人受到感染。"

四

我以前在报纸上看到过谷建芬老师在全国政协会议上的发言，便问她现在是否还在全国政协。她说她现在是全国人大常委会委员："我目前主要是积极参与和关注有关著作权法的完善与实施，保护著作权人的权益。"我说："我也是著作权人，那你也在保护我的权益。"她笑了："是呀，是呀！"

停顿了一下，谷老师又说："我国加入WTO后，我们的著作权法也进行了相应的修改，但是实施起来很难。现在，全国的广播台、电视台仍然是无偿使用著作权人的播放权，这就叫有法不依，所以保护著作权人的合法权益迫在眉睫！"

我知道谷建芬老师刚从成都回来，便问她去杜甫草堂了没有，她说："去了，感觉挺好！"谷建芬老师对成都很有感情，她说这次是阔别40年后又去成都，变化的确很大。"不过，我给成都市的领导建议，应该把整个成都市建成一个大草堂。"我一下子没有明白她的意思。她解释说："应该更加突出成都这座历史文化名城的文化含量和文化氛围，比如在市区广场放杜甫的塑像。"

接着，我问谷老师现在身体怎么样。她说："还行，我这儿不是离工人体育场很近吗，每天早晨都到工体锻炼，平时也常常散步。"我对谷老师说：

"您一定要保重身体，别太累。"她叹了口气："是呀，我真想把所有的事都推掉，静下心来，写点自己想写的东西。"

我突然感到，谷建芬老师虽然是一位著名艺术家，但也过着很朴素、很平常的生活。我想到刚才在花店买花时店主说谷建芬老师和老伴也常去买花，我觉得谷老师的日常生活一定单纯而雅致。

时间不知不觉已经过去一个多小时了，我向谷老师和邢老师告辞，并和谷老师合影。谷老师送我一套 CD 光盘——《谷建芬作品选》，并说："下次去成都再找你聚聚！"我说："到时候，我把唱过您谱写的班歌的学生也叫来，好好聚聚！"谷老师高兴地说："好啊！"

谷老师送给我一张她的名片。我注意到，名片上"谷建芬"三个大字旁边就两个小字——"作曲"。是的，是"作曲"而不是"作曲家"。即使在这个小小的细节上，谷老师的平淡平和也自然而充分地表现了出来。

五

2014 年 9 月，当年和谷建芬老师通过信的孩子们聚在一起，举行了"未来班"毕业 30 周年纪念活动。已经四十五六岁的"孩子们"重新唱起了当年谷建芬阿姨为"未来班"谱曲的班歌——《唱着歌儿向未来》。

大家情不自禁地想念起谷阿姨，问我最近有没有和谷阿姨联系。我说："没有，自从 2003 年秋天去看过她，11 年来再没打扰过谷建芬老师。"但同学们都希望我能再和谷老师联系上，告诉她"未来班"的同学们一直想念她、感谢她。

经过一番努力，我通过媒体的朋友找到了谷建芬老师新的联系方式。在一个深秋的晚上，我怀着激动的心情拨通了谷建芬老师的手机号，在等待通话的时候想，谷建芬老师的声音会不会有变化，还像十年前一样亲切吗？

正这么想着，一个慈祥的声音传了过来："你好！"我激动地说："谷老师，您好！我是成都的李镇西……"

谷老师有些迟疑："李……哪三个字呀？"我说："姓李的李，城镇的镇，东西的西，李镇西。您当年给我的学生谱过班歌呀！"她一下子明白了："哎呀，我现在人老了，记性不如过去了。不过，谱歌的事，我记起来了。"

我说："今天给您打电话没其他的意思，就是想转达我的学生对您的思念和感激。当年唱着您的歌的学生，现在长大了！今年都四十五六岁了，可他们依然记得您。前不久，我们举行了'未来班'毕业30周年的聚会，同学们再次唱起您谱写的班歌，都很想念您，感激您！还有同学说，李老师，如果能把谷建芬阿姨请到乐山来就好了。我说，这不太现实，但一定设法把你们对谷阿姨的感激之情转达给她！"谷老师直说："好，好！谢谢！"

我又说："我更感谢您！当年，我不过是一个刚参加工作的小伙子，和您素不相识，可您给我谱班歌这件事对我鼓舞太大了！也许您当年不过就是凭着善良做了一件小事，但却影响了我的一生。最近我写了一篇文章，谈对我影响的关键人物，写到了您。再过几年，我就退休了，但永远不会忘记您对我的鼓励！"

我还说："我的学生到现在还保留着您当年寄给我们的文具盒，30多年了啊！"她问："这是怎么回事？哦，我想起来了，好像当时孩子们给我寄了钱……"我说："不是，您为我们谱了歌，同学们就给您寄去了许多小礼品，您就用您刚领的稿费给我班50个孩子都买了一个小文具盒寄来！"她想起来了，笑了。

我接着说："谷老师，'未来班'当年唱您班歌的孩子们，30年来都没有辜负您的期望。他们无论做什么，都善良、正直、勤劳！"谷老师高兴地说："好，好！"

六

因为激动，我急速地说着，完全忘记了让谷老师说。我意识到自己的失礼，便问："谷老师，您怎么样？"她说："还行。毕竟年龄大了，身体还是不如过去了。还有就是最近几年，一些朋友相继离去，对我的心情影响比较大。比如王昆去世了，唉！不过这就是生活。现在我不参与任何社会事务，就清清静静地在家为孩子写点儿歌，主要是给古诗词配曲，做点有意义的事。"

她特别给我说到给古诗词配曲的意义："我就想让孩子们通过古诗词的传唱，了解并热爱中华文化。我们的民族文化要有人传承！看见现在许多孩子都爱唱我谱写的古诗词歌曲，我很高兴。有一次，我在街上碰到一位老太太，她给我鞠躬，说我把中国古典诗词谱成新学堂歌，是做了一件大好事。"电话那头，谷老师说到这里，开心地笑了。

我也说谷老师这件事做得太好了，并告诉她："您当年给我们班孩子谱的班歌，现在是我们附属小学的校歌。每周一，我们的孩子都会唱您谱的歌。"她问歌词是什么，我说："蓝天高，雁飞来，青青松树排成排，我们携手又并肩，唱着歌儿向未来……"她说她现在记性不好了，有些事需要提醒才能记起来。她要我给她寄一些学生唱班歌的资料，她要看看。我说："好！我明天就给您寄去。我把同学们唱您歌的视频，还有中央电视台《小崔说事》中我班孩子唱班歌的视频，以及'未来班'的学生这次聚会唱班歌的视频，都给您寄去！"

最后，我说："我们这次聚会很成功，同学们都写了文章，回忆这30年的人生经历。我们打算编一本书，我想代表同学们向您提一个请求，请您为我们这本书写几句话，好吗？"

"好！"谷老师欣然答应。我说："我代表同学们谢谢您！"

当我把这个好消息告诉"未来班"的学生时，大家都很高兴。黄慧萍同学代表大家给谷建芬老师写了一封信，并寄去了30年前就给谷阿姨寄过的芝麻糕。我也给谷老师寄去了30年前她为我班谱曲的班歌复印件，还有她写给孩子们的信以及有关资料。

七

2014年12月上旬，我收到谷建芬老师的两封信，一封是写给学生的，一封是写给我的。

在给学生的信中，谷建芬老师写道——

你们的来信、食品如数收到。看到它们如梦初醒。如果不是李老师给我发来的一大本亲笔书信、光盘视频，我想这些事是真的吗？不是在做梦吧？

亏你们想得周到，怕对我的提醒仍不充分，又买了我30年前吃过的芝麻糕，从思觉、味觉去唤起我这30年前的梦快快醒来。这一切太神奇了！

但是今天当我看到李校长寄来的1983年11月10日我给你们写的第一封信，以及这之后的九封信，记忆的大门终于打开，这一切令我感慨万千。

我现在是80岁的老人了，对我来说这一切都是不可多得的机遇，但现在有了你们的牵挂，我居然看到了这些，这就是幸福！

现在因年事已高，更多的事做不了了，我只为孩子们写少儿古诗词的新学堂歌来安度晚年，非常抒怀！

这里请接受我对你们的衷心感谢！

在给我的信中，谷建芬老师写道——

做教育工作实际上与创作音乐是一回事，只要走心就会认真地去对待所有的细节，小得不能再小得细节也会事关大局。从你的"镇西小语"中所悟出来的道理，那正是教育的本色。一切从小做起，这也是我人生中所努力追求的。

在我心中，谷建芬老师的形象崇高而普通，伟大而平易，优雅而朴素。她的品格的精髓——善良和正直，不但是我，也是我的学生，永远追求的境界！

2015 年 9 月 7 日

第三辑 / 恩师印象

杨显英：我的启蒙老师

　　杨老师是我的启蒙老师。现在回想起来，她教我们的时候，不过 20 来岁，或者更年轻。无论在当时我的眼中，还是现在回想起来，杨老师长得都不算漂亮。然而，几十年过去了，在我的心中，杨老师的形象一直是那么亲切而鲜活。

　　我写过我的中学老师和大学老师，却一直没有写早就想写的杨老师。因为那时我实在太小，在记忆中，关于杨老师的故事实在有限。不过，有一些片段，虽然朦朦胧胧，却一直印在我的心灵深处。

　　记得有一篇课文叫《小猫钓鱼》，说的是小猫钓鱼时总想去捉蝴蝶，所以老钓不上鱼，课文显然是教育小朋友做事要专心。课文很有趣，更有趣的是，杨老师讲的时候不但模仿老猫、小猫和蝴蝶的语气，而且还手舞足蹈地模仿它们的动作。课文讲完后，杨老师还把它编成童话剧，让几个学生扮演课文中的角色。我就有幸被杨老师指定为"演员"，扮演的是小猫还是蝴蝶已记不清了，记得清的是，有一次杨老师给我戴小猫或蝴蝶造型的道具帽时说："哎呀，李镇西的头这么大，都戴不稳了！"我还记得正式演出时，杨老师在我脸上擦红油彩时，她那温暖的手掌抚弄着我的脸……

　　上小学不久，"文化大革命"开始了。有一次，杨老师正在给我们上课，突然教室门一下子被推开，反碰在墙上的声音很大，我们的目光一下被进来的几个人吸引住了。其实，他们是一群高年级的学生，不过十一二岁，但当时在我的眼中已经是大人，每个人的手臂下都夹着"大字报"，表情庄严。

杨老师先是愣了一下，随即便和蔼而平静地对我们说："同学们，进来的大哥哥大姐姐是给杨老师提意见的，让我们欢迎他们！"听杨老师这么一说，天真的我们当然都使劲儿鼓掌，我的手都被拍痛了。于是，在掌声中，大哥哥大姐姐们把"大字报"贴在了教室的四壁，然后扬长而去。

杨老师教我时，我的父亲已经重病缠身，常常要在妈妈的陪伴下去省城看医生。每当这时，我便被寄养在杨老师家里——其实，所谓的"家"，不过是杨老师的单身宿舍。杨老师的宿舍很狭窄，除了放一张桌子、一个书柜、一张单人床外，几乎没有了其他空间。我住在杨老师家里，短则几天，长则一两个月。那时候，杨老师照顾我的生活可不是为了"创收"，按当时的风气，学生因为种种困难住在老师家里从来没有"交费"一说。最大的报酬，就是每次爸爸妈妈来接我时送给杨老师的糖果点心之类。杨老师真的是把我当作她的孩子了，照顾我的一日三餐，还要给我洗澡、洗衣服。那时没有电视，更没有电子游戏，晚上我和杨老师面对面地共用一张桌子，她备课或批改作业，我则做作业。做完作业后，我便翻看杨老师书柜里能够读得懂的书，记得《钢铁是怎样炼成的》连环画就是在杨老师家里看的。每天晚上，我都是和杨老师睡在一起，她那母亲般的气息，至今还温暖着我的心。

后来，我父亲还是去世了，当时我刚满9岁。那天，我去学校上学时手臂上戴着青纱，杨老师看到后，走到我的面前，站了很久，一直看着我，没有说一句话，最后轻轻叹息一声，用手摸了摸我的头和脸。写到这里，我的鼻子已经发酸，不知是为父亲，还是为杨老师。

不久，听说杨老师要被调走了，全班学生都很舍不得她，不少学生哭了。我和几个同学来到杨老师的宿舍，看着杨老师收拾行李。我们天真地问："杨老师，你真的要走吗？"杨老师转过身，一一抚摸我们的头，然后点了点头。我又问："杨老师，你要到什么地方去呢？我们以后去看你。"杨老师笑了："我要去的地方很远，说了你们也不知道的。"可是，我们都缠着杨老师，非要她说出要去的地方不可。于是，杨老师很认真地回答我们："宝鸡。"那是我第一次听说"宝鸡"这个地名，当时真不知道这个"宝鸡"在什么地方，但是从此以后，我便知道了中国有一个地方叫"宝鸡"，因为宝鸡有我的杨老师！

十几年后的1984年，我乘火车到北京，那是自己第一次经过宝成线。

火车奔驰了十几个小时后，我听列车员在广播里通知道："宝鸡站快要到了，请到宝鸡的旅客作好下车准备！"我的心被"宝鸡"二字揪了一下，情不自禁地往窗外望去，看着那座陌生而亲切的城市，心想，原来当年杨老师是被调到这里了，她现在还在这座城市吗？她的身体还好吗？

几年来，我在给老师们作报告时，讲到"师爱"时总要讲到杨老师。有一次在西安作完报告后，有一位老师对我说："李老师，我就是宝鸡人。你能不能再给我提供些杨老师的情况，我想办法给你找到杨老师？"

我摇了摇头："没有。在一个七八岁孩子的心中，只有这些琐碎的记忆。不过，我知道杨老师的名字叫'杨显英'，如果她健在，现在应该 70 岁左右。"

2002 年 9 月，于苏州大学

喻仲昆：举手投足皆语文

　　我是 1971 年春节后上初中的，那时候，学校建制不再是"年级"和"班"，而是"连"和"排"。一个年级就是一个"连"，一个班就是一个"排"，班内的小组就是"班"，比如我所在的班就叫"二连五排"。

　　40 年过去了，我至今也没想明白，为什么"二连五排"当时是全校闻名的"烂班"。几乎所有教师都无法控制课堂，因为一上课整个教室就是一个农贸市场。现在的学生也无法想象当年的师生关系。师道尊严荡然无存，比如一次上数学课，老师转身板书，下面不知哪个男生一挥手，男学生都跟着他溜出了教室，直奔学校附近的大渡河游泳去了。说实话，我当时算是老师眼中的"好学生"，所以还是犹豫了一下，但领头的说："谁不去就是叛徒！"于是，我不再犹豫，也跟着跳进了大渡河。还有一次，物理老师在板书，一个男生公然就走上讲台，一伸手就把老师的帽子摘下来扔了，引得全班哄堂大笑。我班的课堂，对几乎所有教师来说都是一场灾难。

　　我说的是"几乎"，因为语文课是个例外。语文教师叫喻仲昆，他的课让我们目瞪口呆，或者说听傻了，完全忘记了捣蛋。他非常幽默，有一次给我们讲"语言的得体"，他说："有些词意思一样，但不可随便用，比如'父亲'和'爸爸'，意思一样，但如果一个三四岁的娃儿到处找他爸爸，逢人便问：'看到我父亲没有？'"他一边说，一边模仿小孩的样子。话还没说完，我们已经笑得拍桌子、打板凳了。

　　现在想起来，当时的语文教材无非都是社论、大批判文章之类的，实在没味。但我们的喻老师却能够让这些枯燥乏味的文字变得津津有味，因为他学识渊博，随便什么课文他都能够引出许多知识典故来。比如，有关抗美援越的课文，喻老师便给我们讲美国和越南的历史，还有风土人情。

喻老师写得一手漂亮的字，这也是让我们崇拜的原因。有一次，我当值日生擦黑板的时候，实在不想把喻老师的板书擦掉。我至今还保存着初中时的作文本，重要的原因就是上面有敬爱的喻老师的评语。每次看到喻老师的红色字迹，我就不禁怀念早已离世的他。

说到作文，这是我整个学生时代的骄傲。因为我的作文写得很好，喻老师常常表扬我。必须特别说明的是，这里所说的"我的作文很好"，是以当时的标准而论的。那时候，同班同学的写作水平大多很差，相比之下，我就"很好"了。大约十年前，我请我读初中的女儿帮我把当年的作文输入电脑，女儿一边输一边直说"只想呕吐"。的确，《伟大的祖国，英明的领袖——国庆二十二周年有感》《记我校的一次深挖——"五一六"誓师大会》……仅看这些题目就可以知道当时的作文是怎样的"荒唐"！然而在 30 年前，我写的文章往往都是范文！喻老师有时候还把我的作文拿到他教的另外一个班去读。其实，现在想起来，我的作文之所以很好，和喻老师的不断鼓励是分不开的。

当然，并不是我的每篇作文都能够得"优"，有时候也得"良"。在《记一次难忘的劳动》这篇作文中，我写了一个故事，大意是我不怕艰苦、不怕累云云。喻老师给我的这篇作文打的等级是"良"。他的批语是这样的："描写劳动场景和心理活动，较真切动人，中心鲜明，思想正确，但是缺乏必要的人物对话，笔法变化不多。"后来，他还找我面谈，说我的这篇作文大多是"记叙"，而不是"描写"。他说，记叙是"简单地交代"，告诉读者"是什么"或"发生了什么"；而描写是"形象地刻画"，告诉读者"怎么样"或"怎样发生的"。他举例说："比如，'太阳升起了'，这只是记叙，说的是发生了什么；而'一轮红日从东方冉冉升起'，这就是描写，说的是怎样发生的。"他还告诉我，细致地写外貌、动作、对话，这些都是描写。喻老师的这些教诲，不但让我当时的作文水平得以提高，而且多年后我当了语文教师后，也经常用他的这段话来指导我的学生写作文。

喻老师给我留下的深刻印象，还不仅仅是他的课堂。喻老师家和我家是同一方向，有时在下午放学后我和喻老师一起回家。他就给我讲故事，虽然我现在已经忘记了他所讲故事的具体内容，但他眉飞色舞的表情至今还在脑海里。他家比我家离学校更远，所以有一次他对我说："你回到家，洗完澡，吃完饭，可我还在路上走啊走，走啊走！"他一边说，一边夸张地做出擦汗喘息的表情，逗得我哈哈大笑。

后来，学校恢复了年级和班的编制，不再是"连"和"排"。因为我们这个班实在太糟糕了，所以学校便把它打散，将学生分散到各个班。对我来说，拆散就拆散吧，谈不上有多深的感情，但还是有些惋惜，因为喻老师不教我了。

但是我一直记着喻老师，校园里碰见他总要向他问好，而他总是笑眯眯地对我点头。我大学毕业后，专门去看望过喻仲昆老师。记得他当时对我说："先从初中教起，教完一届，再教一届，这样你的基础就牢实了，然后再教高中。"后来，我果真按喻老师的建议，连教两届初中才教的高中。

喻老师已经去世多年了，但他的语文课几十年来一直在我的心里。他给我批改过的作文，我保留至今。每当翻开这些"文物"，看到上面的红色字迹，我就会想到喻老师。

2011 年 3 月 15 日

陈明熙：温文尔雅，娓娓动听

今天是教师节。上午，我拨通了初中班主任陈明熙老师家的电话。

电话那头传来一个年轻的女声："请问你找谁？"

我问："请问陈老师在家吗？"

"我就是。"

我惊喜道："啊，陈老师，你声音这么年轻啊！我是李镇西。"

陈老师说："啊，是李镇西啊！我还年轻？呵呵，我都 70 多岁了！"

我说："陈老师，我马上过去看您。"

半个小时后，我拎着水果叩开了陈老师的家门。她和老伴周老师热情地把我迎了进去。

初二时，学校把我们班打散了，我就来到了陈老师的班。陈老师很喜欢我。

陈老师一边为我削苹果，一边和我说起当年我们班的哪个学生现在在做什么，可惜有的同学我连名字都忘记了，有的还隐约有点印象。特别不能忘记的是，陈老师当年对我的关心。我的成绩不错，作文尤其好，所以她常常鼓励我。

我现在还记得陈老师的课堂教学风格——温文尔雅，不疾不徐，丝丝入扣，娓娓道来。她对我的作文同样是鼓励为主，经常给我打"优"或者"良"。其实，作文获"良"，对我来说，就是没写好。

记得有一次，陈老师给我们布置的作文题是"给伟大领袖毛主席的一封信"——我分别从德、智、体三个方面给毛主席作了优点和缺点的汇报，我以为写得很好了，但陈老师只打了个"良"，并且写下这样的批语："语言较流畅，思路清晰，但对自己存在的问题缺乏深刻分析。若能克服这一缺点，就可以通过写文章加速对自己世界观的改造。"现在看来，似乎陈老师并没有从写作上进行点评，而是进行政治评判，因为她不可能超脱于特定的时代，关键是，她在为我担心，怕我"犯错误"。

我读初中的时候，除了英语，各科成绩都很好，不，可以说是"特别好"——我现在还保存着一张100分的化学试卷。其实，那时候的英语很简单，但我就是学不好。有一次，我的英语考了38分，陈老师对我说："李镇西，你的其他学科都学得那么好，怎么外语就学不好呢？"这话刺激了我：是呀，我就不信学不好英语！于是，我在英语上下了很多功夫，多读多写多背。经过一个学期的努力，我的英语居然得了83分！我当然高兴得不得了，陈老师也为我高兴。

后来，我写了一篇作文——《困难是欺软怕硬的》，详细地写了自己攻克外语难关的经过。陈老师给我的这篇作文打了"优"，批语写道："通过自己攻克外语难关的过程说明'困难是欺软怕硬的'，说服力强，使人看了受教育。"后来，陈老师还让我在班上读这篇作文，让全班同学受教育。从那以后，一直到读大学，我的英语成绩都很好。

陈老师教我语文的时候，我渐渐喜欢上了写诗。其实，所谓的"诗"也不过是分行口号而已，但那时能够把口号写得有那么一点点"诗意"已经很了不起了。有一次，陈老师布置我们写作文，我第一次没有写记叙文或议论文，而是勇敢地交上了一首诗。几天后，作文本发下来，我看陈老师并没有给我打分，也没有写任何评语。我正纳闷，陈老师把我叫出教室，很认真地问我："这首诗是你自己写的，还是抄的？"我心里一阵高兴：这说明我这首诗写得好，连陈老师都以为我是抄的。我平静地回答陈老师："是我自己写的。"陈老师大为高兴，热情地表扬我、鼓励我，还跟我谈了写诗的一些知识。

我跟陈老师聊起这些，她说："李镇西，你记性真好，有的我都忘记了。"

我对陈老师说："陈老师，我现在家里还保存着你当年给我批改的作文，上面还有你的评语呢！下次来给您带上，让您看看！"

陈老师说："你真是有心！"

我问陈老师身体还好吧，她说她有冠心病，现在每天坚持吃药，感觉还行。

其实，周老师（陈老师的爱人）也是我的老师。当年我大学毕业分到乐山一中，他是我的指导教师。

我说："时间真快，再过几个月，明年2月，我就参加工作30年了。周老师是我的指导教师呢！"

周老师说："我经常看你发表的文章，真不错！"

陈老师也直说："祝贺你，祝贺你现在事业有成！"

我说："哎呀，在陈老师面前，我都不好意思提这些，真的不算什么！"

周老师说："在陈老师心中，有两个得意门生，一个是你，一个是……"

陈老师马上打断老伴的话："也不能这么说，我当然为李镇西感到高兴，但我的每个学生在我的心中都是一样的！"

这话让我特别有共鸣，说："陈老师说得真好，我现在也经常对学生说，无论你以后做什么，以后有名无名，只要善良、勤劳、正直，就是我的骄傲！"

陈老师不住地点头："就是，就是。"

聊着聊着，就快到中午了。我向陈老师告辞："陈老师，您要多保重身体，周老师也要多保重，我以后再来看你们！"

想到我还没和陈老师合过影，于是拿出相机，请周老师为我和陈老师照了一张相。

2011 年 9 月 10 日晚上

张新仪:"长大后我就成了你"

一

"你就是刚转来的?"我至今还清楚地记得,1975 年 8 月底,我在老家仁寿读完高一,转学到乐山五通桥中学时,班主任张老师便用这句并不算热情的话迎接了我。我抬头一看:她 30 多岁,高个,椭圆脸,一双美丽的眼睛微微凹进去,鼻梁便更显挺拔。她让我想到电影里的外国女郎。其实,张老师的装束很朴素:白衬衣、浅色裤子、白凉鞋。

我点点头。张老师不再说什么,向我一招手便径自朝教室走去。我胆怯地跟在后边,心想:这个老师好像有些冷淡。

虽说第一印象不太好,但张老师很快便征服了我。她富有魅力的教学艺术,使枯燥的物理课妙趣横生。张老师性格特别耿直、率真,待人直爽、坦荡、热诚,没有半点客套(我之前感到的所谓"冷淡",纯属我的错觉)。张老师由衷地爱自己的学生,但并不是口头的嘘寒问暖或婆婆妈妈地管个没完。她随和、豁达,不拘礼节,使每个学生都与她亲密无间。渐渐地,我也和张老师"没大没小"起来。

"张老师,帮我缝一床被子!"第二学期开学第一天报完名,我抱着被褥大大咧咧地闯进张老师的家里。

"你真会找人呢!——下午四点钟来拿吧。"她很爽快地答应了。

下午到点了,我准时来取,却见同班一女学生在给我缝被子,张老师在一旁备课。那年头的中学生,男女界限特别严明,我红着脸说:"张老师连被子也不会缝！"

张老师听了，有点"恼羞成怒"："你这鬼娃儿，帮了你的忙还要说我！"

其实，我早就听说张老师不会做家务：煮面用冷水，切豇豆一根一根地切……看来是真的了。

二

张老师一直非常欣赏并信任我，对我很好。其实，张老师并不是只对我一个人好，她真诚而平等地爱着每一个学生，绝不容忍有学生不尊重别人。我曾为了取笑班上一位年龄较大的农村同学，在他桌子上赫然写下一行毛笔字：祝你安度晚年！张老师知道后异常愤怒，当着全班学生的面指着我的鼻子勃然大怒道："李镇西，你简直被我惯坏了！……"听后，我伏在桌上痛哭不已。

太不给我面子了，太伤我的自尊心了，以后几天我都不理张老师。过了好久，我自觉惭愧，遇到张老师时，鼓起勇气喊了一声："张老师……"

"怎么，还是要理我啊？"从此，张老师不再提起此事。张老师虽然是女老师，但非常爽快利落，绝不拖泥带水，甚至连"苦口婆心"和"语重心长"都很少，更不会像有的老师那样，学生犯了错误便长时间"谈心"，还一个劲儿地追问："你为什么要这样做？你当时是怎么想的？动机是什么？"孩子犯错，很多时候是糊里糊涂的，哪会想那么多？张老师也从不让犯错的学生请家长。这就是张老师的风格。

教语文的林老师对我也特别好，因为我的作文写得好，但我的好朋友孙涛却特别讨厌林老师。有一次，林老师批评了孙涛，让孙涛特别郁闷。为了帮孙涛出气，我便画了一幅丑化林老师的漫画，托老实忠厚的张天贵同学悄悄丢进他的提包。第二天，张老师叫我去她的办公室。我惊讶于张老师如此洞若观火，怎么会如此快捷精准地判断是我画的呢？去的路上，我一直在想如何向张老师认错。结果，张老师不是怀疑我，竟是让我帮她破案。

"你暗中观察一下，看是哪位同学画的……"张老师充满信任地委我以重任。她的第一个怀疑对象就是孙涛，因为她知道孙涛对林老师一直不满。她当然知道孙涛是我的好友，但还是信任我，要我好好观察一下孙涛。我心虚，但居然每天都向张老师汇报："好像是孙涛，但又拿不准，我再观察观察……"时间一久，张老师便放弃了追查，但始终没有怀疑过我，因为她多次夸我："你很单纯，也很聪明。"直到毕业，张老师都不知道她信任的"福尔摩斯"正是"作案者"。

三

毕业前夕，学校要求各班写"强烈要求"上山下乡的《申请书》。作为一项政策，当时的高中毕业生必须到农村去。写申请书的任务，当然就落在我的身上。这样的公文，我是驾轻就熟，一气呵成。具体文字现在记不清了，反正都是些当时流行的豪言壮语，结尾隐约记得，大约是说：亲爱的党啊，请考验我们吧！让我们到农村去，滚一身泥巴，炼一颗红心，扎根农村一辈子，让共产主义鲜红的太阳照彻全球！

申请书写完了，就该让全班学生签名了。我想都没想，便签上了自己的名字，而且是排在第一个，结果被张老师"批评"："你怎么能先签名呢？应该由团支部书记第一个签嘛！"我一下感到自己的"僭越"，瞬间脸红了。张老师却得意地看着我，一脸坏笑。原来她是在"幽我一默"呢！

说到毕业，我的心又开始揪了起来。最令张老师伤心的，莫过于毕业那天——

当张老师发下毕业证离开之后，班上早已"誓不两立"的两派同学便展开了"最后的决战"——双方人马大打出手，教室里一片混战。我个矮且胆小，不敢去肉搏，便通风报信，煽风点火，调兵遣将，推波助澜，直到我方大获全胜。

离校时，我想起要向张老师告别。一推开张老师的家门，我却愣住了——

张老师面窗而坐，右手撑着耷下的头，几乎伏在写字台上的身子正一抽一搐地颤动。桌上的镜子映出张老师的面容：张老师在无声地流泪，一颗颗泪珠从她美丽的脸庞上洒落下来，桌面已湿了一片……

面对张老师的背影，我嗫嚅道："张老师……"

张老师一动不动，用颤抖无力的声音说："我……已不是……你们的老师了！想不到……你们会这样，来与我……告别……"

无地自容！我什么也说不出了，默默地站在张老师身后，痛苦地久久凝视着张老师的背影……

我永远也忘不了那个背影！

不知站了多久，我把打算送给张老师的一幅名为"延安颂"的画悄悄放在屋子靠门的墙边，便退了出去。

"张老师不爱我了！我失去了我的张老师了！"我一遍又一遍地含着眼泪在心里对自己说。

……

我决定暂时不回老家，而在同学家里住几天，一定要当面给张老师认错，再向她告别。几天后，我又来到学校，见到了张老师，她的气已经消了许多。我真诚地表达了我的悔恨，张老师原谅了我。

我给张老师深深鞠了一躬，不仅仅是为了表达谢意，更是为了表达歉意。然后，我告别了张老师，乘公共汽车回到我的老家。

四

一年后，已经下乡当知青的我回去看过张老师。那一次，我鼓起勇气对张老师说："张老师，高中时你要我破的那个画林老师漫画的案子，我已经破了，作案者就是我。"张老师很惊讶："真没想到是你！"但她没有生我的气，只是说："马上去给林老师道歉，人家林老师对你那么好！"于是，张老师陪着我，来到林老师的家。我真诚地向林老师道歉，林老师宽厚地笑笑说："过了这么久的事，不说了，不说了。"写到这里，我不禁怀念已经去世多年的林老师——对不起，亲爱的林老师！

再后来，我考上大学了，去学校报到前又去看望了张老师。张老师自然很欣慰，她说我们1976年高中毕业的这个年级，只考上两个，一个是我，考上的是四川师范学院；另一个是张一成，考上的是重庆建筑工程学院。

但张老师很奇怪我为什么要考中文系，她问："你怎么不考物理系呢？你的物理成绩那么好。"张老师说的是实话，中学时代，我的数理化成绩都很好，特别是物理很拔尖，但我骨子里非常喜欢文学。我对张老师说："我的兴趣在文学，物理成绩好，那是因为您教物理。"

后来，我大学毕业，成了一名中学语文教师，依然常常去看张老师。有时候碰上张老师正在批改物理作业，便要我帮她批改——在她的心目中，我还是"物理尖子"，其实那时物理知识已经被我忘得差不多了。

张老师依然关心着我。有一段时间，她特别着急我的"个人问题"，忙着给我介绍对象。记得有一次，她带我去女方家相亲，快到女方家门口时，我怎么也不好意思进去了。张老师急了，说："又不是去挨刀！唉，就算是挨刀，你也去挨一刀嘛，有什么大不了的！"

20世纪80年代中期，我去五通桥出差，在四望关的索桥上，和张老师不期而遇。她一见我，居然给我来了个军礼，笑死我了。看来，张老师还是那么幽默风趣。我和张老师谈教育，谈社会，谈到一些社会现象。我忧心忡忡地向张老师倾诉着我的绝望时，张老师说："李镇西，我不担心你犯经济错误，也不担心你犯生活错误，但我担心你犯'政治错误'，说话一定要小心啊！"

再后来，我在教育上取得了一些成绩，张老师知道后，颇为欣慰。我也暗自想，一定不能给张老师丢脸。张老师退休后，我依然每年至少去看她一次。

五

2007年8月的一天，我突然接到张老师的电话："李镇西，我正在去成都的车上。"我一乐："张老师要来看您女儿？"她说："不，我要定居成都了！"我忙问："你房子在哪里？"她说："九眼桥，锦江边，顺江路……"

我吃惊地几乎跳起来："我也在那里住！"

就这么巧，就这么巧！30年前，我和张老师以师生关系相识于乐山市五通桥中学校园。当时的我们哪能想到，30年后，我和张老师居然住在同一个小区，成为名副其实的邻居。

其实，张老师本来就是成都市的"土著"，她的家原来在庆云南街，好像是我读大学时张老师回成都，还带我去她家坐过。据说解放前，张老师的家族是很有"身份"的，但因为"出身不好"，20世纪60年代大学毕业后，张老师被"发配"到边远地区，后来才调入五通桥中学，再后来又调入乐山草堂高级中学，退休后又被聘请到乐山更生学校。她也没有想到，退休以后居然"叶落归根"。

这以后，我见张老师就很方便了。有时候，在小区门口会碰见张老师在散步，或去买菜。每次她都说："你忙，快忙你的去，别耽误你的事！"虽然见面方便，但的确因为忙，我依然很少去看张老师，一年也就那么两三次！

但教师节前，我是一定要去看望张老师的。

张老师不会打麻将，也不会玩斗地主，现在每天都带外孙女，然后就是看书、上网。当年用冷水下面、豇豆一根一根地切的张老师，不但早就学会了开水下面、切豇豆，而且做得一手好菜。有一次，我还收到过张老师发来的一条短信："红烧肉好了，过来一起吃吧！"

虽年过七十，但张老师有着年轻人的活力，思维依然敏捷，说话依然风趣。比如，我每次去看张老师，张老师都会对着我一脸坏笑："嘿嘿，李校长……"她有时还调侃我："李劳模……"我问她身体如何，她有时回答："现在没发现什么，也许已经有癌症了，只是暂时不晓得。"我要她别"瞎说"，她却一本正经地说："是暂时不晓得嘛！"有一次去看她，聊起一位去世的老师，然后我问她身体如何，她不动声色地说："快了！"脸上还是一本正经。她这"一本正经"正是她的冷幽默。虽然是玩笑，但张老师对生死真的看透了，非常豁达。不过，张老师的身体其实很好，这让我和同学们很是欣慰。

当然，我们也不只是调侃。有一次去看张老师，告别时，她很认真地对我说："李镇西，你还保持着本色，人就应该这样。"我认为，这是张老师对我的肯定，也是对我的最高评价。

六

今天早晨6点刚过，我就开车接上了张老师，回到乐山市五通桥区参加我们班高中毕业40周年聚会。所有学生见了张老师，就像见了母亲一样，女同学们激动地扑上去和张老师紧紧拥抱。大家都说张老师没变，"一点都没变"。这还真不是夸张，七十五岁的张老师，和我们这些年近六十的学生相比，真的差别不大。

有一个细节让我很感动。中午吃饭时，大家给张老师敬酒，有同学指着我说："李镇西是张老师最得意的学生。"张老师马上纠正道："不，每个学生都让我得意！"同为教师，我深知这句话所蕴含的意义：唯有视每一个学生都为"得意"的教师，才是真正而纯粹的教育者。

张老师确实是爱每一个学生。我调到成都市武侯实验中学工作时，有一个叫黄静的同事读了我的《爱心与教育》，看到书的后记中我提到感谢的人中有"张新仪老师"，很激动地找到我："李校长，我是张新仪老师 20 世纪 90 年代的学生！"他直夸张老师"对学生有爱心"。

早晚往返四个小时的车程，我一边开车，一边和张老师聊天。她说："我从 1963 年大学毕业后开始教书，一直到 2007 年，从 22 岁到 66 岁，整整 44 年，教过两年俄语，后来一直教物理，当班主任，一天都没有离开过讲台。那天女儿问我，这辈子最开心的日子是什么时候？我说，还是和学生在一起的时候。学生总是那么单纯可爱，只有和学生在一起，才会感到真正快乐。"

我问张老师："那您教了一辈子书，有没有学生恨过您呢？"

张老师想了想，说："嗯，有的。一个学生比较贪玩，我就去家访，这个学生就不高兴了。后来，他参加工作了，在医院工作，见到我都不理我。"

这是唯一一个长大后还对张老师耿耿于怀的学生，但张老师显然没有半点错。我说："您去家访是为他好，对他负责，可能他以为您是告他的状。现在好多教师都不家访了。"

张老师却并不认为自己去家访有多么高尚，说："以前，教师家访是常规工作。"

过了一会儿，张老师问我："李镇西，你教书这么多年，对学生说过假话或作过假没有？"我回忆着，心想要说一点违心的话都没说过是不可能的。我正要回答，张老师却主动说："我作过假。有一个学生来叫我给她开初中毕业证明。她读书时因为成绩不好，并没有拿到毕业证。但工作后因为某些原因，需要一个初中毕业证明。我想了想，还是给她写了一个证明，拿到学校教务处盖章。我知道这是作假，但人家都已经工作了，这个东西也许对她有好处。"

我说："您这个'作假'充满爱心，是为您的这个学生着想。我中学时因故失学，也是我父亲的一个当校长的朋友给我开了一个假的转学证明，使我得以继续学习。不然，我后来不可能考上大学。所以，那次'作假'，改变了我的命运。"

"当老师的，最根本的还是要爱学生。"张老师这句朴素的话，也是贯穿她教育生涯的灵魂。

七

几天前，接到《中国教育报》的约稿，要我配合"教师节"的宣传写写我的老师。我当即便想到张老师。

我对张老师说："我要写您，然后发表在《中国教育报》上。"她马上回我，表示推辞："我是一名极普通的教师，就是喜欢和学生在一起。我这个人毛病很多，真的没有那么高大上！"

其实，我也不认为张老师有多么"高大上"，但她书教得的确特别棒，能够把物理讲出趣味和魅力，当年我就是因此迷上物理的。今天我参加同学聚会，专门带去了我保留的当年张老师给我批改过的物理作业本。她当班主任，那是真的爱每一个学生，绝无半点功利，更不势利。可是，张老师却不是特级教师，也没当过任何学校的行政职务。她最高的"职务"，就是班主任。

记得有一次我问过她："张老师，您怎么不是特级教师呢？好多特级教师还不如您呢！"

她说："我母亲从小就告诉我，知足常乐，我从不与人争，所以一直很满足。学生们对我都很好，我从不在乎他们是否对我'记情'，毕业后会不会来看我。他们来看我也好，不来看我也好，我都认真教书，因为这是我的工作。教师的一切都是为了学生，而不是为了'上面'。一个教师好不好，最终应该由学生来评价。"

"长大后，我就成了你。"张老师也许知道，也许不知道，我当老师，正是自觉不自觉地把张老师当作标杆。像她那样爱学生，像她那样胸襟豁达，像她那样善良宽容，像她那样以教学艺术赢得学生的心，像她那样尊重每一个人……一句话，像她那样真诚热爱自己的事业和学生，做一个平凡而幸福的老师。

因为要写这篇文章，我便在微信上问张老师："您工作几十年，获得过哪些荣誉称号？"她马上回我："好像得了不少。"我问："最高级别是什么？"

她第二天才在微信上给我留言："你问我获得的最高荣誉是哪一级？不好意思，昨晚我查了查，翻了翻，最高级别是市级，其他全是学校发的奖状。无论是三八红旗手、优秀共产党员，还是优秀教师，都未超过市级。我从来也没有想过。真的不好意思，我确实没有刻意去追求过荣誉，只是想把学生带好，希望学生长大后能为社会出力。我没有像你一样从教育学的高度去教育和带领学生，只是希望我这个班主任的阳光照到每个学生，不以成绩好坏论英雄。我努力这样做，但做得不好！"

我没有再回复张老师，因为我不知道说什么。最近几年，媒体喜欢用"最美"二字来褒奖教师，而我的张老师既没有获得过"最美教师"的称号，也不是"全国劳模""特级教师"，但她显然早就用不着靠堆叠的证书来证明自己的优秀。她的全部光荣与尊严，已经印刻在她历届学生温馨的记忆里。

我和张老师44年中所教过的所有学生都可以证明：无论外貌还是内涵，先后在乐山市五通桥区桥沟中学、乐山市五通桥中学、乐山市草堂中学、乐山市更生学校执教的张新仪老师，是中国最美丽、最优秀，也是最幸福的老师！

2016 年 9 月 3 日晚

杜道生：泰山北斗（三题）

一、杜老师

那一天，下着小雨。

我乘坐 77 路公共汽车从大石西路到红瓦寺，快下车时，突然发现前面拥挤的乘客中有一位白发苍苍、衣着朴素的老人的背影，这背影随着汽车的行进而摇摇欲坠却又相当顽强地屹立着。我不由得对这个背影产生怜悯的同时更加充满敬意：这么大年纪了，还来挤公共汽车，不容易。

红瓦寺站到了，我拼命向车门那里挤过去，这时我看到老人在我前面朝车门方向挤去，然后颤巍巍地下了车。刚下车的这位老人似乎是在寻找前行的方向，就在他转过头的那一刻，我惊喜地发现：原来他是我大学时代所有同学都非常敬重的杜道生先生。"杜老师！"我忍不住叫了起来。

杜老师听到我的招呼立即认出了我："是李镇西！"他的脸上顿时露出慈祥而纯真的笑容。他当时是去四川大学看望他儿子的。

我搀着杜老师走了一段路，并且和他聊着天。我问他为什么还来挤公共汽车，他说其实他可以随时叫学校派车，但不愿给学校添麻烦，而且挤车也是一种锻炼身体的方式。

我问杜老师："您现在还是一个人生活吗？"他说还是一个人生活。我说起码应该有一个人在身边照顾，他说不需要："如果有人照顾我，说不定我就变懒了，会有依赖性，衣来伸手，饭来张口，身体反而会变差。"

当他听说我现在还在读书，专业是教育哲学时，马上对我说："给你推荐一本书——《中国文化》，复旦大学出版社 1982 年出版的，你最好去找来读读。"

后来，我把杜老师送到他儿子的宿舍大门前。离别时，杜老师笑眯眯地对我说："欢迎你回四川师范大学我的宿舍玩，我还住在老地方，住了 40 多年了，哪儿也不愿搬了！"

和杜老师的不期而遇，令我感慨万千。不仅仅是感慨于 90 岁高龄的杜老师硬朗的身体、惊人的记忆力，更感慨于杜老师高尚的人品、渊博的学识、淡泊的生活态度，还有他对学生真诚的爱……可以这样说，在当今社会，像杜老师这样的"怪人"已经不多了。

1978 年 3 月，我考入四川师范大学时，杜老师已经 66 岁了。他担任古代汉语的教学工作，主讲古汉字。说实话，就专业知识而言，他所讲授的这门课几乎没有学生喜欢，因为那些难写难读的古汉字不啻是又一门外语，再加上他满口的乐山方言让许多学生听不太懂。比如，他会把"一个人"说成"一块人"。但几堂课下来，这别样的方言给他的课平添了别样的情趣，同学们渐渐喜欢听杜老师的课了。

当然，喜欢杜老师的课，绝不仅仅是因为他的"一块人"有趣。这一门很古老而且很专业的课程，并未妨碍杜老师挥洒他渊博的知识和丰富的见闻。比如，他会时不时地在"之乎者也"中冷不丁地冒一两句英语，将古汉语语法与英语语法作比较；或者讲到什么地方需要图示时，便信手在黑板上画一个圆，让我们惊讶的是，他比几何老师还"专业"；有时还会结合国际风云说说萨达特遇刺、朴正熙饮弹……于是，我们公认杜老师是一位"百科全书式"的学问家，或者干脆说他本人就是一部"百科全书"！

但是，当你在校园里碰到杜老师时，你很难把他的形象同"教授"二字联系在一起。相反，看他的穿着，你会认为他不过是一个烧锅炉甚至清扫校园的老头：黑色或灰色的中式对襟褂子，不但陈旧而且有些脏；如遇下雨，他便戴着一顶破旧的草帽，草帽的帽檐因陈旧而疲软，低低地耷拉着，遮住了他的脸。但是，只要我们与他打招呼："杜老师！"那帽檐下的脸就会浮现出慈祥甚至有些天真的笑容。如果我们再请教他一些问题，他便不假思索地站在路边与我们滔滔不绝地谈起来——无论什么时候，问他什么问题，他总能这样不假思索地立刻作答。此时，他的眼睛里便闪烁出只有真正的学问家才会有的睿智的光芒。

我曾和同学一起去他的寓所请教。到了他那里，我们才懂得了什么叫陋室。他住在一栋20世纪50年代的红砖楼的三楼上，一间最多20平方米的房间昏暗而令人憋闷。除了一张书桌、两把木椅和一张床，便是满屋的书——而且许多是发黄的线装书，看似凌乱实则有序地摆放在书架上、桌上、床上、地上。靠门边有一个小煤油炉。杜老师生活之俭朴到了令人难以置信的程度：早晨自己去食堂买一个馒头，拿回来后就着豆腐乳和稀饭慢慢咀嚼；中午和晚上也是自己去食堂打饭，永远只是简单的一样蔬菜，加上早晨剩下的豆腐乳，这些便是杜老师心目中的美味佳肴了。有时食堂的米饭有些硬，杜老师便冲上开水放在小煤油炉子上煮一煮……

多年来，杜老师一直独自一人生活，身边没有老伴，也没有儿女。他的家庭生活，我们当学生的不便多问。

在学生眼中，杜老师的生活相当凄苦。而在我看来，杜老师原本是可以不这么凄苦的，因为年轻时的杜老师有过很值得夸耀的革命经历：1935年冬天，还在北大读研究生的他曾行进在"一二·九"运动的游行队伍中，不惧国民党政府的警棍和高压水龙头，为民族危亡而振臂呐喊。如果杜老师的人生沿着这条道路走下来，很可能现在已经享受"离休干部"的待遇了。然而，"一二·九"运动的第二年，杜老师从北大研究生毕业后便回到了家乡乐山办学，曾任好几所中学的校长，一直到20世纪50年代中期，才由中学调入四川师范大学。因此，杜老师一辈子都是标准的书生，尽管他有着光荣的历史，但到了晚年却如此凄凉。

据说杜老师有一个儿子，是四川大学的教授，但没有和杜老师住在一起。我曾问他为什么不和儿子住在一起，他说他一直习惯自己一个人住。我又问他为什么不请保姆照顾自己，他感到不解："为啥要别人照顾呢？我自己就可以照顾自己嘛！"杜老师看出我为他的生活状态而感到不平，他却笑眯眯地说："一箪食，一瓢饮，在陋巷，人不堪其忧，回也不改其乐。贤哉，回也！"他脱口吟诵时那摇头晃脑、有滋有味的神态，我真是永远都忘不了。

是的，杜老师的这种境界，是我等俗人难以理解，更难以达到的。

临近毕业时，我和班上几位同学编撰了一本名叫"霜叶"的毕业纪念册。我去请杜老师为这本册子题词。杜老师集录了几句司空图的《二十四诗品》中的话赠予我们："碧桃满树，红杏在林""犹春于绿，明月雪时"。

离开学校之前，我去向杜老师告别。当时，我专门带了一个崭新的笔记本，想请老师在上面写下珍贵的教诲。杜道生老师用孔夫子的话勉励我："君子食无求饱，居无求安，敏于事而慎于言，就有道而正焉，可谓好学也已。"这本笔记本，我至今还珍藏着。

毕业后，我被分配到乐山一中当了一名中学语文教师，心里却不时惦记着杜老师。每逢节日，我便给杜老师寄去一张贺卡，而他总是回复我。他常常给我寄一些他自己整理的古籍资料，这都是他自己一笔一画用毛笔抄写而成，然后自己掏钱印刷再寄给朋友们。

1987年秋天，学校举行80周年校庆，杜老师被邀请前来参加。这是我毕业五年半后第一次见到杜老师。杜老师见到我的第一句话是："镇西，我记得你今年29岁了吧！"尽管我早就领教过杜老师的惊人记忆力，但他这句话仍然让我惊诧不已，在场的人更是目瞪口呆。

几年后，我调到成都，便时不时地去看望杜老师。杜老师仍住在那个小房间里，走进去便像走进了破旧书报的收购站。但就是在这狭窄阴暗的空间里，依然健朗的杜老师兴致勃勃地与我说今论古。

记得是1997年，在杜老师的宿舍里，杜老师和我聊起了汉文化："汉文化真是源远流长、生生不息啊！"然后，他从夏商周谈起，一直说到清王朝，最后的结论是："汉文化的生命力是无与伦比的。你看，历史上有那么多次外族入侵，但没有一次征服过汉文化。清朝统治中国200多年，最后还是被我们的'文'给'化'了。"不过，杜老师话锋一转："当然，汉文化在发展中也不断汲取其他民族文化中的精华，形成了今天所说的中华文化。如果中华文化不创新，就得不到继续发展。而今天的发展，还要向世界其他发达国家的文化学习……"

听着杜老师的这些话，我很难相信，在这狭小阴暗的空间里，杜老师的心中竟然有着一片无比宽阔而晴朗的天地。

那次我请杜老师与我合张影，我扶着他走出房间来到校园。杜老师突然用手中的拐杖重重地戳着脚下的水泥地，说："这下面可都是肥得流油的土壤，如果再不保护耕地，我们中国的发展就要大受影响了！"

常常听到有人或善意或鄙夷地把杜老师叫作"怪人"。是的，在今天这个日益物质化、功利化的时代，杜老师确实如出土文物般既令人惊叹，又令人不可思议。

我曾感慨，杜老师这样的人可能是中国最后一批真正能够令我肃然起敬的古典学人。但愿时代的发展，会证明我这个评价过于悲观。

杜老师2002年就90岁了，可他的身体依然那么健朗，思维依然那么活跃，生活依然那么俭朴，胸襟依然那么豁达，心态依然那么年轻。

我忽然想到几年前，杜老师曾用毛笔工工整整地抄给我几段美国总统克林顿的座右铭——

青春不是人生的一个时期，而是一种心态。

青春的本质，不是粉面桃腮，不是朱唇红颜，也不是灵活的关节，而是坚定的意志，丰富的想象，饱满的情绪，也是荡漾在生命甘泉中的一丝清凉。

青春的内涵，是战胜怯懦的勇气，是敢于冒险的精神，而不是好逸恶劳。许多60岁的人，反比20岁的人更具上述品质。年岁虽增，但并不催老；衰老的原因，是放弃了对理想的追求！

岁月褶皱肌肤，暮气却能褶皱灵魂。烦恼，恐惧，乃至自疑，均可摧垮精神，伤害元气。

人人心中都有一部无线电台。只要能从他人和造物主那里收到美好、希望、欢畅、勇敢和力量的信息，我们便拥有青春。

一旦天线垮塌，精神便会遭到愤世和悲观的冰霜的镇压。此时，即使20岁的人，也会觉得老了，然而，只要高竖天线，不断接收乐观向上的电波，那么，即使你年过80岁，也会觉得年轻。

可以说，杜老师便是对这几段话最好的注释。

2002年9月31日

二、祝贺杜道生老师百岁诞辰

今天下午，我特地前往四川师范大学杜道生老师家里，向他致以百岁生日的祝贺！

当我手捧鲜花走进他的房间时，他很是高兴，连忙从里屋走出来紧紧握着我的手，连连说"谢谢"。虽然已经百岁（虚岁），但他精神尚好，听力不错。

我说："杜老师，您 100 岁了，祝您生日快乐！"

他笑了，有几分憨厚地说："我活了这么大岁数，可没有为人民做点什么事。"

我说："还没做什么事？您太谦虚啦！"

我们闲聊着，回忆着 30 年前我和杜老师的交往，聊着我们 77 级大学生的一些事。

杜老师虽然很有学问，但著述却不多。曾经写有《论语新注新译》，是用蝇头小楷抄写的，然后复印若干送给友人，我有幸得到过他手迹的复印本。2011 年，在他的一些学生的努力下，这本著作终于由中华书局出版了。杜老师特意拿出一本送给我。

我迫不及待地翻开，看到其弟子周及徐先生写的序言中有这样的描述——

1934 年至 1937 年，杜先生先后在北京辅仁大学、北京大学就读，曾先后受教于陆宗达、胡适、钱穆、朱光潜、唐兰等国学名师。后又作为北京大学中文系研究生受业于沈兼士先生，研读段玉裁的《说文解字注》。先生不轻言自己的经历。然而一次在先生家，杜先生谈起往事。他缓缓地说："我走上这条道路，至今五十多年了。当年在北大，与同学一起参加'一二·九'运动，上街游行，被军队的水龙冲散，棉衣湿透，时值寒冬，结了冰，藏在路边的一个门洞里，冷得打颤。回去以后，发烧生病在床。沈兼士先生派同学来问候。病愈后去见沈先生，沈先生对我说：'道生啊，中国的传统文化几千年了，需要人来继承。你来跟我学习吧。'我从此走上了这条路。五十多年了，我一直记着沈先生的话，一直走这条路。今天想起来，我一点不后悔。"

……

杜先生毕生从事汉语言文字教学，孜孜不倦，乐此不疲。熟读经典，能背诵《说文解字》，于段氏《说文解字注》犹熟，学生称之为"活字典"。一次到先生家请益，问到《说文解字》中的一个字，先生当即说出这个字在第几卷、属于何部的第几个字，并要我从书架上抽取大徐本《说文》翻看，他在一旁讲解，不看书，诵说该字的说解和注释，分毫不差。先生的书屋里放着好多册大徐本《说文》，在屋里的任何一个座位，都可以伸手取到，以供随时翻阅。

在"文化大革命"中，杜先生和许多大学教授一样，被视为没有改造好的旧知识分子，被下放劳动，关"牛棚"。学校一切的教学和研究活动都被迫停止了，连个人读书也受到严格的限制。对于这个一生与书相伴的人来说，如何才能打发这令人窒息的长夜？杜先生不齿去读那些风行时下、以势压人的大批判文章，便在衣兜里揣一本《新华字典》，晚上和劳动间歇时，便一人偷空默读。《新华字典》体积小，很像当时人手一册的《毛主席语录》，不易被发现。就是被旁监视的造反派发现了，见是《新华字典》，也难归入"封资修黑货"，奈何他不得。杜先生一面读，还一面用小纸片悄悄地记下什么。"文革"结束后，杜先生把自己读《新华字典》的积累，写成一篇长信，指出《新华字典》中三百余处应该修订或补充的地方，寄给主持《新华字典》编撰的魏建功先生。不久后，杜先生收到魏老的回信，魏老热情地肯定了杜先生的意见，并允诺在下一次《新华字典》印刷时参考杜先生的意见进行修订。

......

杜先生起居有节，生活俭朴。居于四川师范大学校园中的一陋室，二十多年如一日，怡然自乐。学校分配新房给他，他多次拒绝，不肯迁出。直到2008年春，趁他生病住院，才"强行"给他搬了家。先生不慕荣利，慷慨助人，经常以自己节俭下来的薪水帮助一些生活困难的人。而先生自己节衣缩食，在公共食堂打饭，穿着和工厂里的工人一样的粗布工作服，抽自己卷的"叶子烟"（烟叶）。新入学的同学不知，以为这是学校的一个老工友。四川师范大学老中文系主任张振德先生曾讲起一段往事：1949年新中国成立之初，先生的表妹夫，一位国民党军官以国民党战犯之身入狱，一家数口孤苦无依。后杜先生与这位表妹结为夫妻。尽管长期分居两地，一在陕西蒲城，一在四川成都，杜先生始终每月按时从自己不多的薪水中寄去生活费，供养这一家的生活及子女读书，前后几十年。直至上世纪八十年代，战犯特赦，政府释放全部在押的原国民党县团以下军政特人员，那位国民党军官出狱，杜先生选择了退出，让原来的一家人重聚。杜先生仍旧是孑然一身，独自生活，以读书、教书为乐。

……

我捧着这本书，感到了一种沉甸甸的分量。

每次坐在杜老师身边，我都感到他身上散发出一种魅力，这是真正知识分子的魅力。我隐约担心，这种魅力将随着他们这一代人的离去而消散得无影无踪。

告别杜老师时，我对杜老师说："您保重身体，我明年再来看您！"

杜老师再次握着我的手，依旧用笑眯眯的眼神目送我离去。

2011 年 9 月 13 日

三、送别杜道生老师

今天是教师节，上午上了两节课，又听了一节课。随便走到哪里，只要有学生，都会送上"李老师，节日快乐"的祝福。不一会儿，办公室桌子上便堆满鲜花、贺卡和各种小礼物。

但在这喜悦的日子里，我得知了一个消息：杜道生先生逝世了，享年101 周岁。

我一时竟没反应过来，不相信这是真的。按说杜老师以如此高寿离开这个世界，应该是喜丧，但悲痛还是油然而生。我想到了多年前写过的这样一句话："杜老师这样的人可能是中国最后一批真正能够令我肃然起敬的古典学人。但愿时代的发展，会证明我这个评价过于悲观。"

11 年过去了，时代的发展并未证明我这个评价过于悲观，相反，今天听到杜老师离世的消息，我真的感到一种风范已经成为绝唱。

关于杜老师，我已经在许多文章中写过，现在还清楚地记得，刚进大学时杜道生老师满头白发、笑眯眯的样子。那时他已经 66 岁了，刚刚经历了"文化大革命"的磨难，可从他的神态上看不出任何"伤痕"。相反，他乐观、幽默、宽厚、仁慈，当然还有博学。

今天，记者对我进行电话采访时问我："你印象中的杜老师有什么特点？"

我说："古典而现代。"

记者问我什么意思，我解释道——

所谓"古典"，指的是杜老师一直坚守中国文化的道德品行、学术追求和生活方式。无论他的穿着还是他的举止，绝对是地地道道的中国人。他对中国汉字的痴迷与守护，他粗茶淡饭的日常生活……这一切，都表明他是真正意义上的君子。所谓"现代"，是指他的视野与胸襟一直连着整个世界。当年他给我们讲课时，时不时会谈到萨达特被刺、朴正熙喋血。大学毕业后我去看他，每次都要聊到国际风云。他坚守中国文化，但绝不排斥民主、自由、平等、人权等普世价值。

最后一次见杜老师非常富有戏剧性。那是2012年6月，我去四川师范大学授课，中午在校园一家餐厅吃饭。刚点了菜正坐在桌旁等候着，突然我听到背后有人说话，好像是杜老师的声音。我扭头一看，呀，真的是杜老师！我简直不敢相信，已经100周岁的杜老师居然还走出家门来餐厅吃饭。

我忍不住大喊："杜老师！"

他看见我，依然是笑眯眯的："是镇西呀！"我实在佩服他的记忆力。

我问他怎么到这里来吃饭，他说家里来客人了，大家一起到这里来吃饭。我一看，哦，果真，满桌子的人。

因为各自都有客人，所以那次见面没有多聊，但我还是拿出手机和他合了影。面对镜头，杜老师笑眯眯地竖起大拇指，那神态真像孩子一般可爱。他看我没有伸出大拇指，还用手臂轻轻碰了碰我，示意我也把大拇指竖起来。于是，我也学杜老师竖起了大拇指。

我转过身，开始吃饭。但因为背后就坐着敬爱的杜老师，我的心情一直不能平静。其实，热闹喧嚣的餐厅中，杜老师实在太普通不过了，就是一位慈祥的老人。很少有人知道这位老人有着怎样不凡的经历、卓越的人品和渊博的学识。

我说过："和老一辈大师比，我们连学者都谈不上！"当我说这话的时候，首先想到的就是杜老师。

今天下午我对记者说，杜老师的去世，的确是一种境界的终止，是一种风范的绝唱。什么"境界"，什么"风范"，首先还不是做学问，而是做人的境界和风范。在杜老师那一代知识分子眼里，道德、文章是一体的。所谓"道德"，绝不是一种做给别人看的"展示"，而是于举手投足之间流露出来的为人。而现在的许多所谓"知识分子"，道德是道德，文章是文章。我真的不敢轻易对什么教授之类的人表示尊敬，因为不知道他这个"教授"是怎么来的。学术腐败如此猖獗，有的（当然不是所有）"教授"论文抄袭，成果造假，性侵女生……你说，这样产生的"教授"，我怎么可能对他产生信任？更不可能有半点尊敬。我也见到过一些肚子里似乎还算有点真货的专家教授，但他们多半是仰着脸看人，那个傲慢，那个牛劲儿，说个话张牙舞爪，谁都看不上。而我的杜老师，永远都是那么不声不响，谦逊低调，卑谦有礼，温文尔雅。

今天，我感慨地对记者说："杜老师一生桃李满天下，他却说自己没有为人民做什么事情！"

记者便问我："你们班的同学毕业后当了校长的有多少？"

我说："怎么能以当了校长的有多少来评判杜老师的贡献呢？杜老师培养了千千万万的学生，这些学生哪怕只是默默无闻，只要善良、正直、勤奋，一样能够为国家作出贡献，一样是人才！"

记者又说："对杜道生先生，现在一直缺一个权威人士对他的评价。"

我说："杜老师不需要什么权威人士来作一个权威性的评价。无论什么人，无论怎么评价，杜老师就在那里，如一座高山，其巍峨是客观存在的，不需要谁去认定！就像近几年流行的一首诗：'你见，或者不见我，我就在那里，不悲不喜'。"

记者又问我："你曾说杜道生老师就是你身边的巴金、钱锺书，你为什么会这么说？"

我说："这是从人格意义上说的。其实，他和巴金、钱锺书等大师研究的领域并不一样，似乎没有可比性，但他们同样学识渊博，善良正直，淡泊名利，谦逊低调……所以我说他就是我身边的巴金、钱锺书。"

我真的是这样想杜老师的。杜老师一生低调，知名度并不高，学富五车，却著述不多。他也没有想过要有什么"知名度"，一直诲人不倦地教着一批又一批学生，在他那间斗室里研究他所热爱的汉字。

十多年前起，媒体就把杜道生老师称作"国学大师"。今天我对记者说，严格地说，称杜老师为"国学大师"不是太准确，因为所谓"国学"，包括中国古代的思想、哲学、科学、技术、历史、地理、政治、经济、书画、音乐、医学等诸多方面。而杜道生老师所研究的只是国学中的一部分，他可以被称作"古汉语大师""文字学大师""古文学大师"等。但是，杜老师是不是"国学大师"一点都不损害他作为大学问家的学术地位，更无损于他作为真正君子的人格魅力。

真没想到，2013 年的教师节，我会写下悼念杜老师的文字。真是巧合，我的老师杜道生先生居然会在教师节这一天走进历史。他永远地去了，却永远地活在每一个学生的心里。从此以后，每年的 9 月 10 日，对于我来说，不仅仅是教师节，更是怀念杜老师的日子。

我永远无法达到杜老师的境界，但愿意永远仰望他。是的，这样的老师，这样的先生，我无法不仰望。

2013 年 9 月 10 日

朱永新：亦师亦友（二题）

一、朋友朱永新

说实话，第一次听说"朱永新"这个名字时，我有点"恐惧"。

那是 1999 年夏天，我去张家港市讲学，讲学结束要离开时，高万祥兄告诉我："明天到苏州吧，朱市长也要请你讲学。"我问是哪个"朱市长"，他说："就是我们苏州市分管教育的朱永新副市长！"说实话，我这个人见到"当官的"便有一种手足无措、诺诺嗳嗳的"心理障碍"——我把它叫作"恐官症"。所以一听说"朱市长"就有点犹豫，高万祥解释说："是这样的，朱市长本人也是搞教育的，他现在还是苏州大学的教授，主攻教育心理学、教育哲学等，还带博士生呢！他搞了一个'名师名校长培训班'，想请你去作场报告。"他随即又劝我："你就当作和我们苏州市的老师们面对面进行的交流吧！"我想也是，作为一市之长，日理万机的"朱市长"哪会到场呢！于是，我便去了。

没想到报告那天，我刚到会议厅，一位身材魁伟的大汉就迎了上来，不由分说地握住我的手："你好，我是朱永新！"握住他的手，看着他脸上老朋友一般的笑容，我怎么也没法把他和市长联系到一块。恐惧当然没有了，但取而代之的是茫然：居然有这样的市长，一点架子没有，这不是"乱弹琴"吗？

按我以往类似的经验判断，朱市长要么在报告前"接见"一下我，以示礼节，然后就忙去了；要么坐在主席团上，陪我作报告。我估计前一种可能性大一些，毕竟朱市长挺忙的，陪着我坐半天，浪费他三个小时，岂不是"丢了西瓜捡了芝麻"——何况，我的所谓"报告"可能连"芝麻"都算不上呢！

谁知道我"失算"了：朱市长既没有陪我坐在主席台，也没有离开——报告一开始，他就在最后一排找了个角落坐下，而且在整整三个小时的关于《爱心与教育》的报告中，我一直能够感受到远处角落里朱市长那双全神贯注、明亮而湿润的眼睛……

报告刚一结束，他便走上来再次握住我的手，说："讲得太好了！我都被你和你学生的故事感动了。"他又说："我正在主持出版一套大型丛书'新世纪教育文库'，想把你已经出版的《爱心与教育》收进去。"

我真的很感动——这绝不是因为市长听了我的报告，我就多么"受宠若惊"。不，我是从朱市长听报告时动情的脸庞上，看到了他从内心深处自然而然流露出来的对教育本身的情感。

其实，我的所谓"报告"毫无学术性可言，不过就是讲讲我和学生之间的故事而已。这些故事很平常、很琐碎，甚至有些鸡毛蒜皮，所体现的教育理念也很不时髦，更不前卫——无非就是说"教育不能没有爱"，但这些故事所蕴含的感情却很自然、很真诚。在这之前，也有一些我非常敬重的教育专家听过我的报告，但我从他们喜形不露于色的严峻或者说稳重的表情中，知道我这些故事是很"浅薄"的，没有上升到"理论层面"，没有站在这个"主义"或那个"主义"的高度"建构"自己的"体系"。对此，我很坦然，也觉得很正常：本来么，我就只是一个普通的中学班主任和语文教师。

但是，无论是作为苏州市主管教育的朱市长，还是作为教育学博士生导师的朱教授，他能被一个中学教师和他学生的故事感动，仅此就至少说明，他对教育，不，对"人"的一颗爱心依然素净而本色。

应该说，这是难能可贵的。

我对他油然而生敬意：在我眼中，他不是什么"教授"，更不是什么"市长"，而是一个爱教育、爱孩子的人。

正是在这一点上，我感到了我和他在精神上的相通之处。于是，我把他当作朋友，开始了与他的交往……再后来，我考取了他的博士研究生。

常常有不少朋友问我："朱永新现在真的还给你们上课吗？"我说："那

当然！"朋友们往往还是不太相信："他当市长那么忙，能保证按课表上的时间给你们授课吗？"我说："朱老师的确有时候因工作繁忙而不能按时上课，但他一定会提前通知我们，并利用晚上或周末的时间将课补上。可以这样说，他从来没有缺过课。"

是的，别说其他人难以理解"朱市长"和"朱老师"是如何统一起来的，就连作为他的学生的我们也难以想象，给我们上课的朱老师，几分钟前可能还在市政府办公室"总揽全局"。

在苏州大学，我听说了他的不少故事。师兄陶新华谈及他和朱老师的"交往史"时很得意："我读本科时，就是朱老师的学生。"不过，陶师兄谈得最多的，是朱老师的为人。"我们那时和朱老师真是哥儿们！他当时不到30岁，是苏州大学最年轻的副教授，因此和我们很合得来。我们常常到他的宿舍去玩，到他家改善生活，师母经常弄些好吃的东西让我们一起品尝。朱老师常常不是叫我慢慢吃，而是要吃快点，因为他吃饭是很快的，他也要我们注意吃饭的效率。混熟了以后，到他家就比较随便了。有一次他不在，我们就擅自把他放在走廊（那儿当时就是他家的厨房）中烧饭的锅和煤炉拿到我们自己的宿舍去改善生活了，结果不知是哪位老兄把锅给摔破了。我们当时还不知道，用完了就还到他家的厨房——宿舍走廊里去了。等朱老师回来做自己的晚饭时，发现自己的锅莫名其妙地漏了。他当时很纳闷，当知道是我们犯的错误后，朱老师虽然哭笑不得，但最后也是一笑了之。"朱老师的豁达大度是所有的同学和同事都很佩服的，他做教务处长的时候虽然把苏州大学教务处建设成为全国最好的大学教务处，受到教育部的表彰，仍有人不理解、不支持他，甚至还打击他，但是他不但没有与这些人发生过冲突，反而与这些人成了好朋友。朱老师常常告诫我们：要学会做学问，首先要学会做人，而做人首先要学会与人相处，要与人为善，要豁达大度，要以德报怨，你最终才能有所成就。

我曾经不太理解朱老师是如何将学者与官员这两种角色统一起来的。我向来认为，学者与官员之间的关系是天然冲突的，犹如思想家和政治家——前者是理想主义者，后者是现实主义者；前者多是批判者，后者多是建设者；前者往往以"前卫"自居，后者常常以"保守"著称；前者总考虑什么是"最好的"，后者总考虑如何才是"可行的"。所以，我向来对集学者与官员于一身的人不以为然：熊掌和鱼，果能得兼乎？说得再直率一点，学者需要一颗纯净的童心，而官员于世俗中难免染污蒙尘；如果二者角色互换，其事业很难同时有成（我这里说的是"同时"，"学而优则仕"或"仕而优则学"不在我讨论的范围之内）；如果有人将两种角色兼而任之，我想他多半会陷入一种不尴不尬的境地。

但刚到苏州大学时，我读到了朱老师刚出版的《我的教育理想》这本著作。这是一本洋溢着诗意与激情的书。作为有着理想主义、赤诚情怀的教育学者，作者对我们民族的教育事业一往情深，并对中国教育的未来给予热切的呼唤："教育的理想会奏响新世纪中华民族的英雄乐章，理想的教育会开创新世纪中国文明的灿烂辉煌！"书中一篇篇文采飞扬的演说辞，如黄河之水天上来，奔腾着作者心灵的潮水，也激荡着读者的心灵，让读者禁不住心潮澎湃，与作者一起憧憬"理想的教育与教育的理想"。这也是一本充满理性与智慧的书。作为有着深厚学术功底并同时担任教育行政管理职责的领导者，作者对中国教育的过去、现在和未来有着客观的回顾、冷静的分析和科学的展望。作者首先是一个乐观主义的建设者，因而他对"教育理想"的所有情感都倾注在对"理想教育"的追求上，这就决定了他在思考、设计中国教育发展走向时，于忧患中看到希望，在批判中走向建设："教育现代化与人的现代化""教育创新与创新教育""中国基础教育改革的趋势""中国教育的未来展望"……这些篇章充分体现出作者作为教育行政领导者所具有的视觉制高点，高屋建瓴，大气磅礴，既着眼于"最好"，更着手于"可行"——正是在这一点上，作者把自己同那些在象牙塔里坐而论道的"学者"区别开来，也同某些缺乏思想而只想当官的"官员"区别开来。

有人对朱老师当官不以为然，觉得他当了官就不可能做学问。我曾就这个问题专门问过他："朱老师，作为博导，您同时又兼任副市长，这两种角色在您的事业中会不会发生冲突呢？您是怎么让二者和谐起来的？"

他是这样对我说的："坦率地说，当市长和做学问不能说一点冲突都没有，至少我能自由支配的时间就比过去少多了。但对我来说，这二者在本质上却有一个共同的指向，就是'教育'——作为教授，我是教育哲学博导；作为副市长，我分管教育。当然，毕竟多了许多行政事务，如果我不当市长而只当教授，也许我个人的学术成果会更丰硕一些。然而，在市长的位置上，我却可以做我以前想做而做不到的事，也就是说，我可以在更广阔的空间里实现我的教育理想。如果说我过去的一些教育理想只是一种美好的憧憬的话，那么现在我可以在我职权范围内把它变成现实。比如，我一直反对初中招生电脑派位，因为我认为电脑派位限制的还是普通老百姓，有权力的、有金钱的都可以进入好的公办或民办学校。弱势群体得到的教育资源本身已经很少，更可怕的是电脑派位让孩子从小就把自己的未来寄托在一个自己不能主宰的事情上，宿命论的思想从小就在孩子的心底扎下了根。过去我只能这样想想而已，然而现在我当了分管教育的副市长，我就坚决不搞电脑派位，实行就近入学，允许自由择校，把对命运的把握权交给孩子。另外，如果说我过去只是一个人在思考研究教育的话，那么现在，我可以组织更多的人一起来思考研究并参与教育，比如我为我们的学校和教师争取了许多科研课题，并为他们创造有利条件。又如前面我提到的在全国引发强烈反响的'新世纪教育文库'，就是我邀请包括李政道、于光远等国内外著名科学家、院士、学者精心推荐的，这是一项浩大的工程，如果我不是市长，要想做这样一件事，几乎是不可能的。虽然我自己可能因此少出了几本个人的学术专著，但是，能为广大的教师提供第一流的教育经典，我同样有成就感。"

我又问他："可不可以这样理解——别人做学问是为了当官，或者说做学问是手段，当官才是目的；而你当官则是手段，目的是为了更好地做学问，做更大的学问，当然，你的最终目的是教育。"

"当然是这样！"他不假思索地坦然答道，随即又补充说："我从来都把当副市长当作我搞教育的有利条件，当作实现我教育理想的一个途径。对我来说，市长是暂时的，学者是永远的。如果哪一天我不当市长了，随时都可以回到大学当教授。因为没有什么比我的教育理想更为崇高的了。"

是的，学者和官员也是可以和谐于一体的，关键是看他如何当官员，如何做学问。

朱老师首先是一位理想主义者。在当今这个日益世俗化、功利化、物质化的社会中，"理想"和"理想主义"每每被人嘲弄，可朱老师却仍然高扬理想的旗帜，将他的一系列教育思考文章以"理想"命名，专著也取名为"我的教育理想"，这让我怦然心动。作为在一般人眼中最"实际"的行政官员，他胸中依然燃烧着一颗赤子之心，更是让人欣喜与振奋。在中国的教育界，不缺有深厚学术功底的学者，但这些学者中少有同时具备人间情怀而乐于直面现实的身体力行者；也不乏宏伟抱负的官员，但这些官员中少有充满理想主义精神的性情中人；而有思想、有才华、有胆略、有激情、有个性的教育学者官员，更是少之又少。我由此而发自内心地敬佩作为"朱市长"的朱老师，或者说作为"朱老师"的朱市长。

有一次，我和他一起去出席一个全市关于教育科研的大会。作为一个主管教育的副市长，在这样的场合说一些怎么理解都正确而且永远正确的套话官腔，应该说是可以理解的。但是，朱老师一句这样的话都没有；相反，我倒是听到他针对教育科研说了这样一番尖锐犀利的话——

"现在教育科研存在种种虚假现象，有的所谓'教育科研'简直成了伪科学！当然，伪科学的教育科研最多还是个'假'的问题，一般来说，它还不会对学生造成直接的危害。而现在有的'教育科研'还存在着'反教育'的现象！这种'反教育'的教育科研造成的后果，则不但与我们的教育初衷背道而驰，而且还直接损害着我们的教育。举个例子，近年来，有些地方进行所谓学生智商的'教育科学研究'，通过'测评''计算''统计''分析'等方式'研究'出学生的'智商'，然后将这种'科研'结果反馈给相关教师甚至家长。这样的'科研'不仅仅是典型的'伪科学'，而且是极为有害的'反教育'，因为它向教育者'科学'地宣布某某学生智商低。如此'教育科研'的危害，不但误导了教师，伤害了学生的自尊心、自信心，最终将危害学生一生。因此，还教育科研真正的科学性和实事求是的作风，让教育科研真正姓'科'，是非常重要的。"

朱老师正是在这些地方显示出他拥有真正学者才具有的实事求是的品格和学风。有一段时间，我正在读某著名专家的著作，该著作晦涩难懂。我很苦恼地对他说："朱老师，我读不懂××的书。"

我原以为朱老师会给我一些指导，谁知朱老师很坦然地说："读不懂你就不要读，你完全用不着自卑。老实说，对于有些'教育理论'我也读不懂，就从来不会因此而自卑。有些'教育理论'之所以让人读不懂，我看多半是因为作者本人也没有把他的'理论'搞懂。我自己也有这方面的体会。当年我的博士论文是一本10多万字的书——《高校教育管理系统》，十分难读，至今还有2000多本无人问津。这能怪读者水平低吗？我看不能，只能怪我自己不能深入浅出地表述自己的思想。而我 2001 年年底出版的《我的教育理想》，同样是谈教育，同样有理论，但首印 4000 册，一个月便脱销。这不是因为读者的水平提高了，而是我能够用比较通俗的言语表述我的教育思考。我以自己的这个例子是想说明教师们读不懂的文章或书，责任往往不在教师，而在作者。因此，你完全没有必要被一些貌似高深的'理论'吓唬住，更不要迷信它们。以极为平易朴素的语言来表述非常深刻的哲理，这才是真正的大家。"

其实，文如其人。生活中的朱老师也如他的著作一样，于朴素平易中自然而然流露出真诚与深刻。研究课题、探讨热点、编辑著作、修改文章……领头的无疑是朱老师。他不但在学术上引领着我们，在事业上提携着我们，而且在做人方面感染着大家。有两位硕士生生活比较困难，朱老师便长期资助他们。每年他都拿出上千元钱来设奖学金，奖励上学年最勤奋的学生。不仅受到资助和奖励的学生感谢他，我们也很感动，可他却觉得这很平常。相反，对于我们协助他做的每一件事，他都记在心里，并向我们表示感谢。有一次他写一篇长文，作为学生，我按他的要求帮他收集整理了一些资料。结果，文章发表后，我看见结尾的括号里居然有一行字："本文在写作过程中承蒙李镇西博士帮助收集整理资料，特致谢意！"我说："朱老师，你怎么这么客气呢？"他说："不，不是客气。我真是很感谢你！"再后来，他居然说要把稿费分一部分给我，当然被我断然拒绝。

他对我说过："我从来都是把大家看成合作伙伴，没有大家，我也一事无成。"我相信，这是他的心里话。

尽管他是我的博导，但在我的心中，在他所有的学生心中，依然首先是把他视为朋友。

一个月前的新年前夕，朱老师又和我们搞了一次迎新聚会（当然是他掏钱）——我说"又"，是因为每年年底，他都会把他历届硕士、博士研究生们召集在一起，总结过去一年的学习，交流各自的收获，展望新一年的方向，然后互致新年祝福，最后师生载歌载舞，踏着欢快而富有激情的旋律走进新的一年。

在这样的场合，"朱市长"就更"有失身份"了！学生们除了依次上前向他敬酒，以表达对恩师的感谢之情，更多的时候是拿他"寻开心"。比如，要求他与夫人喝交杯酒，或者要他和我们一起做游戏什么的……这时候，我们的朱老师总是那么听话，当然也有一点儿尴尬。就在那天的酒席上，主持人陶新华设计了一个"照镜子"游戏，就是要求朱老师把在场所有的人都当作镜子，他有什么表情我们就作出什么表情，他有什么动作我们就做什么动作，他说什么我们就说什么……朱老师真的乖乖地站了起来，可他不知所措，嘴里情不自禁地小声说："要我做什么呀？"大家立即学他说："要我做什么呀？"他好像猛然被大家的声音吓了一跳，又忍不住说："你们在干什么？"大伙儿又齐声说："你们在干什么？"他又一愣，下意识地用手理了理头发，大家也学着他理了一下头发。他好像终于明白了什么，憨态可掬地笑了："嘿嘿嘿嘿……"大伙儿也笑了："嘿嘿嘿嘿……"

看着朱老师那么纯真的笑容，我想到第一次听到"朱市长"时的"恐惧"，不禁也笑了：这样的朋友，哪值得我"恐惧"！

2002 年 1 月 24 日

二、导师朱永新

在听朱老师的课之前，我已经听过其他博导的课了：王金福老师丝丝入扣的逻辑力量，崔绪治老师出口成章的诗化语言，任平老师恣肆汪洋的思想波涛……无不让我醍醐灌顶，心灵在受到撞击的同时又舒展而奔放，期盼着下一次上课。

我正是带着同样的期盼走进朱老师的课堂的。然而，比起上面几位教授，朱老师的课具有完全不同的风格。如果说前面提到的几位老师的课是浓墨重彩、气势磅礴的油画，那么朱老师的课则是轻描淡抹、潇洒随意的国画。坦率地说，他的课并不以语言魅力见长，但同样具有吸引力。这种吸引力与其说来自他的学问，不如说来自他身上自然而然体现出来的亲切。可以这样说，上其他老师的课，我会感到学问的高贵与深不可测；而上朱老师的课，我会感到学问就在我的生活中，触手可及。面对其他教授，我会有一种发自内心的崇敬之情；而在朱老师的课堂上，我每每会忘记他是老师，因为他总是以商量的口吻与我们四个博士生一起平等地探讨。朱老师上课，完全没有我原来想象中"口若悬河""气贯长虹""高屋建瓴""披荆斩棘"的气势，他总是笑眯眯地听我们聊天或与我们聊天。一上课，他往往总是这样开头："我们今天来讨论一下……"然后他便抛出个话题："师生关系""教育公平""教育民主"等，随后他便叫我们各自聊聊自己的想法。"你说呢？""你的看法如何？""嗯，很好！还有没有补充？"……这是他授课的常用语。等到他发言时，往往这样开头："我是这样看这个问题的……""我们可不可以这样来看这个问题……"他的话不多，但往往能画龙点睛，于朴素晓畅中流淌出深刻，而又绝不阻挡我们思维的飞翔，更无居高临下的"学术威严"。就在这样宽松和谐而又不乏思想碰撞的氛围中，我们每每在"山重水复疑无路"之际进入"柳暗花明又一村"的境地。

三年来，朱老师对博士生的态度总是那么宽容，哪怕他不同意我们的观点，也不会轻易批评，而是以商量的口吻予以引导。

记得有一次上课，朱老师谈到杜威的"儿童中心主义"，我表示不同意，当即和朱老师争论起来："我以前一直以为杜威是儿童中心主义，但最近看了杜威的著作，我感到他虽然在教育的具体过程中提倡充分尊重儿童的兴趣，但从根本上说，他还是社会本位，而不是儿童本位。他的整个教育目的都是服从于社会的。"

所谓"争论"，其实只是我一厢情愿的想法，因为朱老师并没有和我争论。他听完了我的话，没有表示赞同或反对，而是依然微笑着说："嗯，这个问题当然还可以讨论。不过，我建议你多读一些他的著作，然后再下结论，这样是不是要好些呢？"

后来，我按朱老师说的，更广泛地读了一些杜威的书，于是在我的博士论文中有这样一段表述——

有人以杜威提倡"儿童中心主义"为理由，认为其教育目的观是"个人本位"，也有人以杜威主张"实用主义"为理由，认为其教育目的观是"社会本位"。事实上，在杜威那里，儿童是教育的出发点，社会是教育的归宿点，正像两点之间形成一条直线一般，在教育出发点的儿童和教育归宿点的社会之间，形成了教育历程。由此我们看到，个人与社会的统一或者说个人的生长与社会的改造的统一，正是杜威所思考并追求的教育目的。

朱老师可能已经忘记了那次"争论"，但我忘不了——正是那次他看似淡淡的几句话，把我的思考引向深入，最后对杜威得出这样的结论。

曾经有一个网友对我说，朱老师在网上给他留下的最深印象，是他博大的胸襟，无论有人冲着朱老师贴出怎样"大不敬"的帖子，他从来都是一笑了之，从不往心里去。其实，和朱老师零距离接触后，我早就感受到了他博大的胸襟。作为博导，他这种胸襟体现为虚心听取他人的不同意见，包括向学生学习。

我敬重朱老师，但绝不盲从。他多次说我把他拉进了网络，这是我"不听他的话"的一个典型例子，也是"他听我的话"的一个有趣故事。最近，他在一篇文章中写到我时，还专门说到这件事——

李镇西特别喜欢网络，经常在课堂上说起"网事"。我曾当面"批评"他，不要像中学生那样沉湎网络！但是，他依然我行我素。更有意思的是，有一天，他和晓骏、卫星等竟然密谋把我拉下了水，拖进了网。他们说，著名学者都有自己的网站，朱老师当然应该有。就这样，去年六月，我们的网站开张了。

还有一件事，也可以说是我对朱老师的影响，那便是对翔宇集团的看法。我多次去翔宇集团，觉得翔宇集团买下宝应中学是一次成功的办学体制改革。但当时朱老师还不太了解翔宇，刚听我说翔宇把宝应最好的中学买下了，马上说："我认为这不对，你要买就应该买最差的学校！"当时我没有和他多争论，只是说："有时间你最好亲自去看看。"于是，朱老师便去了。考察的结果让朱老师改变了对翔宇的看法，他对卢志文的改革赞不绝口。以后在许多场合，他都为民办教育的生存呐喊。

朱老师就是这样，哪怕是学生的意见，只要他认为是对的，就虚心采纳，从不因所谓"教师的尊严""博导的面子"而固执己见，真正是虚怀若谷！这也是他在用自己的行动教我们如何在做学问中做人，或者说如何在做人中做学问。

回想三年来，他从来没有把他的任何意见强加给我，他对我总是那么信任、那么宽松，而且充满鼓励。

因为我没有读过硕士，基础不算好，特别是因为我长期在一线工作，纯理论的思考不多，因此常常觉得自己不如别人，特别是我的英语基础差，总会感到自卑。而朱老师总是对我说："没问题！"

"没问题！"是他对我说过的最多的一句话。

正是在他的鼓励下，我拿出了比别人更多的毅力和时间刻苦攻读。我常常在晚上12点以后还在啃理论书，常常在凌晨4点刚过就起来背英语单词。有一天，朱老师告诉我："我问了其他博导，他们都说你是最勤奋的学生。"这点我问心无愧，每天早晨打扫房间，我会心疼地发现掉在地板上密密的头发——这便是我呕心沥血的见证。读博三年，我的头发急剧减少，因为我的付出的确超过一般的博士生。我总是在心里告诉自己：不是有人怀疑朱老师招我做博士生的动机，也怀疑我李镇西考这个博士的分量吗？我就是要为朱老师争气，也为我自己争气。

开始博士论文的写作了，朱老师问我选什么题目，我不假思索地说："民主教育。"

朱老师一如既往地鼓励我："好，你就写这个吧。你有长期一线教育的经历，一定能够写好的。"

可是，我也说了我的顾虑："我怕写不好。"

"为什么？"

"那种所谓学究气的文章，我不会写。"

朱老师朗声说道："你别怕，大胆地进行写作创新。只要言之有物，有思想，用散文笔法写论文，有什么不可以？我就希望你能写出与众不同的博士论文呢！"

正是在朱老师的鼓励下，我开始大胆地按我的写作风格写博士论文。在写作过程中，我在成都家里常常就一些问题打电话向朱老师请教，他总是给我以具体的指导。有时又给我寄来一些相关资料，我感到他的指导不是把我的思维纳入他的思想，他从不对我说："你这个想法不对！"或"你应该这样！"而是充分发现我思想中的积极因素，然后将其升华扩展，同时又尽可能给我更多的资料选择，拓宽我的视野与思路。

2003年4月，我赴苏州参加预答辩。预答辩之前，我准备将论文草稿印一份给朱老师，当时他正要去北京开会，我怕他太累，便有些犹豫是否还是等他从北京回来再给他看。他说："没问题，我在飞机上可以看，开会也可以看的！"

他是预答辩的前一天才从北京回来的，回来后立即跟我联系，说要当面跟我谈论文。但因为他公务相当繁忙，于是我们便约定晚上吃饭时边吃边谈。

那天晚上是苏州工读学校的校长请我吃饭，同时也请了朱老师。约定的时间到了，朱老师却仍被公务缠身，他来电话叫我们先吃着，不要等他。但我们哪能不等呢？可好不容易等到他来了，诸位正要举杯，朱老师却扬扬手中那本论文说："你们先吃着吧，我先和镇西谈谈论文。"

就这样，朱老师居然就在饭桌旁，与我谈起了博士论文。阵阵诱人的香味扑鼻而来，朱老师硬是"富贵不能淫"，一页一页地翻着我的论文，给我指点："这里，对传统教育是否否定得多了一些？""我认为，平等是民主的灵魂，其他都是派生的。当然这只是我的观点，供你参考。""你这一节写的是中国民主的进程，但我认为应该写中国民主思想的进程。你说呢？"……

仍然是平等协商的口吻，但朱老师的指导非常细致。我看我的论文上几乎每一页都留有他批改的痕迹，密密麻麻的，连错别字都一一改正了。我很感动——短短两天，朱老师在飞机上，在会场上，读我的论文竟然是如此细致。

最后，朱老师把论文交给我，热情澎湃地对我说："没问题！可以预答辩。"

当天晚上回到寝室，我再次拿出论文翻看，仔细研究朱老师的批改，感到朱老师对我既宽容得近乎客气，又严格得一丝不苟。说他"宽容得近乎客气"，是因为他的每一条修改意见都充满对我的尊重，都是以商量的口吻给我指出问题，比如："出处也是尊重作者和出版者的形式，也是'民主'吧？一笑。"看着这"一笑"二字，我眼前便马上浮现出朱老师那真诚的笑容。说他"严格得一丝不苟"，是因为他对我许多地方的修改，严密准确得到了近乎"苛求"的程度——不仅仅是诸如把"人格的感染"改成"人格的引领"、把"民主教育思辨"改成"民主教育的思想源流"之类的修改，甚至连错别字、漏字等错误都一一帮我改正了。朱老师细心得连一个英文字母的错误都没有放过。

在第二天的预答辩中，其他导师也给我提了一些修改意见。在接下来的一个月时间里，我按朱老师和其他老师的意见对论文重新进行了比较大的修改，然后按要求印制成册，投寄给各位导师。

眼看着论文答辩的日期一天天临近，我有些莫名地紧张起来。

按说我在外作报告，上千人的场面都经历过多次，从来没有紧张过。这次面对的不过是几个人，我紧张什么呢？

其实，我说得不对。我面对的连"几个人"都没有，不过就是一部电话机！因为"非典"，我不能去苏州，于是教授们便决定让我通过电话答辩。

这毕竟是博士论文答辩，我三年的心血是否被认可，全在此一举。我在网上给朱老师发去短消息："我很紧张，怎么办？"

很快收到他的回信，很短："No problem!"但就这一句话，让我心里踏实了。

2003 年 6 月 1 日下午，博士论文答辩委员会的电话打到我家里。手握话筒，我镇定地陈述着论文的内容，并从容回答着导师们的提问。尽管在整个过程中，我没有听到朱老师的声音，但能够感觉到他那充满鼓励的目光。

答辩结束后 30 分钟，学校的电话又打到我的家里，电话那端传来任平教授热情的声音："李镇西，告诉你，经过刚才各位委员的投票，你的博士论文通过了。祝贺你！"

我不住地说："谢谢！谢谢各位老师！"

在那一刻，我仿佛看到，千里之外的朱老师脸上那欣慰的笑容。

正当我觉得松了一口气的时候，第二天上午，朱老师便把电话打到我办公室，给我一一转达了各位评委对论文的看法："对你的夸奖我就不说了，我只说他们提的意见。当然，这些意见也仅供你参考。虽然答辩通过了，但我还是希望你的论文能够修改得更完美一些！"

对着话筒，我用笔一一记下朱老师转达的意见，然后情不自禁地再次拿起那本被朱老师修改过的论文草稿，久久凝视着——这是一件珍贵的礼物，我一定要永远珍藏！

2003 年 6 月 8 日

王必成：甘当人梯

　　第一次见王必成老师，是我刚调到成都玉林中学。回想起来，已经有将近 20 年了。那天，作为成都市教科所语文教研员的王老师和其他几位教师来我校调研，经过我们教室的时候，他们推门就进来了。我当然也没有特意准备给他们听的课，自然就按我本来的想法上课。

　　说实话，他们推门进来的一瞬间，我心里有过一丝紧张，但很快就放松了。我告诫自己，反正是随堂听课，就算对我的课不满意，也不可能扣我奖金，怕什么！真没想到，课后王老师对我的评价非常高，他说我的课"非常有新意""真正把学生放在了主体地位"，还向校长询问我的情况。那堂课讲《林黛玉进贾府》，我没怎么讲，开了个头，就在黑板上写了许多小标题，比如"黛玉为何步步留心、时时在意？""谈宝玉的顽劣""小议王熙凤的哭和笑""人物出场艺术浅析"……然后让学生分组讨论，各自写小论文。没想到，王必成老师对此非常赞赏，而且很兴奋，好像他发现了一个"人才"。临离开学校时，他给了我许多鼓励，还说我有什么需要他帮忙的尽管找他。

　　那以后我真的经常去向王老师请教，当然都是语文教学上的问题。尽管王老师是特级教师、语文专家、学术权威，但和他相处我毫无压力，也没有半点拘束感，因为王老师平易近人、朴实善良。他真诚地关心着我的进步，并尽一切力量帮助我成长。

　　1995 年 7 月，我送走了成都玉林中学高 95 级一班，这个班的高考取得了堪称"辉煌"的成绩。更让我有成就感的，是我给这个班编了一本厚厚的班级史册——《恰同学少年》。为了表达我对王老师的谢意，我特意送了他一本。他读后非常激动，赞不绝口，并要我多送他一本，他要去为我宣传。后来，他果真拿着这本书奔走于上级教育部门的领导之间，让更多的人知道我、了解我。再后来，我被评为"全国优秀语文教师"，被推为成都市中学语文教学专业委员会常务理事。这和作为特级教师、成都市中学语文教学专业委员会理事长的王必成老师是有直接关系的。

几年后，我渐渐有了一些虚名，北师大出版社为我出版了一本《李镇西与语文民主教育》的小书，按编辑体例，书中应该有一篇了解我的名家介绍我的文章，我自然想到王必成老师。当我向王老师提出这个要求时，王老师非常爽快地便答应了。为了写好这篇文章，他认真读了当时我已经出版的《爱心与教育》《民主与教育》《从批判走向建设——语文教育手记》等十来本著作。

一个月后，他写成《"追求永远不会遗憾"——李镇西教育思想与实践评述》的长文。他对我这样评价道："李镇西热爱教育，对教育忠贞不渝，情有独钟。他对教育的热爱、执着可说是达到了'曾经沧海难为水，除却巫山不是云'的程度。他不是把教育当作一种职业，而是当作一项神圣的事业。教育对他来说，是他的生存方式，甚至可以说是他生命的体现。""诗意，激情，是李镇西追求的语文教育境界。"

其实，我至今还不敢说我已经达到王老师当年笔下的这般境界，但一直把这些话当作王老师对我的激励，直到永远。

2010 年 12 月 6 日

吴玉明:"你一定要展示出你的个性!"

　　吴玉明老师也是成都市教科所的语文教研员,和王必成老师一个办公室。吴老师主要负责初中教学,所以后来我教初中时,她给过我许多直接的指导,更给过我很多鼓励。

　　回想起来,当年的我在语文教学上还不能算成熟,但吴老师和王老师一样,特别善于发现我的"闪光点",并及时鼓励我。吴老师给我提供了许多平台,让我在全市展示、上公开课、作学术报告等。我不止一次听其他老师说:"吴玉明老师特别欣赏你,到处夸你呢!"我曾两次参加大型的赛课,都受过吴老师的直接指导。

　　第一次是 1997 年 10 月参加的四川省初中课堂大赛,现场抽签决定执教课文,然后借班上课。结果我抽到的是《孔乙己》,这篇课文要用一节课上好,还要争取获奖,真有难度。不过,有了吴老师的指导,我心里就踏实了。备课时,吴老师(还有当时锦江区教研员李文华老师)给我一个环节一个环节地出谋划策,甚至对某一句话、某一个词的理解,如何提问,如果学生回答不上又怎么办等问题,都给我以非常精细的分析。后来,我的课广受好评,荣获"一等奖"。严格说起来,我在语文教学方面的影响,就是从执教《孔乙己》获"一等奖"开始的。直到现在,还有教师对我说:"我们至今记得你当年上的《孔乙己》。"这么多年过去了,只要一想到那次获奖,我就会想到敬爱的吴老师,因为我知道那个"一等奖"里,有着吴老师的智慧。

第二次赛课是 1998 年 5 月去天津参加全国课堂教学大赛，我执教《马克思墓前的讲话》这篇课文。

应该说我抽到的上课顺序不错，是中间。看了几堂课，我发现好多选手也许为了求稳，大多上得很传统、很"规矩"。赛课的头天晚上，我反复问自己：是上一堂中规中矩的获奖课，还是上一堂充满改革气息、真正尊重学生的课？我是代表成都来参赛的，如果一无所获，回去该怎么交代？

这时陪我赴津的吴玉明老师鼓励我："拿奖不是第一位的，第一位的是展示出你的教育思想！你代表的是成都，是四川，一定要展示出你的个性，体现出你的改革气息！"

吴老师的话打消了我的顾虑，并让我彻底放下"蠢蠢欲动"的名利心。于是，我勇敢地采用尊重学生心灵、解放学生思想的教学方式，放手让学生讨论争鸣，我也在课堂上和学生平等对话。这堂课受到学生的欢迎，也赢得在场听课教师的热烈掌声，却引起评委们的争议。最终，我没能获得一等奖。

但是，吴老师却对我的这堂课予以高度的评价："很好！没得奖有什么关系？学生欢迎，听课教师欢迎，你展示了自己的个性，这就是成功！"

也许在旁人看来不可思议：教研员带着参赛选手去赛课，怎么不帮助老师全力以赴地争取拿奖，却鼓励什么"展示个性"呢？

我要说，这正是吴玉明老师最让我敬佩的地方。作为教研员和指导教师，她当然希望我获奖，但更看重真实的课堂和课堂上呈现的教育思想。于是，她超越了功利，顶住了压力，给我以极大的鼓励——不，绝不仅仅是对我的鼓励，这还是她轻于浮名而重于真理的科学精神的体现。

如今，吴老师已经退休，而我已经成了所谓的"著名专家"，但一直感恩吴老师。我心里很清楚，如果没有当年吴老师以及许多前辈的培养与提携，哪会有今天的"特级教师"李镇西！

2010 年 12 月 6 日

唐建新：特级教师的教师

做个试验，假如在中国任何一条熙熙攘攘的大街上，大叫一声"建新"，估计不知有多少人要回头答应。的确，"建新"是一个非常普通的名字，在我的朋友中，"建新"就有好几位。

我今天要说的这个"建新"，是我的朋友唐建新。

我和建新是老乡，都是四川仁寿人。追溯起来，我和建新算得上是世交。我的父亲和他的父母是同学，我父亲还在他父母家住过，对这段历史我颇感兴趣，一直想请伯父伯母给我聊聊——我父亲去世很早，对一切和他生平事迹有关的往事我都感兴趣。上次去深圳我还对建新说，下次来去见见他父亲。但前不久听说伯父已经仙逝，我在分担建新忧伤的同时，也感到一种遗憾。

其实这段"世交"，是我成人后才知道的。我从小并不认识建新，第一次见他是刚参加工作的1982年，那时候他以乐山市教研室语文教研员的身份来我校指导工作。他长我好几岁，属于"老三届"。我知道他这个年龄的人有着丰富的经历和至少远远超过我的学识，因此对他肃然起敬。当然，最初的敬意属于"理论推导"出来的：长于我，自然应该尊敬；"老三届"这三个字更让我佩服。随着接触的深入，我渐渐感到，即使不是兄长辈，也不是"老三届"，他都值得我尊敬。建新待人真诚，为人朴实，思想敏锐，见解独到。那时候，他编写了一本语言训练的教材，我是试用者之一。建新经常来我班上听课。刚参加工作的我，课堂教学自然稚嫩，但建新常常给我以鼓励，同时真诚直率地给我指出一些不足，并提出若干建议。正是在建新的建议和具体指导下，我开展了为期三年的"以思维训练为中心，以口语训练为突破口，促进听说读写语文能力的全面提高"的教改实验，并取得了成功。建新见证了我语文教学最初的脚印。

现在想起来，那时建新对我的鼓励与指导，显然已经超过他的工作范围。比如，他是语文教研员，但对我的班主任工作也很关注。出于对他的信任，我经常跟他聊我班级管理的事，让他分享我的幸福；很多时候，我也跟他说我的教育想法，听取他的意见。20 世纪 80 年代，是我教育生涯的青春期。理想、激情、浪漫、创造……是这一阶段的关键词。我用透明的赤诚写下一首首稚嫩却纯真的教育诗，很多时候，建新是我的第一读者和最早的喝彩者。比如，我请谷建芬老师谱班歌以及后来与她的交往、我的"未来班"实验、许多很难说是语文实践还是班级建设的精彩活动……建新都是见证者，有时候还是参与者。直到现在，建新还能说出我当时所教的一些学生的名字。随着我鲜明个性的"崭露头角"，争议渐起，但建新一直是我坚定不移的支持者，甚至声援者。我曾听说，有一次老校长对他说要把我推为"全国"的"优秀教师"，建新说："当然应该！谁能像李镇西一样，每年都牺牲暑假，不辞辛苦地带学生去玩？"

我和建新的交流当然不只是语文教学甚至教育的话题，改革进程、时代变迁、社会风云都装在我俩的心中。20 世纪 80 年代，是"万类霜天竞自由"的学术黄金时期，我们经常一起热烈地讨论着新的思想观念："三论"与教育、第三次浪潮、新技术革命的挑战，还有刘宾雁、苏晓康激起的震荡，以及《丑陋的中国人》的争论与《河殇》的冲击波……

20 世纪 90 年代初，我去了成都，但我们一直保持着联系。每次回乐山，我都要去看他，交流教育，谈论时政。过了几年，建新去了深圳。他依然关心着我的成长，并关注着我的事业。他还曾竭力鼓动我调到深圳——如果不是因为种种原因谢绝了唐海海的邀请（我因此永远感谢唐海海），我差点成为"深圳高级中学"的第一批开拓者。有一年上海《语文学习》杂志"青年教师名录"栏目要推我，建新写了一篇《李镇西印象》的文章，第一句便是"镇西质朴，执着"，这是迄今为止我认为对我评价最准确的话。我真的很"质朴"，许多人第一次见我，往往说："嚯，真是人不可貌相！"我也的确"执着"，从29年前大学毕业踏上讲台到现在，我的目标始终没变。但我想，"质朴""执着"又何尝不是建新的特征呢？他当然"质朴"，一张中国脸，洋溢着宽厚和善，满口仁寿话，散发着乡土气息——我一直很得意的是，我的普通话比他说得好，这是我唯一比他强的地方。后来他到深圳，不得不说普通话，但依然夹杂着仁寿味儿。他同样也很"执着"，30年的语文教研，成了他的生活方式，乃至生命的存在方式。

说到"执着"，我不禁想，从1982年9月大学毕业，建新从教研员、市教科所副所长到区教研室主任，行政职务变了，但有一个角色始终没变：教研员。如果按世俗的眼光，建新的角色似乎有些不尴不尬：他是教师，但又不是纯粹的一线教师，还兼着行政职务；他是领导，但又不是单一的领导，一直从事语文教研。如果建新一直在学校做教师，肯定早就是全国赫赫有名的特级教师了；如果建新一门心思搞管理，他很可能在仕途上有更大的空间，但建新执着于自己的追求，淡定于自己的心灵。在他的培养、支持和提携下，多少年轻人成长为教学能手、特级教师乃至教育专家！无论世事如何变幻，无论周围的人如何功成名就，建新一直是教研员，但这是"教师的教师"，是一个不太起眼却真正了不起的角色！

建新因此或许可以称得上"伟大"。

2010年12月12日

第四辑　／　同行掠影

姚嗣芳：为了不当局长，用尽"洪荒之力"

"姚嗣芳是谁？"可能有朋友会问。

的确，如果要论所谓的"知名度"，她确实不够出名。但至少在成都乃至四川的小学语文界，"姚嗣芳"的名字却是如雷贯耳。而且，真不是我谦虚，在很多方面，我是不如她的。

当年，30岁出头的她，被评为特级教师，同时也是成都市最年轻的教育专家之一（成都市的"教育专家"是成都市中小学教育界最高称号，每三年在特级教师里严格评选）。后来，她还获得了全国五一劳动奖章，荣获"全国模范教师"等称号。

本来我和她素不相识，我长期在中学任教，她在成都师范附属小学任教。但因为2000年年初，我们一起到过欧洲，算是认识。平时连见面的机会都很少，接触也不多——那年回国后到现在，我和她最多见过两三次。现在一想起她，我就想到我们一起在欧洲时，她在大巴里慢条斯理地给我们讲笑话。我们哈哈大笑，她却不笑。

我把她称作"我的朋友"，不过我不如她，她让我敬重。

我曾写过一篇《袁丽华老师》的文章，说的是四川省第一位小学语文特级教师袁丽华老师。早在20世纪50年代，执教于成都市龙江路小学的袁老师就以精湛的教育学艺术和富于创新的教改成果开始在全国产生影响。但这么一位优秀的人民教师，在"文化大革命"中却惨遭迫害，最后不堪凌辱愤然自尽。改革开放后，中国教育的历史翻开新的一页，在成都涌现出一批新一代优秀小学教师，如陆枋、蓝继红、杨尚薇等，还有我今天说的姚嗣芳老师。我把这几位老师视为袁丽华老师的精神传人，但比袁老师幸运的是，这几位老师拥有了一个相对宽松自由的环境。"万类霜天竞自由"，她们可以在教育事业上大显身手，从而取得累累硕果。

许多学生和老师都说："听姚老师的课，是一种享受！"的确如此。

2015年5月，姚嗣芳老师从教30周年教育思想研讨会在成都举行。会上，姚嗣芳老师上了一节《临别语·人间情》的读写联动课，帮助学生从多篇临别语的阅读探究中，进一步了解临别语的内容和表达要领，并在读写联动中学写临别语，让孩子们懂得珍惜生活中的美好与感动。

媒体这样评价道——

这是一个主体生动的课堂，孩子是这个课堂的主角。这节课姚嗣芳选择、组合教学材料和学生习作，并借用自己发给蒙古族朋友的微信等与临别相关的语言材料，有层次地、有目的地整合与推进，从读到写、读写联动，唤醒、激活学生已有的情感积淀。她说，老师的教让位于学生的学，把老师大量讲授的时间挤走，留足时间给孩子充分感悟和表达。全班学生组成了一个强大的学习共同体，合作共学，与文本对话，与教师对话，与同学对话，与自己的心灵对话。无论是补充、纠正或反驳，都可以看到孩子的认知水平呈现梯度增长，对方法的感悟更加饱满和深刻。

在姚嗣芳的课堂上，孩子的心灵是自由的，他们的个性得到了充分的张扬，他们的语言表达得到了充分的发展，从这样的课堂里走出来的孩子，也将获得同样生机勃勃的人生。

我要说，在这样的课堂上，姚嗣芳老师也是幸福的。对姚老师而言，教学生本身就是一种幸福。她的原话是这样说的："我的幸福非常真实，就是一种教师面对学生时纯粹而简单的状态。"

2003年年底，听说她升调成都市锦江区教育局副局长。我有点儿惊讶，因为她连校长都没有当过，直接从语文教师提为教育局副局长，不能不让人感到有点意外，但我很快觉得她能行，并为她感到骄傲。后来，又听说她腿摔伤了，还在家养伤。当时我很想给她打个电话，表示祝贺和问候。但几年过去了，我把她电话号码早已弄丢了，于是作罢。

过了几个月，我参加了一个新春茶话会，见到了成都师范附属小学的校长。我问起姚嗣芳的情况，说听说她当副局长了。这位校长说，姚嗣芳最终没有去。我问她现在在学校做什么？校长回答我：当班主任，教语文呀！

我很感动，便向校长要了姚嗣芳的电话。

当天回家，我便给姚嗣芳打电话，在电话里我们聊了很久。她说2003年的确是已经定了她当副局长，但她坚决不愿意，因为觉得自己的兴趣在孩子们这里，不适合官场。于是，她多次找到各级领导，表明自己不愿离开学校，甚至以调离锦江区"相威胁"，以示自己态度的坚决。最终，领导尊重了她的选择，于是她继续留在成都师范附属小学教书。

在电话里，姚嗣芳老师还说，当她放弃副局长这个职务之后，许多人为她感到惋惜。有人说："副局长这个位置是许多人梦寐以求的，还有不少人挖空心思想得到！"因此，他们认为姚嗣芳"太瓜了"（成都方言，即"太傻了"）。但姚嗣芳说："我过我愿意过的生活，才是真正的幸福！"

放下电话，感慨万千，我不认为她"瓜"，而认为她是在坚守自己感兴趣的岗位。当然，也有人因此而认为姚嗣芳思想境界高，我却认为她不过是按自己的意愿生活而已。

认识姚老师16年了，由于我们在成都的不同区，平时极少见面，但我常常想起她。上个月，我们都参加了一个活动，我又见到了多年没有见的姚老师。我们互相问候，互相祝福，匆匆闲聊几句，便各忙各的去了。她依然那么朴素，那么恬静，那么从容，那么温婉。

我再次想起她说的话："我的幸福非常真实，就是一种教师面对学生时纯粹而简单的状态。"

是的，"纯粹而简单"，应该是我们追求的最高级而又最起码的幸福。

2004年1月9日写成
2016年12月20日充实修订

杨尚薇：明明可以"凭颜值吃饭"，却偏偏搞了教育

我承认我写的这个标题有些"标题党"，但说的是事实。

先看百度上是怎样介绍杨尚薇的——

杨尚薇，四川省特级教师、中学高级教师、中国教育学会会员、四川省教育学会教育心理专业委员会会员、成都市教育学会小学语文专业委员会理事。

著有《小学环境教育读本》《小学生作文范文选讲》，论文《创新校本教研模式，促进教师专业成长》发表于《四川教育学院学报》，论文《口语交际训练应三同步》《以趣激学 以精会学 以实促学 以活乐学》《b、p、m、f》发表于《四川教育》，教育叙事《琐事偶忆》《"5111"，真有趣》发表于《课改手记》，《观潮》教学设计收录于《小学教学新模式典型课例》，《奇妙的"眼睛"》课堂实录收录于《教海探珠》，《三只白鹤》《画鸡蛋》《做风车的故事》《削苹果》四篇教学设计收录于《愉快教育课堂教学操作设计100例》，《观潮》教学实录收录于《教育新平台——小学计算机辅助教学初探》。论文《创设宽松课堂环境，促进学生个性化学习》获"四川省第六届教师优秀论文评选一等奖"，论文《培养小学生口语交际能力的策略》获四川省第五届优秀教育论文评选一等奖，论文《浅谈小学语文教学中小学生创新精神的培养》获"四川省第四届优秀教育论文评选二等奖"，论文《北师大教材评价方案初探》获"第五届新世纪（版）小学语文科研论文评选一等奖"，论文《浅谈小学语文教学中小学生创新精神的培养》获"全国语文

创新教育优秀论文比赛一等奖"。

这段文字确实枯燥了一些，而且还不完整，比如杨尚薇还是"成都市特级校长""成都市学科带头人"等。不过，这些枯燥而不完整的介绍，至少让我们知道了杨尚薇是一名卓有成就的教育者。

作为一名优秀的小学语文教师，她曾得到同事这样的评价——

她在课堂上，写就一手漂亮的正楷板书；她的朗读和发言，字正腔圆，富有感染力；她的语文课，如高山流水，大气畅快，又如母亲的手，温暖轻柔，给观者以享受，给听者以感动；待人接物，亲切随和，对学生和下属，重关爱与尊重。

这段评价当然是很真诚的，但我觉得还是过于"印刷体"了些。

其实，现实中的尚薇很有亲和力，甚至可以说好玩得很！

杨尚薇，她的称呼比较杂乱：比较官方的叫法为"杨校长"，曾经被叫作"杨院长"，民间称呼有"杨妈妈""小薇"等。我喜欢叫她"尚薇""班长"——前者表达亲切，后者表达敬意。偶尔在网上聊天时，我则叫她"薇薇"。

尚薇美丽——注意，我说的是"美丽"而不是"漂亮"。以前我知道她是玉林小学的校长，因为该校是我女儿的母校，虽然尚薇是后来才去任校长的，但我见了她自然有一种亲切。但说实话，这份亲切不是对她个人的，而是对玉林小学的。那时去教育局开校长会时偶尔会在电梯里见到美丽的杨校长，双方都客气而礼貌地问个好，再无其他交往。但她端庄的仪态，优雅的举止，还有出奇的整洁——因为我家有位酷爱整洁的人，所以我对整洁的人都很敏感——给我留下了很深的印象。

后来，杨尚薇调入区教科院任副院长，于是"杨校长"变成了"杨院长"（人们简称为"杨院"）。2013 年 10 月，武侯区教育研修班前往美国马里兰大学学习，尚薇又被任命为我们这个研修班的班长，于是"杨院"又成了"杨班长"。说实话，在去美国之前，我和她从没有过近距离接触，但从美国之行开始，尽管我俩依然互相尊敬，但彼此都很"不客气"了。

去美国前，大家还叫尚薇为"杨院长"，但到了美国没几天，"杨院长"不知不觉地被大家称为"杨妈妈""小薇"。称呼的变化体现出她和大家情感的加深和距离的拉近。美丽善良的班长，赢得了每个同学的尊敬。在她生日那天，我们都为她送上了真诚的祝福。我还专门给她在马里兰大学校园里拍了好多美丽的照片。

尚薇性格内敛，但并不拘谨，而是落落大方，朴素自然，因此在镜头前或站或蹲或坐或躺，都自有一番古典的美。我给她照过一张逆光肖像，柔和的阳光将她的头和手臂镶了一层耀眼的金边，手臂自然伸出然后弯曲，优雅便从她那柔弱的手臂和纤细的指尖流淌了下来。枫树下，草坪上，雕塑前，大海边，尚薇只要一喊："西哥（许多老师私下里都习惯叫我西哥），来一张！"我便将镜头对着她啪啪啪一阵狂拍。然后，她过来看照片，进而赞叹："巴适，巴适！"不知她是在说我照得巴适，还是她自己长得巴适？

尚薇属于淑女型，可购起物来很疯狂，一点也不"淑女"。而且，买来的东西往往第二天便披挂在身上。于是她一上车，往往便引起一阵惊叹："哇！""漂亮！""巴适！"她脸上便洋溢着一种自足与得意。我清楚地记得，一天早晨她坐在大巴上，伸出双腿，露出新买的黑色皮鞋，向大家炫耀，笑死我啦！还有一次，她穿着新的上衣，还有新的裙子，大家自然又是啧啧不已。好像有人问她裙子是不是连衣裙，她不住地说："是的，是的，是连衣裙！"都快进电梯了，她突然撩起后背上襟，露出背上的裙子："诺，看嘛，是不是连衣裙？"

我刚好在她后面正准备进电梯，看到她的动作，忍俊不禁，好可爱的尚薇！

尚薇在她的同事眼中，依然可爱，依然可亲。她常常让老师们忘记她是校长。"我教书30年，她是唯一让我心服口服的校长。"玉林小学三年级的语文教师赖筱风眼里的杨尚薇，已经不是领导，而是亲人。"前两天我遇到点事，当天就收到杨校长发来的安慰、鼓励短信。"赖老师说，短信不长，但字里行间的真诚让她动容。"这两天她在咳嗽，我真有点心痛，希望她赶紧好起来。"很多人都觉得，杨校长是一个"心软"的人。和大家说起一位身患重病的老师时，她的眼里泛着泪光。其实，当时她刚调来学校不久，和这位老师认识的时间很短，却已建立了深厚的感情。尚薇对教师的爱，让教师也情不自禁地心疼她。年轻的科技教师刘勇说："好几次杨校长在台上讲话，我都想上前去扶住她，怕她昏倒。"

孩子们更是喜欢杨校长，因为他们每天都会在校门口看到杨校长"清晨的微笑"，并且听到杨校长一声亲切的问候："早上好！"有一天早晨，尚薇因为外出开会而没出现在校门口，第二天两个低年级的孩子见到她便问："杨校长，您昨天为什么没有在校门口呢？"这样让孩子们牵挂的校长，必定是已经走进孩子们的心灵。有孩子甚至想方设法创造机会感受杨校长的亲切和温馨——曾经有小朋友为近距离接触她而跑去找她"借"手纸。

从美国回来不久，她离开教科院重返学校，担任龙江路小学的校长。30多年前，尚薇毕业后去的单位就是龙江路小学，她在这里成长，一直做到常务副校长。龙江路小学是成都市乃至全国都很有名的小学。20世纪60年代，四川省第一位小学语文特级教师袁丽华就执教于这所学校。多年来，学校在办学过程中形成了愉快教育、环保教育、艺术教育、现代教育技术的应用、对外交流、学生评价六大亮点。龙江路小学是全国最早实施"愉快教育"的实验学校之一。成都市民对几所小学名校有"五朵金花"的说法，这"五朵金花"具体是哪五所学校，不同时期有不同的版本，但无论哪个版本，龙江路小学都名列其中。

如今，让这朵"金花"更加美丽芬芳的重任就落在了杨尚薇的肩膀上。为了写这篇文章，我专门给尚薇发短信，要她给我提供一点她的办学理念方面的素材，结果她"整死不说"（成都话，即"打死也不说"）。再三催促，她才给了我一些前几年的文字。不过，她不断要我帮她联系全国名家前来讲学——前不久，我还帮她请了著名特级教师王崧舟老师去龙江路小学上示范课。她还帮我推荐她学校的年轻教师做我的徒弟，由此可见，尚薇特别注重教师队伍建设，尤其是青年教师的专业成长。我认为，她抓住了学校发展的关键。对杨尚薇管理下的成都市龙江路小学，我充满信心地"拭目以待"。

尚薇有这样一条教育格言——

让每一位学生尽其所能地发挥自己的特长和优势，让每一个孩子潜在的灵性都闪耀着迷人的光芒，这才是教育者的最大职责，也是我们教育的终极目标。

嗯，"让每一个孩子潜在的灵性都闪耀着迷人的光芒"，前提是教育者本人"要有光"。唯有这样，才能让每个孩子、整个教育过程都"闪耀着迷人的光芒"。

请允许我套用一句网络语言来调侃一下可爱的尚薇：明明可以凭颜值吃饭，可偏偏要搞教育。其实，我这也不完全是调侃。尚薇本人就是一位"闪耀着迷人的光芒"的教育者，她过去的教育自然便"闪耀着迷人的光芒"，今后这"迷人的光芒"还将在她的教育实践中继续"闪耀"下去。

这里的"颜值"，我还可以赋予它更丰富的内涵——不仅仅指漂亮的外貌，更指美丽的心灵、高尚的人格和富有思想与智慧的大脑，我将后者称为"精神颜值"。这不正是我们的教育所期待的教师吗？因此，从这个意义上说，所谓"明明可以凭颜值吃饭，却偏偏要搞教育"，恰恰是一个有教育理想的人最合适不过的选择。

2016 年 12 月 26 日

魏虹：“英雄教师”的另一面

魏虹，可以谐音“未红”，也可谐音“微红”。但实际上，人家不但早已“红”了，而且作为四川名师，岂止是“微红”，早已红透半边天。查查2009年9月10日的四川媒体，关于魏虹有这样的报道——

9月9日上午，我区玉林小学副校长魏虹作为全省25名英雄教师、模范教师和优秀教师之一，作为全市中心城区唯一一名“全国模范教师”，在人民大会堂金色大厅参加了“庆祝教师节暨全国教育系统先进集体和先进个人表彰大会”。魏虹个人获得人力资源和社会保障部与教育部的表彰，并与来自全国的优秀教师代表一起受到胡锦涛、温家宝、李长春、习近平、刘延东等党和国家领导人的亲切接见。

看见没有？“英雄教师”“模范教师”“优秀教师”“唯一”“金色大厅”“亲切接见”……任何一个词儿砸在任何一个教师身上都会让人热泪盈眶，但魏虹不惊不诧，早已经习惯。

2006年至今，魏虹先后担任过成都玉林小学、成都华西小学、成都行知实验小学的副校长或校长，还到富顺东湖小学、崇州大划小学、崇州街子九年制学校支教，主持学校工作。

因为她一直在小学，我在中学，因此平时接触不多，只是有时候在教育局开会，碰到后点头致意而已。我以前听说过魏虹的事迹，很是感动。一想起她的名字，就会想到"爱岗敬业""爱生如子""无私奉献""呕心沥血""春蚕到死""蜡炬成灰"……因此，她在我的心中伟岸起来——她个子本来也比较高。

但我今天不想重复媒体上大肆煽情报道过的她的"感人事迹"，想就亲眼所见的魏虹，写写"不得不说的故事"。

这次赴美在研修班和魏虹相处近一个月，对她的了解不说入木三分，至少也玲珑剔透。这女娃子，好耍得很哦！

我说她是"女娃子"，一点都没有蔑视的意思，而是表亲切甚至亲密。当然，魏虹可能对"女娃子"三个字不满："我都是大人了，还'娃子'！"

魏虹和尚薇一样酷爱照相，我觉得如果以后填什么表格，遇到"有何业余爱好"或"特长"之类的项目，她俩都应该填：被摄影。不过，和尚薇比起来，魏虹的美别有一番风韵。尚薇内敛，魏虹奔放；尚薇是传统淑女，魏虹是摩登女郎；尚薇的美流淌着古典之韵味，魏虹的美散发着现代之芬芳。

还是说魏虹。她本身就美，在镜头下——特别是在我这摄影水平极高的人的镜头下，她就更美了。她特别会摆"Pose"。镜头前一站，头一歪，脸蛋略略上扬，眼睛迎着太阳微闭，玉腕放在腮边，手臂微微托着下巴……这是她比较经典的造型。当然，有时候也会根据具体情况作微调，比如摆出"牙疼""头疼""腰疼"等造型。

其实，我要感谢魏虹，正是为她拍照，我的佳作层出不穷，源源不断。她喜欢跟着我，帮我背相机包，或提着镜头。其实，我知道她是对我的相机感兴趣。我不喜欢摆拍，喜欢抓拍，喜欢捕捉人物最自然、最放松、最妩媚的瞬间。当然，这需要天赋，不是人人都会的，某些企图超越我的人（提示，我这里说的是田哥）自然不会有。那天在费城自由宫前，阳光瀑布般倾泻下来，魏虹款款走过来，柔和而文静（她这么文静实属罕见）地侧头低下，嘴角微微上弯，阳光从她背后洒下来，在她的头发上跳动，一圈金色的光圈将她的整个头部包围了起来。我赶紧端起相机按动快门，一张经典之作就这样诞生了。我将其命名为"费城太阳雨"。魏虹见了这张照片喜不自胜，笑得嘴都合不拢了。后来在纽约的船上，魏虹迎风而仰，其风云魅力，让远处的曼哈顿都黯然失色。我将这张照片命名为"纽约自由风"。这两张照片上的魏虹，一个微微低头，一个略略仰面，俯仰之间，魅力无穷。从此，魏虹帮我背包的积极性更高了。

　　田哥常说："唉，早点认识魏虹就好了！"边说边摇头，大有相见恨晚之追悔莫及。他说："我们应该把魏虹捧红！"我想，还用你捧，那张"费城太阳雨"，早已使魏虹宛如模特界的一颗新星，冉冉升起。本来魏虹崇拜我和田哥这两位摄影大师，但因为她这个模特当的好，不知不觉地，我和田哥都崇拜起魏虹来了。我想，如果没有魏虹，我能照出"费城太阳雨"吗？于是，我俩都簇拥着魏虹，甚至有卑躬屈膝之趋势。那天在奥特莱斯，魏虹欲进一奢侈品店，我和田哥赶忙上前，一左一右把门拉开，然后弯腰、伸手，说："请！"崇拜者被崇拜，真是主次颠倒。

　　魏虹特别爱笑，而且反应很快，有时我说一句比较含蓄的笑话，旁人还无动于衷，魏虹已经笑了起来。她笑起来肆无忌惮，爽朗的笑声极富感染力，让周围的人也跟着一起笑了起来。有时候，她自己都不好意思（她偶尔也有不好意思的时候），赶紧用手把嘴捂住，以减弱笑声的穿透力。写到这里，我的眼前浮现出的就是魏虹气势磅礴的大笑。

　　很难想象魏虹会有郁闷的时候，她就是那么大气。和她在一起，我们有时会忘记她是美女，而把她当作肝胆相照的铁哥儿们。

2016 年 12 月 29 日

郭文红：一个普通的班主任能够走多远

一

2007 年年底，在全国中小学班集体研究中心唐云增主任的建议下，十来位年轻的班主任老师向我"拜师"。我之所以在"拜师"二字上加引号，是因为我真心不认为自己有资格做他们的"师父"。他们本身已经很优秀了，像郑州的李迪、温州的方海东、德州的刘俊萍、南通的石春红等老师，至少在当地已经小有名气。李迪、方海东以前我就认识，刘俊萍已经是山东省特级教师，他们身上有很多优点值得我学习。

相比之下，南京的郭文红倒比较普通，她相对年长，当时并不是班主任，也没见她发表过什么文章，总之在那之前，我没听说过"郭文红"这个名字。不久，我去南京附近讲学，她听说后克服重重困难来听课。课间休息聊天时，她跟我聊吴非，聊李希贵，聊朱永新，我感到她读了不少书。勤奋好学，是她给我的第一印象。对了，还有一个印象很深刻，就是和她交谈时，她一直非常专注地看着我，几乎目不转睛。我感觉这位老师很有礼貌。

二

后来，和她学校的校长交流，我进一步了解到，郭文红是国家奥林匹克竞赛的金牌教练，她的数学课上得很棒，让孩子们特别痴迷。她善于营造民主和谐的课堂氛围，激发孩子们自由快乐地进行思维碰撞。因此，在她的数学课上，孩子们勇于发表自己的意见，敢于质疑和探究，在枯燥的数字中接受智力挑战，体验思维的乐趣。

郭老师的数学课还有一个特点，就是她特别善于将数学课与学生的生活相联系，让学生懂得生活中处处离不开数学。比如，3月14日，郭老师巧妙地将"3.14"这个日子同圆周率结合起来，给孩子们讲圆周率的来龙去脉，以及相关的中外文史知识；她还让孩子们用吟诵、歌唱、背诵比赛等方式展现圆周率……孩子们唱 π 歌、演小品，度过了一个快乐又疯狂的"圆周率节"。同时，为了用数学本身的趣味打动学生，郭文红在班上成立了"开普勒小组""第谷小组"等数学兴趣小组，还经常开展"24点大赛""魔方魔棍比赛""精美纸盒外包装"等数学兴趣活动，使孩子们对数学产生前所未有的兴趣。所以，她任教的班级，数学成绩总是名列前茅。

作为一名小学数学教师，郭文红似乎可以知足了，但她并不满足，还想继续提升自己。我希望她做班主任，她说她年轻时也做过班主任，后来因为是教数学的，就没再当过班主任。但我对她说："既然是我的徒弟，就必须做班主任。通过做班主任，你也许能够在教育上激发自己的潜能，超越自己，发现一个新的自己。"

三

于是，郭文红向学校提出要当班主任的请求，校长很支持她，于是她便成了一名教数学的班主任老师。郭老师天性温柔善良，性格活泼开朗，富有亲和力，因此，她和孩子们很快就打成一片，班级生活搞得有声有色。

郭老师说她最初也没有那么高大上的"理论支撑"，但一直关注新教育实验，特别认可新教育实验提出的"让师生过一种幸福完整的教育生活"的愿景。这个愿景到了她的嘴里，就是"让孩子感到在学校过的每一天都很快乐"。她说："我要给孩子们的将来留下一抹温馨的记忆。"虽然她所在的学校并不是正式的新教育实验学校，但这不妨碍她自己成为新教育实验的"个体户"。

她说："作为班主任，我无力改变课程，更无法改变现在的教育制度，但愿意尽我所能，在我的班上开展各种各样的活动，为孩子们创造尽可能多的快乐。"于是，她在班上开展了许多让孩子们难忘的活动。纸桥大赛的惊险，模拟课堂的生动，笑脸上墙的惊叹，幽默小品的演绎，都给学生留下了深刻的印象，也成为学生津津乐道的话题。

在所有的活动中，她和孩子们感到最开心的，就是走进大自然——在行知实践基地的茶园里，孩子们第一次知道了茶叶采摘的秘诀，亲眼见到了炒茶的过程；果园里，自己拿着竹竿打下的枣子恐怕是最甜、最香的；荷花园里，见到700多个品种的荷花，令孩子们目不暇接；夜晚，生平第一次离家在外住宿的孩子们，聚集在星空下，熊熊的篝火照亮他们明澈的双眸，绯红的脸颊上闪耀着兴奋的光芒；寝室里，一夜未眠的经历，也许会使他们终生难忘……

这样的班级生活，孩子们怎么会不迷恋呢？

四

还有班级日记。郭老师引导孩子们每人轮流一天记录在学校的生活，内容不限，形式不限，第二天早上她会在班上朗读，最高奖赏就是同学们的掌声和欢笑声。她经常在班上给同学们点评这样那样的生活瞬间，引导孩子们用一双慧眼看到生活中的真善美，同时积极地创设丰富多彩的班级生活，把"生命""友谊""价值""爱"这些美丽的词语慢慢地编织进孩子的心灵。

还有家长讲座。郭老师充分利用家长资源，每周请一位来自各行各业的学生家长来给孩子开设讲座。曾经是飞行员的家长惊险迭出的空中生活，让学生懂得了飞行员在光荣背后付出的艰辛与汗水；研究核电的家长引领学生一起感受中国核电领域的神奇与奥秘；"生活中的物理现象""生活中的天文知识""神奇的化石""插花"等讲座，让孩子们在惊叹不已的同时更增添了对未知世界的向往和好奇，激发了他们探索世界的欲望。此外，从熟知古典文学的家长口中，学生得到了许多勉励成长的人生箴言；从在港口工作的家长的讲座中，学生了解到现代化的海洋运输方式，同时世界著名港口的雄伟建筑让他们惊叹不已；从做眼科医生的家长的讲座中，学生知道了用眼卫生、防护、自护等许多实用技能……通过这些讲座，孩子们得以呼吸到书本之外的"新鲜空气"，他们的心胸变得更加宽阔，精神得到更多的陶冶。

郭老师是学校常教毕业班的"把关教师"，所以她当班主任所带的孩子也是五六年级的高年段学生。虽然只带了两年，可孩子们和她难舍难分。在毕业前的一次郊游中，孩子们用随身带的糖果、果冻、巧克力等小零食在草地上摆了四个大字："精忠报郭"。他们把这四个字，作为献给郭老师最真诚的礼物。

该班学生毕业后，郭文红老师正式出版了自己的第一本教育专著《发现班主任智慧》，这是她献给自己的礼物。从一位出色的数学教师，成长为一名优秀的班主任，她超越了自己。

五

那以后，几乎是两年一届，郭老师陪伴着一批又一批的孩子。她不愿意重复自己，一个又一个的教育难题挑战着她，也激发着她的研究兴趣。把每一个难题当作教育科研课题，成了她的信念，更成了她班主任工作的常态。

比如，她研究如何把期末评语写出个性，写出情感，于是写出了一篇篇富有人性温度的评语；她研究怎么把偶然的突发事件变成必然的教育契机，于是一些"鸡毛蒜皮"的小事被她编织成教育故事；她研究怎么让每一个孩子都找到自己的尊严，于是班里的各种学生讲座应运而生；她研究如何点燃孩子内心深处想做好学生的愿望，于是班上的每一个孩子都成了自己成长的"老师"……这些研究，同时是行动，都有成果——不仅仅是孩子和班级的积极变化，还有发表在《人民教育》《中国教师报》《江苏教育》《河南教育》《教师博览》《班主任》等报刊上的一篇篇文章。

"还能不能再往前走一步？"她问自己，她愿意继续挑战自己。

六

于是，最近几年，她结合自己的班主任工作，开始研究家校合作共育的有效途径，最后摸索出引导孩子和爸爸妈妈共写亲子日记的成功做法。在郭老师的班上，"亲子共写日记"成了教师、孩子及家长彼此沟通、共同成长的一种有效载体和可靠抓手。

郭老师最初只是建议（而非强求）爸爸妈妈每天能够为孩子写几句话。她在家长会上对年轻的父母说："不在乎你写多少，也不在乎你写了什么，只在乎你写本身，希望父母能够用每天的坚持来告诉孩子：爸爸妈妈很在乎你，很爱你。"开始只是少数家长和孩子一起写，郭老师每天都读，并做批阅，还把写得好的文字在征得作者同意后在班上宣读，以此感染更多的爸爸妈妈参与到这个活动中来。后来，班上绝大多数家长自愿为孩子写。到了期末，郭老师还组织评选了"年度优秀家长"，让孩子们上台给获奖的爸爸妈妈颁奖——颁奖词也是孩子自己写的。这个过程不但拉近了亲子之间的距离，增强了理解，而且让许多爸爸妈妈和孩子一道成长，改正了不少缺点。

有个孩子的爸爸是有着28年烟龄的"老烟民"，但他通过和孩子一起写亲子日记，发现儿子做事往往虎头蛇尾，缺乏毅力。他认识到是自己的问题，因为孩子曾说他戒烟没有毅力，于是他作出了一个重大决定——戒烟。他要给儿子做榜样，让孩子做事学会坚持。他对儿子说了自己的决心，并让儿子监督自己，决心和孩子共同成长。经过一个半月的努力，父亲彻底戒了烟，儿子也在班级各方面的表现进步显著，责任心、上进心明显增强，做任何事情都力求做到最好，成为深受同学敬佩、教师信任的优秀学生。

这个发生在班上的真实故事也深深激励和影响着班上更多的家长。大家都纷纷表示要把孩子当作自己一生最大的事业来做，与孩子一同学习，共同进步。后来，写亲子日记的父母越来越多。江苏电视台教育频道《成长》栏目为此制作了三期专题节目，郭老师关于家校合作的智慧和具体做法获得社会的广泛关注和好评。2017年7月，郭文红登上全国新教育实验第十七届研讨会的发言席，向全国的新教育同仁介绍她的家校合作经验，赢得了朱永新、孙云晓、严文蕃等著名专家的高度评价。

七

"我还能走得更远一些吗？"郭老师继续这样追问自己。

近几年，郭老师又把研究的目光对准特殊儿童。其实，十年前她当班主任的时候，就在转化后进生方面进行了许多富有成效的探索。但在和许多"顽童"打交道后，她渐渐感到，有的孩子之所以"不听话""成绩差"，并不完全甚至有时候主要不是品德原因，而是身体或精神有问题，把生理有缺陷的孩子当作品德有问题的孩子来教育，首先就违反了教育科学。尤其前几年郭老师接收了一个很特殊的班级后，她开始研究班上患有"自闭症""多动症""感统失调症"等的特殊儿童。

研究这些特殊儿童，不仅仅因为郭老师对教育科研的兴趣，还因为她本人是中度耳聋患者，这给她的教育教学带来许多困难。我明白她为什么听别人谈话时，总是那么目不转睛地盯着对方的原因了，因为她是根据对方的口型来判断其说话内容。可以想象，这么多年的课堂教学和班主任工作，她克服了多少别人难以想象的困难！她也因此对身心有残疾的孩子特别理解和关爱。

但这里的"理解"和"关爱"，并不是简单地谈心和照顾，而是通过学习掌握儿童心理学、生理学知识甚至相关医学常识，以专业的眼光审视特殊儿童的日常行为，以专业精神研究特殊儿童每一个细微的异常动作和表情，进而以专业的方法予以引导和矫正。在她富有爱心且富有专业方法的努力下，不少特殊儿童发生了积极的变化。其中的酸甜苦辣非一言可尽，而郭老师却因此更加丰富了自己的教育智慧，提升了教育境界。她说："教育不能仅仅凭借爱心，更需要方法。仅有对教育、对孩子的热爱，未必能达到爱的目的。有时候，方法比抽象的'爱心'更重要。"

由于郭老师在教育和矫正特殊儿童方面的突出成就，她被许多学校请去介绍经验，应邀到全国各地讲学。她所在的学校专门成立了由她领衔的"特殊儿童研究中心"，专门研究和关注各个班的特殊儿童。现在，郭文红老师是一名特殊儿童教育方面的专家了，她再次超越了自己。

八

2007年12月，站在我面前的郭老师几乎没有任何荣誉。十年过去了，她先后被聘为南师大班主任研究中心兼职研究员、教育部全国骨干班主任"国培"班授课教师、国家教育行政学院远程网络班主任培训讲师；她先后获得"江苏省优秀教育工作者""南京市首届德育学科带头人""南京市优秀班主任""鼓楼区师德标兵"等荣誉称号，还被评为《班主任》杂志封面人物、《江苏教育》2017年优秀班主任年度人物、南京市鼓楼区2011年"德育一束花"年度人物。《中国教师报》《未来教育家》和江苏电视台等媒体，都报道过郭老师的教育事迹。

但郭老师最看重的荣誉证书，是一个叫"徐珵启"的学生送给她的"好老师证"，里面写着——

老师姓名：蛙族首领（郭老师）

学校：芳草园小学

班级：永远的六三班

证书编号：HLSZ0001 号

你献上一朵花，

我献上一朵花，

让我们编织一个大花环，

献给亲爱的老师妈妈！

无论我们走到哪儿，永远记住您的情；

无论我们走到哪儿，永远记住您的话；

无论我们走到哪儿，永远记住您的爱；

无论我们走到哪儿，永远是泥淖一朵花。

有效期：永远有效

发证日期：2010 年 9 月 10 日

发证人：井底之蛙（徐珵启）

类似这样的来自孩子的礼物，郭老师珍藏了许多。

十年间，我见证了郭老师对自己的超越：从优秀的数学教师到杰出的班主任，从班级建设水平的提升到教育智慧的积累，从疑难问题的破解到教育科研的探索，从家校合作的创新到特殊儿童的研究……她以自己出色的实践证明：一名普通教师，只要愿意往前走，就会走得很远——"诗和远方"没有止境。

2018 年 6 月 17 日—19 日

王晓波：成长是最好的奖励

前几天，去成都一所新教育实验学校和该校教师座谈时，我提了一个问题："新教育实验给你们的最大奖励是什么？"我预想的答案有："孩子的快乐""孩子的进步""职业幸福感"……但有一位教师的回答是："我的成长！"把自己的成长视为教育对自己的奖励，这样的教师让我感动。

当时的这一幕，让我想到远在江苏省常州市武进区刘海粟小学的王晓波老师。她是新教育实验的榜样教师，志向是"让每个生命在教室里开花"。她做到了，而且当她让每个孩子的生命"开花"时，她自己的生命也"开花"了。她把自己成长的"花朵"作为自己对自己的奖励。回顾自己的成长历程，她说："从刚开始一味重视发展学生的头脑，追求便于管理的共性，到关注学生的个性及情感教育，再到今天追求让每个生命在教室里能够获得道德、情感、智力上的成长。每一个节点，都见证着我生命的绽放。"

王晓波老师的成长，始终伴随着四个"不停"：不停地实践，不停地思考，不停地阅读，不停地写作。这四个"不停"中，最核心的是"不停地思考"：以思考统率并贯穿实践、阅读和写作；最关键的是"不停地实践"：以实践带动和促进思考、阅读和写作。追求"有思考的实践"和"有实践的思考"，是王晓波老师成功的原因。

不停地实践。这里的"实践"就是指全身心地投入课堂，投入学生，投入"完美教室"，踏踏实实地做好每一件日常工作。和一般纯粹"老黄牛式"的"干活儿"不同，作为"有思考的实践"，王老师的实践有两个特点：一是科研性，就是不盲目地干，而是把每个学生当作研究对象，把每个难题当作课题，以研究的心态对待实践；二是创造性，就是在实践过程中，既不重复别人也不重复自己，每个阶段都要有创新，有超越。从王老师最初研究班级管理到后来研究学生心灵，再到后来研究新教育课程……这些实践显然有着科研与创造的含量。

不停地思考。带着一颗思考的大脑从事每一天平凡的工作，就是教育科研，而把难题当课题，则是最好的教育科研。这里的"思考"，首先指对自己的思考，即把自己当作研究对象，揣摩、琢磨、体验、品味着自己教育实践的得失："我反思自己的教育行为，发现一直以来，我过于关注学生的共性，却忽略了学生的个性，忽视了学生生命的成长。我不断武装孩子的头脑，却忽略了极其重要的情感教育。"没有这种反思，王老师可能就永远停留在"管住学生"的层次，而不会有她后来对自己的超越。

不停地阅读。我经常说，阅读是教师专业成长最主要的途径，所有名师都有一个特点，即把阅读当作像每天都要洗脸、刷牙、吃饭一样的必需的生活内容。王晓波老师也不例外，《苏霍姆林斯基选集》《第56号教室的奇迹》《正面教育》等的阅读，伴随着她的教育实践。作为科学教师，她深感自己的人文素养还有待加强，于是一个理科教师开始了一段文学修炼之路。她阅读《唐宋词十七讲》《人间词话》等文学著作，还有《南渡北归》等文史著作。总之，教育名著、教学专著、教育教学报刊，以及哲学的、经济的、历史的等与教育教学"无关"的书，都成了她阅读的重点。没有教师饱满的灵魂，就不会有学生充实的精神世界。王晓波老师在打开学生广阔视野的同时，也拓展了自己的视野。

不停地写作。"支教一年，我写下近18万字的支教日记，拍下近万张孩子生活学习的照片——这些都是有形的宝贵财富。更让我觉得弥足珍贵的，是那些无形的资产——我对教育有了新的思考，对于生命有了更多的尊重和宽容，这些变化影响了我后期的行走方式。"王老师的这种写作，是建立在实践基础上的记录、总结、梳理、升华。没有这种写作，就没有王老师对教育的新的思考。所以，我多次说过，只有精彩地"做"，才能精彩地"写"，而精彩地"写"又能够促使我们更加精彩地去"做"。

我是2007年年底认识王晓波老师的，对晓波的第一印象是朴实、文静、低调、淡泊，但很有上进心。当时我没有想到王晓波老师后来会成为如此优秀的班主任，估计王老师自己当初也没有想到这一点。是的，没当班主任之前，她没想到自己会当班主任，而且会当得这么有声有色、有滋有味，受孩子喜欢……12年的班主任工作经历，让她发现了一个"卓越的自己"。其实，每一个教师的内心深处，都潜藏着一个"卓越的自己"。所谓成长，就是不断地挖掘并发展那个"卓越的自己"，这个过程没有止境。每一次成功，都是新的起点；每一个教训，都是无形的财富；每一次创造，都是盛大的庆典；每一次超越，都是一次惊喜……这样的成长，多有意思！这的确是教育对自己人生的最好奖励。

2016 年 11 月 18 日晚

汪敏：成为每一个学生的幸运

一

一提起"汪敏"这个名字，无论是我，还是乐山一中高 90 届一班的学生，都会想到她的两个特点：第一，腼腆害羞；第二，歌唱得特别好。这两个特点刚好都被潘芳奕同学写在毕业纪念册《花季》中——

"第一次见面是在分到一班前，她在礼堂里领唱，一件干净整洁的绿色绒衣，肘下两块大大的补丁，头上斜翘出一个小辫儿，满面羞怯，手捏着衣角，总是在憋出第一句时要用手臂遮住脸窃窃地笑，好生淳朴。那歌总算唱出来了，便是后来全校为之欢声雷动的《铁道游击队》的插曲《微山湖上》。"

2015 年举行毕业 25 周年聚会时，筹备的同学联系上了汪敏，她现在在丽江一所中学教语文。但她没来参加聚会，因为那段时间虽然是假期，可学校安排了她补课。后来她说，她不来还有一个原因，是因为与大家失去联系太久，有点不好意思来聚会——她还是那个害羞的汪敏。

不过，得知汪敏的"下落"，我无比惊喜。"惊"的是，她居然在丽江那么一个美丽的地方，我去过丽江多次，都不知道汪敏在那里；"喜"的是，当年那个胆小害羞、说话都脸红的小姑娘，居然成了我的同行，成了一名中学语文教师。

后来她给我打电话，很激动地跟我说她现在的家庭、生活和工作，并热切地希望我去丽江。她的声音一点都没变，还像当年那么悦耳。我说："我多次去丽江讲学，后来又有学校请过我，因为忙，我都没答应。下次他们邀请我，我一定去！"

二

2016 年春天，我应丽江福慧学校的邀请，去作新教育实验的培训，于是再次来到丽江。

我是 3 月 8 日晚上飞抵丽江的，汪敏来机场接我。分别 26 年后，我第一次见到汪敏。和当年相比，她当然成熟了许多，更大方了许多，不过，言谈举止之间，依然散发着当年温婉的气质。

到达丽江时已经很晚了，怕影响我休息，汪敏没聊多久就向我告辞了。但回到家里，她给我发来一条微信，谈了她高中毕业后的经历：西南师范大学中文系毕业后，被分配到北京市宣武区第 66 中学，教了两年初中，并担任班主任，后来因为男朋友在丽江，就来到了丽江。先在丽江县八中（现在的玉龙县一中）教高中语文，后来调到了现在的丽江市第一高级中学。谈到自己的教育经历，她写道——

在教学中始终尽力做到像李老师那样，热爱学生，平等对待学生，不管在什么时候都不把追求分数当作自己的最终教学目标。虽然没有取得多大的成绩，但是为每一个教过的学生的成长进步感到欣慰。回顾 20 年来的教学历程，也有好些时候因不能始终如一坚持自己的追求而留下遗憾。在做人方面，我始终记得李老师为我们读的小说《送你一条红地毯》，对里面一个身处贫穷但依然保持高贵精神的形象印象很深，也尽力做一个不苟且的人。

第二天，我在丽江古城区的福慧学校讲学，上午的主题是"幸福比优秀更重要"，下午的主题是"新教育与教师成长"。在谈到普通教师的职业幸福时，我讲到了汪敏，展示了她从高中到现在的一组照片，这组照片展示了一个青春生命的成长。我引用了马克斯·范梅南的一句话："教育学就是迷恋他人成长的学问。"我又讲到她昨晚给我说的她的教育追求。我说："我的确没有想到，当年腼腆的小姑娘，今天成长为一名高中语文教师，成为我的同行。汪敏虽然不如我有这么多所谓的'头衔'，但她认真地爱着每一个孩子，认真地上好每一堂课，体会着点点滴滴的教育幸福。千千万万默默无闻的普通教师正是这样的。因此，她比我更具一线普通教师的代表性。"汪敏坐在前排听着，有些不好意思。

三

3月10日，汪敏陪着我在丽江游玩了一天：拉市海湿地公园、指云寺、玉水寨、玉峰寺、万朵茶花和白沙壁画……那一日，天空湛蓝，阳光灿烂。汪敏几乎不停地跟我聊天，完全不像当年高中时那个害羞而寡言少语的小姑娘，她好像要把26年没说的话全部说完。

她说她听了我的报告，感受很深："真没想到，李老师至今还保持着激情与童心。这种激情和童心，和当年教我们时一模一样。我完全忘记了李老师是名人，因为在我心中，李老师就是我高中的班主任和语文教师。"

我说我也没有刻意保持所谓的"童心和激情"，可能就是性格使然吧。

她说："我还记得当时你和我们就没有师生的界限。有一次，男生跟你开玩笑，把你按在地上，把鞋脱了挂到篮球架上，还把你嘴巴封上。还有一次班里搞活动，你装扮成老爷爷，和罗晓宇一起唱《逛新城》。"这些我都还记得。

她接着说："那时候李老师不收家长的东西，但如果有家长送你东西，你不得不收下，便拿到班上请我们大家吃，比如苹果、橘子之类的。"这个我倒忘记了。

当然，她说得最多的，还是当教师的感受："真的，李老师的爱心、平等、民主确实影响了我。"她给我讲了好些她和学生的故事。她说在北京工作两年后准备调走的时候，学生非常依恋她。有一个脑瘫女孩喜欢写作，汪敏一直关心她，还教育同学们帮助她。后来，她对汪敏很依恋，知道汪敏调到丽江后，这个女孩还和她通信。她还说，在北京时，学生常常放学后不回家，留在学校陪她聊天。

汪敏还利用休息时间帮他们补习功课。她说："因为当班主任，我得对学生的学习全面负责，反正那时候一个人，有的是时间，我就利用课余时间帮他们补习英语。但后来不敢了，因为学生说我发音不准，特别是'θ'和'ð'这两个音。孩子们很可爱，他们教我，还安慰我。一个男孩说，汪老师，您不要着急，我刚来北京的时候，因为家乡方言重，这两个音我也发不准，后来我在家里照着小镜子反复练习，才慢慢发准了，您也可以试试这个办法。第二天，他真的带了一面小镜子送我！"

我再次被汪敏的爱心和孩子们的纯真打动了。

四

我对汪敏说："你性格这么温柔，没对学生发过火吧？"

她说："是的，我不会发火。我用心地带学生，学生都听我的话。"她说她特别注重尊重学生，保护学生的自尊心。她举了班里失窃的两个例子。一次是发校服，发完后发现少了一套。她没有在班上搞清查，而是含蓄地让孩子们仔细找一找："也许是哪个同学不小心多拿了一套，没关系，找到了给我就是了。"结果，第二天真有同学把多余的校服交给了她。她还表扬了这位学生。还有一次，几个男生的玩具被人偷了，而且明确怀疑某个学生，但她没有根据这几个学生的怀疑便去追查那个嫌疑人。不过，后来那几个男生和那个学生谈，最后把丢失的东西要了回来。

我特别赞赏汪敏的做法："你做得对！孩子的自尊必须保护。对待学生，千万不能搞'宁可错杀三千，不可放过一个'。"

汪敏说："对的。班里丢了东西，我每次都特别小心地处理，不轻易判定是谁'偷'的，哪怕某个学生有重大嫌疑，但只要没有足够的证据，我宁肯暂时放过学生，也不冤枉他们。"

谈到当教师，汪敏说："如果我不做老师，可能现在很肤浅。因为我是教师，在教书过程中自己也得到了提升。我觉得我现在比不做教师更优秀一点，现在是中级职称，但不打算申报高级职称了。只要认真上好每一堂课，认真批改每一本作业，用心爱每一个学生，我就知足了。"

我完全相信这是汪敏的真心话，因为我太了解她的性格了，她在中学时代就非常朴素、实在、低调、淡泊。

我说："对待名利荣誉，不刻意去争是对的，但也不必刻意拒绝。只是不要太放在心上，没有不遗憾，有了也只把它当作额外的奖赏。总之，还是那句话——幸福比优秀更重要。"

我对汪敏说："明天中午我就要走了，能不能在明天上午听你一节课，我很想看看，以前那个害羞的小姑娘是如何上语文课的？"

她很大方地说："好呀！欢迎李老师听我的课，帮我提提意见。不过，您能不能给我班的孩子上一节课呢？您讲什么都行。"

我说："没问题！我相信我能够吸引孩子们。"

五

3月11日上午，汪敏带着我走进她所在的丽江市第一高级中学，这是一所百年老校。我先听汪敏讲杜甫的诗《秋兴八首（其一）》——

玉露凋伤枫树林，巫山巫峡气萧森。
江间波浪兼天涌，塞上风云接地阴。
丛菊两开他日泪，孤舟一系故园心。
寒衣处处催刀尺，白帝城高急暮砧。

她先提醒学生注意这篇课文所选的杜甫的三首诗的写作时间，然后聊"怎样才能品出诗歌的味道"。学生各自发表看法，有的说"要了解写作背景"，有的说"应把握思想感情"，汪敏问："你们唱歌和读小说时是不是一样的？"学生笑了，说："不一样。""不一样在什么地方呢？"学生说："唱歌要唱。"汪敏说："是呀，诗歌诗歌，'诗'是用来'歌'的，只有'歌'，我们才能体会到作品的韵律、节奏，进而感受作者的情感。所谓'歌'，就是要读、要诵，读出节奏和韵律。比如'噫吁嚱，危乎高哉！蜀道之难，难于上青天！……'"汪敏的声音一下高亢起来，极富感染力。"只有这样去读，才能走进作品的深处。"她又说："诗言志，但具体到某一首诗，不一定都有意义，有的诗歌很难说表达了什么意义，但给人以美感。无论是意义还是美感，都需要反复诵读。"

接下来，汪敏把时间交给学生："同学们自己诵读这首诗，多读几遍，一会我们再一起交流。"虽然有我这个陌生人坐在后面，但学生们还是很投入地读了起来。一时间，教室里书声琅琅，而汪敏则来回巡视，时不时在某个学生身边停下，俯身进行指导。

后来，汪敏走到我面前，小声问我："李老师，'孤舟一系故园心'的'系'是读'xi'还是'ji'？"我不假思索地说："ji，因为我一直读的是ji，意思是动词的'拴'。"汪敏说这个问题是学生问的，她也拿不准，因为根据手里两本词典的解释，"jì""xì"都有"拴"的意思。我说那应该两可吧！

几分钟后，汪敏走上讲台，和同学们一起讨论"兴"和"系"这两个多音字在具体语言环境中的准确读音。在谈到"系"时，汪敏把学生查《新华字典》和《现代汉语词典》中的解释摆出来，说这个字两个读音都可以。"当然，大家还可以继续研究。"她说。这个细节，体现了她的严谨和对学生研究能力的尊重与引导。

然后，汪敏请同学们自己站起来朗诵这首诗。好几个同学大大方方地站了起来，以自己的理解朗读这首诗，或激昂，或舒缓，或高亢，或低沉。每个学生朗诵结束后，汪敏和全班学生都会报以热烈的掌声。

六

针对刚才几个学生的朗读，汪敏请大家发表看法，说说谁读得最好。同学们纷纷举手发言。然后，汪敏又请学生读另一首诗《绝句（其二）》，将两首诗从内容和情感上进行比较。

"通过朗读和比较，你们觉得秋兴八首的情感是什么？"汪敏提出问题。学生七嘴八舌："悲""哀""愁""思""愤"……

汪敏引导大家区别一下"悲"和"哀"的不同，然后又和学生一起分析作者的情感是如何表达出来的。学生说有"借景抒情""间接抒情""直接抒情"……

汪敏追问："'间接抒情'的有哪些句子？""'直接抒情'的有哪些句子？""最能体现出作者在这首诗中情感的词是哪一个？"……正是通过这一环扣一环的讨论，汪敏把学生的研读引向作品的深处。

课后在和汪敏交流时，我对她这堂课予以积极的评价："诗歌就应该这样上，就是应该引导孩子们多读，而不是教师一个人的烦琐分析。因为诗歌本身就是让人诵读的，而不是给人分析的。所以，语文课堂上应该书声琅琅，尤其是诗歌教学的语文课。"

的确，以学生为主体，但教师不失其主导作用，一起朗读，一起研讨，师生平等，共同分享。这正是我提倡并赞赏的语文课。

课间和几个孩子闲聊，问及他们对汪老师的印象。一个男生说："我喜欢汪老师的课，不枯燥，很生动，不像以前初中时都是老师一个人讲，逐字逐句地分析，课后又布置一大堆作业。而汪老师不是这样，她总是引导我们自己思考、分析，和我们一起讨论。"

一个女生说："汪老师的课是我唯一不打瞌睡的课。"

我很惊讶地问："啊，难道你上其他课都打瞌睡？"

她点点头笑了："是的。汪老师的课我不打瞌睡，因为她的课生动有趣。"

另一个男生说："遇到汪老师，我太幸运了！"

七

接下来，我给汪敏两个班的学生上了一堂课。面对挤坐在一起的密密麻麻的孩子们，我一下子感觉回到了自己的班上。虽然下面坐着的孩子的名字我一个都叫不上来，但他们脸上那纯真的笑容，让我感觉他们就是我的学生。

我先问他们："我为什么要来给你们上课？"学生们当然答不上来。我笑了："嗯，你们答不上来，我就很开心。看着你们满脸疑惑，我就很得意。哈哈！"我一声"哈哈"，引爆了全场的"哈哈"，孩子们都笑了起来。

我说："我要来给大家上课，是因为你们的汪老师是我 26 年前教过的学生。我是她高中时的班主任和语文老师。"

孩子们好像没反应过来，一下懵了。

我故作失望地说："哎呀，我还以为我说完，你们都会恍然大悟地'噢'呢！结果……"

接下来，好像有人指挥似的，100 多个学生一下子便把"噢"声拖得老长，然后大笑。

我赶紧竖起大拇指："好，好！谢谢配合！"笑声又把我的声音湮没了。

我说："问你们一个问题，你们觉得汪老师怎么样？"

我的话音刚落，汪敏便从教室前门出去了。

我又乐了："汪老师听不见你们的评价了，快说吧！"

学生接着我前一句话七嘴八舌地回答："好！""很好！""很优秀！"

声音刚刚停止，汪敏从后门进来了。原来她是从外面绕道去教室后面站着呢！

我赶紧说："大家再说一遍，汪老师怎么样？"

"好！"声音震耳欲聋。

我非常得意，就是要让汪敏听听孩子们对她的表扬。这是一个教师最大的动力。但我还不满意："说具体点，怎么个好法？"

"温柔！""善良！""用心！""幽默！""上课生动！""很爱我们！"……一时间，教室里叽叽喳喳，高一的学生居然一下子成了急着争取发言的小学生。

我又问："那汪老师有什么缺点呢？"

大家异口同声："没有缺点。"

有一个男生举手站了起来，说："汪老师有一个最大的缺点，就是她没有缺点！"

我乐了："你这是给领导拍马屁的最高境界！"

同学们又是哄堂大笑。

八

等到声音渐渐平息，我问："大家想不想看看汪老师当年读高中时的模样？"

"想！"声音再次要把天花板撞开。

我用手指轻轻敲击笔记本键盘，一张黑白照片一下子便呈现在屏幕上，18岁时清纯秀丽的汪敏正用一双明亮的眼睛看着大家。

"哇！"孩子们惊叹不已。

我说："这是高三毕业前汪敏送给我的照片，我保存至今。我们继续看看你们汪老师当年的照片。"

我依次打开当年汪敏在班上参加活动的照片，还有参加歌咏比赛时担任领唱的照片。我说："你们可能不知道吧，你们汪老师的嗓子特别好，歌唱得特别好听。这么多年过去了，这个班的同学一想起汪敏，自然就会想起她美妙的歌声。你们听过没有啊？"

同学们都说："没有。"

"好，后面请汪老师唱歌给你们听。"我接着说，"但汪老师当年给我和同学们的印象是特别害羞，一说话就脸红。有次她上台演讲，结结巴巴地说了一句话，然后说'但是，但是，但是……'就这么一直'但是'着。"

同学们大笑。

"还有一次班里搞活动，我请她唱歌，她就是不愿唱，我就去拉她的手，想把她拉出来唱，结果她居然和我对拉——拔河！那么胆小害羞的女生，居然敢不听班主任的话，为什么她一下子就这么大胆了？勇气恰恰来自她的——害羞！"

教室里又爆发出一阵笑声。

"高中时，音乐老师发现了汪敏在声乐上的天赋，曾经劝她报考音乐学院，汪敏也曾经去培训了一周，后来她就不去了，还是决定上普通大学。她对我说，一般考音乐学院的都是成绩不好的（当时的情况），我又不是成绩不好，就是要证明自己不差！所以，她后来没有走音乐的路子。其实，她放弃当歌手还有一个原因，她没有说，就是她想，如果自己成了歌唱家，那人家宋祖英还活不活了？总得给人家留个饭碗吧。做人要厚道，这正是汪敏的善良之处。"

我说得一本正经，同学们却早已笑得拍桌子、打板凳了。

"后来，汪敏果真考上了大学，而且以优异的成绩被分配到了北京，这是多么令人羡慕啊！汪老师在北京一所区重点中学工作，当班主任，那里的孩子非常喜欢汪老师。可是，两年后，为了爱情，汪老师来到了丽江。"

孩子们一阵惊叹："哇！"

我高声说道："是的，在汪老师心中，爱在哪里，家就在哪里！"

孩子们又笑了，同时伴随着热烈的掌声。

九

我继续展示着照片，说："你们看，这是刚到丽江的汪老师，这是和学生在一起的汪老师，这是在办公室循循善诱辅导学生的汪老师，这是前天在机场接我的汪老师……"

同学们凝视着一张又一张的"汪老师"，看着她慢慢成长。

"这是汪老师前天晚上发给我的微信……"我打出了汪敏写给我的一段文字——

在教学中始终尽力做到像李老师那样，热爱学生，平等对待学生，不管在什么时候都不把追求分数当作自己的最终教学目标。虽然没有取得多大的成绩，但是为每一个教过的学生的成长进步感到欣慰。回顾20年来的教学历程，也有好些时候因不能始终如一坚持自己的追求而留下遗憾。在做人方面，我始终记得李老师为我们读的小说《送你一条红地毯》，对里面一个身处贫穷但依然保持高贵精神的形象印象很深，也尽力做一个不苟且的人。

我说："'不苟且'三个字太让我感动了！在我心中，你们的汪老师一直没变。几十年来，依然那么朴素，在平凡的岗位上，追求着自己的幸福。汪老师希望我给大家上一节课，讲什么呢？想了想，我就讲八个字'朴素最美，幸福至上'。这也是汪老师的真实写照。"

我继续说："所谓'朴素'，就是不做作，保持本色，守住内心最纯洁的初心。所谓'幸福'就是——"我停顿了一下，说："这样，我们先来看一项调查。这是前几年英国《太阳报》作的一项调查，题目是'什么样的人最幸福'，结果收到四万多份答案。他们从中选出四个最佳答案。那么，同学们能不能先说说你认为什么样的人最幸福？"

有同学说："满足的人最幸福。"有同学说："小孩子最幸福。"还有同学说："在银行工作的人最幸福。"……

我说："在银行工作的人为什么最幸福？是因为有钱吗？当然，幸福和钱有关系，人如果没有起码的物质保障肯定不幸福，但我认为金钱和幸福恐怕没有必然联系，不是钱越多越幸福。其实，最珍贵、最能给我们带来幸福的东西，恰恰一分钱都不用花，比如空气、阳光和水；而有些价值连城的东西，比如宝石，其实一点用都没有。当然，它们代表了某种精神价值，但至少给人带来幸福的，并不一定都是金钱。"

我公布了《太阳报》的调查结果：第一种最幸福的人，是吹着口哨欣赏自己作品的艺术家。为什么？因为艺术家的劳作充满创造。"所以，如果同学们的一生都伴随着创造性的劳动，那么你会幸福的。"第二种是正在用沙子筑城堡的儿童。为什么？因为这些儿童有梦想，有憧憬，有理想。"所以，永远保持童心，永远对明天和后天保持憧憬，你会幸福的。"第三种是为婴儿洗澡的母亲。为什么？因为有爱。爱和被爱都是幸福的。第四种是刚刚挽救了危重病人生命的医生。为什么？因为他们有帮助别人的专业能力。"所以，将来无论你们从事什么工作，都必须要有源于专业的能力和智慧，这是你们幸福的源泉，也是你们的尊严所在。"

十

"今天，我送给大家两句话。第一句话：让人们因我的存在而感到幸福。"我讲了这句话的含义，讲了这句话几十年来是如何伴随着我和我的学生的，特别讲了我的学生宁玮的故事。

"宁玮是你们汪老师高中时的同班同学，你们先看看她的照片。"我点开了宁玮高中时代的照片，讲述了她的朴素与善良。"2015年9月我邀请她到武侯实验中学为3000名师生作演讲，讲述她的人生经历。她25年来的经历就两个字——打工。当年她差几分没考上大学，本来也可以继续补习来年再考，但因为家境贫困，她把考大学的机会给了弟弟，自己外出打工。北京、河南、成都……从小餐馆服务员做起，经历过所有打工者的艰辛与挫折，但善良与勤劳成了她成长路上的绿灯，在成都某商场上班后仅一个月，她就被老总提拔为部门经理。在同时应聘进来的同事中，只有宁玮没读过大学，因此当领导宣布她为部门经理时，不少员工不服，说：凭什么让一个高中毕业生当经理？但老总说：你们谁比宁玮的能力强？谁比宁玮更受顾客称赞？"

"在部门经理的位置上，宁玮以出色的业绩赢得了所有人的敬佩，最后她被提拔为商场总经理。在旁人看来，她已经处于事业的辉煌期，可几年后她急流勇退，谢绝了老总的苦苦挽留，辞去了总经理的职务，来到成都一条小街上开了一家小饭馆，专门为那几条街的打工者服务。宁玮说：'我打工多年，深知打工者的不容易，就想为这些民工兄弟做点事。'"

"宁玮再次体现出她的善良。冬天的夜晚，她常常给前来吃饭的民工们烧洗脚水，由此赢得了民工兄弟的尊敬。每年春节，从家乡回到成都的民工们都要给宁玮带一些土特产。几年过去了，那条街上的餐馆几乎都倒闭了，只有宁玮的小餐馆越做越红火。为了照顾日渐年迈的父母，现在宁玮回到了彭山老家，继续做着她的餐饮。"

"短短几年时间，宁玮的'李记荷花塘豆花家常菜'成了彭山颇有名气的餐馆……"我停顿了一下，说，"这里植入广告。"同学们大笑起来。

我说："如果你们到了四川彭山，就去找这家餐馆，报我的名字，宁玮会给你们打九九折，如果报你们汪老师的名字，会打九八折。"

同学们都笑了。

他们问："如果两个名字都报呢？"

"两个名字都报，免费！"我大声说。

又是一阵爆笑。

我说："朴素最美，幸福至上。宁玮正是如此。她因为自己的存在而让周围的人感到了幸福，而她自己也赢得了幸福。在2015年9月的演讲中，孩子们都被她的故事吸引了。宁玮真诚地说：'其实我并没有什么能耐，只是想到要对人善良，不要怕困难。一个人无论做什么都要认真，能吃苦，就一定能够赢得别人的尊敬，也一定能够找到自己的幸福。'"

同学们这次没有笑，都被我讲述的宁玮的故事感动了。

十一

"第二句话是：发掘一个卓越的自己。这也是上个月开学典礼上我给学生们的致辞。"我说，"每个人的心灵深处，都藏着一个'卓越的自己'。那个'卓越的自己'需要你自己去发现、去挖掘。我给大家讲我另一个学生的故事，他的名字叫杨嵩。他和宁玮同班，也是你们汪老师的高中同学。"

我从杨嵩的高中讲起，讲他高中时如何战胜自己最后考入复旦；接着是大学毕业后从宝洁到东风日产，然后成为销售精英，被派往美国开辟市场，最后又从美国回来创业……我说："今天的杨嵩，和当年的杨嵩比，就是一种'卓越'。而这种'卓越'，是他用20多年的时间自己'发掘'的。这里的'发掘'，就是不断战胜自己，超越自我。同学们，你们一定要坚信，你们的内心深处藏着一个'卓越的自己'！"

不知不觉间，下课时间到了。我说："我非常愉快地和同学们一起度过了40分钟。再过两个小时，我将乘坐飞机离开丽江。我们以后可能很难再见面，但因为汪老师，在座的每一个孩子，都会是我的牵挂。我会关注你们，想念你们！谢谢同学们！"

教室里响起热烈而持久的掌声。

我来到同学们中间，汪敏为我们拍了几张合影。尽管我说我马上就得赶往机场，但还是有孩子围上来要我签名，还有孩子用手机和我自拍。

匆匆吃了午饭，汪敏送我去机场。到达机场后，我和汪敏握手告别，可我感觉汪敏紧紧握着我的手，似乎不愿意松开。我回头看她，眼泪已经从她的眼眶里流出，泪流满面，但依然笑着和我告别。我也笑着说："再见！有了微信，我们天天都可以见面的。"

过安检，登机，进舱坐好，我收到汪敏的微信——

李老师，我已到家。看时间，还有不到20分钟，你就要离开丽江了。分别26年后的两天相聚，我深深体会到的是李老师对自己学生如自己的儿女一样的一如既往的爱和鼓励。刚才周慧在微信上问我，李老师在丽江很忙吧，我说忙，但也很开心。别人把李老师当名人，但李老师在我心中就是李老师，那个26年前给我们上课、读小说、教我们出门要注意什么、和我们一起玩耍一起疯的那个李老师，所以我跟他有说不完的话。李老师，我不善于当面向你表达我的情感，但在我心中，不管过去、现在，还是将来，你都是我最可亲可爱的李老师，我不说'尊敬'，因为'尊敬'不符合你和学生之间那种平等的关系。两天虽短，但对我影响挺大。李老师，你来了，见面，听讲，游玩，交谈，似乎我们从没有分别过，可你要走的那会儿，泪水自然而然地就刺激着我的眼和心。其实本来我也不想哭的，就如你所说，以后我们也是可以"天天面谈"的呀。师生一场，成了父女亲人了。这会儿给你写着这些话，我的泪水在眼眶里转。不写了。李老师，你要多爱惜自己，休息好，希望健康永远陪伴你！

我回复：谢谢！我以后还会来丽江看你的。

2016年3月12日

补记一：

回到成都，我心里还惦记着"孤舟一系故园心"中"系"的读音。虽然我一直读的是"jì"，但那天把两本字典搬出来，让我一下对这个读音不那么自信了。于是，我打电话请教我的一位在四川大学担任古典文学教学工作的博导朋友。这位朋友回复我说："请教了唐诗专家，应该读'jì'。"

我把这条短信转发给了汪敏，想这事算是有定论了。

没想到沉默一天之后，汪敏第二天在微信上给我回复道——

"李老师，我查了一下商务印书馆出版的《现代汉语词典》和《新华大字典》，它们的相关读音和解释是这样的：xì，拴，绑（例词：系马、系缚）；jì，打结，扣（例词：系鞋带、系围裙、把领扣儿系上）。云南人民出版社出版的《简明古汉语词典》的读音、解释：xì，拴，缚，例句：1.豫备走舸，系于其尾（《赤壁之战》）；2.半匹红绡一丈绫，系向牛头充炭直（《卖炭翁》）。jì，结，扣（例词：系捻儿——特制的丝绳，多用以系玉石坠）。上海辞书出版社出版的《辞海》：xì，拴缚，《国策·楚策四》'不知夫子发方受命乎宣王，系己以朱丝而见之也'；jì，打结，系上，如'系鞋带'。根据以上信息，我觉得'孤舟一系'中的'系'字还是读 xì 吧，您认为呢？"

真没想到汪敏这么认真，而且不迷信专家权威。

我仔细研究了一下她提供的资料，越来越倾向于读"xì"了。

我给汪敏回复——

"读'jì'，其义更侧重于'打结''扣上'，而且动作对象往往是相对微小的东西；读'xì'，其义更侧重于'捆''缚''绑'，动作对象相对比较大，而且有'牵挂'的引申义。因此，'孤舟一系故园心'中'系'的读音不能'两可'，只能读'xì'。"

当然，这也许不是最后的定论，我等待着方家更有说服力的指教。

补记二：

本文在网上发表后，反响强烈，留言者不少是汪敏过去教过的学生。这里选三则留言——

1. 她是在高中那个几乎以上大学为终极目标里的"另类"老师，会在我们高三时注意我们的休息多过我们的成绩，会用她的晚自习为我们办各种各样的活动，到现在还记得她帮我们改"随笔"写的红笔字有时比我们自己的随笔还长。她还会鼓励学生所有的在其他老师看来莫名其妙的想法，当然也一直记得她的朴素美。

2.被汪敏老师教了一年，那是我最喜欢写周记的一年。和汪敏老师的相处就像朋友一样，很开心很自在。我可以把我所有的小心思、小秘密都写在周记里告诉她。可惜高三的时候她没再教我们了，谢谢汪敏老师！

3.你好，今天看了你写汪敏老师的文章，我居然看哭了，我是她上一届的学生，现在读大二了。在高中遇到汪老师应该是我的幸运，因为我觉得她更像朋友，她会为我们组织很多活动，会给我们看电影（即使在学校不同意的情况下），她一直尽可能地让我们在应试教育的大背景下发挥自己的自主性。她很认真，即使在我们毕业后，她还是会好好整理我们从高一开始做的作品。我记得我高一时候的一个PPT她也保留下来了，她也会保留我们的每一份手抄报。她从不会抱怨什么，即使我们不好好听课，她也会很有耐心地讲解。说那么多呢，就是想告诉你，你的学生，我的老师，真的是个好老师！

2016 年 3 月 15 日

何光友：你真是我的好兄弟

2006年8月4日上午，在武侯区教育局雷局长的办公室，雷局长请我出任武侯实验中学校长。我当然很高兴，因为有了一所自己掌管的学校，也许可以尝试着把自己的教育理想付诸实践。但我谈了自己的顾虑："我从来没有做过校长，连中层干部都没做过；我有明显的弱点，很直，也很急，不善于应酬；另外，我学术活动也很多，所以担心……"

雷局长笑了："不要紧，这些我已经考虑过了。我给你派一个有丰富管理经验的书记，同时兼任常务副校长。他管具体事务，常规管理你都可以交给他，你主要从思想理念上宏观地思考学校的发展。"

我一听，放心了。我这个非党员当校长，学校确实还需要另外设一名书记。于是，当校长七年来，我先后同张永锐书记和何光友书记亲密合作。今天要说的是何光友。

不过，还得先说几句张书记。当校长不久，我曾经在大会上谈到"团结"的话题，"什么叫'团结'？大家看看我和张书记，我俩就叫'团结'。在这一点上，老师们完全可以向我和张书记学习！众所周知，在有些学校，书记和校长是搞不到一块的，但我和张书记为什么能够如此团结呢？原因是我俩互相欣赏，或者说互相崇拜。他总说很早就十分'崇拜'我，'崇拜'我是'教育专家'，而我确实也很崇拜张书记，因为他是管理行家，我不会做校长，可人家张书记20多岁就搞学校管理，我当然很崇拜了。因为互信欣赏、互相崇拜，所以我俩当然就彼此信任，亲密无间了！"

这话同样适用于后来接替张永锐任我校书记的何光友。

很多人不理解，李镇西作为校长居然可以有那么多"居然"——居然可以经常上课，居然还曾担任班主任，居然有那么多时间找教师和学生谈心，居然还读那么多书，居然有时间每天都写博客，居然每年都有新著出版，居然可以给那么多的教师写信，居然还给每一个教师写生日贺卡……"难道李镇西不睡觉吗？"这是一位网友在博客上发出的疑问。

其实，答案很简单——李镇西背后有书记何光友。

我曾经当众跟何光友书记开玩笑："一个成功的男人背后有一个优秀的男人！"光友40岁出头，但已经拥有了丰富的学校行政管理经验，因为他参加工作的第二年便当上了教导主任，然后开始在学校各部门轮流做负责人。来我校做书记之前，他已经在一所高中做了六年分管业务的副校长。如此"优秀的男人"辅佐我，我这个校长自然当得很潇洒。

我在学校大会上对教师说，学校的常务工作都归何书记管，我只负责四点：第一，确定发展方向（理念、思想、愿景等）；第二，关注师生心灵（倾听心声、开阔心胸、调整心态）；第三，引领教育改革（走进教室，走进孩子）；第四，代表学校形象（面向全国，面向世界）。

因此，好多到我校参观的人都感觉，李校长看起来更像书记，何书记看起来更像校长。但光友却曾对记者说："其实，我和李校长是一个人。"

所谓"一个人"，当然指的是精神上的一致。我们都有理想，都有爱心，都有良知。和张永锐书记一样，在和我搭档之前，光友已经读过我的许多书，不但了解我的爱心与民主的教育思想，而且高度认同。

其实，光友对学生也是非常有爱心的。来我校当书记后的第一次教工大会上，他给大家的"见面礼"是一个故事和一本特殊的书。光友说，很多年前他当班主任时，有一个女生得了糖尿病，光友很关心她，让这个女孩很感动。教师节到了，这个女孩送给他一本书，扉页上是这样写的："何老师，我本来想买一本李镇西的《爱心与教育》送给你，但是书店里没有，你在我心中就是李镇西。"光友一边讲这个故事，一边拿着那本书展示给老师们看。

爱心让我和光友在学校的许多改革上达成高度一致。"把孩子放在心上""办适合每一个孩子的教育"，是我俩发自内心的愿望与追求。平民教育、新教育实验、民主管理、课程调整、课堂改革……这一切基于对每一个孩子发展的举措，无一不是源于我俩共同的教育理想和教育良知。

我俩考虑问题的侧重点当然也有所不同。我往往考虑怎么做"最理想"，他往往考虑怎么做"最可行"。我有了什么想法，便跟光友沟通交流，接下来他就考虑如何把我的思想与现实结合起来，使之成为可以操作的实践。

作为城郊结合部的平民教育学校，我校在重点高中升学率逐年提升的同时，每年总有一部分孩子考不上重点高中。说实话，我很着急，因为惦记着那些考不上重点高中的孩子。我对光友说："我们把孩子教好，让更多的孩子考上重点高中，这是关乎武侯实验中学的尊严——现在社会就看这个；但是，把考不上重点高中的学生培养好，则关乎我们每一个教育者的良知。我们得想办法让这'后面的孩子'也能够得到关注，让他们有尽可能好的发展，有一个比较理想的前途。"

但是，那些学生怎么才算是被关注了呢？怎样做才算是对得起自己的良心呢？那些成绩落后的孩子，进步的标准怎么设定呢？教师的评估标准是什么？……这些就是光友接下来的工作。于是，我校有了因材施教的班级模式，有了民主自主的课堂改革，有了灵活有趣的课程设置，有了科学多元的评价体系……这些都凝聚着光友的智慧。

我知道，在有些学校，书记是很清闲的，若有若无，甚至可有可无，但光友这个书记在我校却须臾不可缺少。我曾在大会上说："我把学校当作一个班，教师便是这个班的学生，我就是班主任，而班长就是何书记，各位副校长便是班委干部……"我还知道，有的学校的校长和书记并不团结，互相扯皮，明争暗斗，但我对光友绝对信任。我把有的校长特别看重的人事权、财务权包括签字权都交给了光友，自己只负责提出想法。但在工作出现失误时，我会第一时间承担责任。

我实在没有理由不信任光友。他突出的行政能力让我欣赏，忘我的工作精神更是经常让我感动不已。学校管理的所有细节，都装在他的心中。光友多次对别人说："李校长乐于阅读，富于思考，勤于写作，我必须尽力为李校长多承担一些事务，把学校管好，让李校长放心，让他有更多的时间阅读、思考和写作。因为他的时间不仅仅属于武侯实验中学，他的思想是中国教育的财富。"

有一年开学第一天，为了制定班级小组建设考核办法，光友和德育主任还有几位班主任在办公室整整研讨了一天；还有一次，他出差回到家里已经是凌晨，但第二天早晨又准时来到学校，带领行政干部走进教室听课；就在不久前，为了让学生家长了解并理解学校的改革，他硬撑着自己生病的身体，一次次在家长会上用嘶哑的声音介绍着我校课堂模式、德育创新和取得的成绩……我和光友经常为学校发展而向教育局争取政策支持和经费保障，但我俩的分工往往是我负责打电话，他负责跑腿——我给有关局领导先在电话里沟通并谈妥，接下来便是光友一天或几天甚至更长时间在教育局各部门的具体经办人之间不知疲倦地奔波。我想到光友刚来我校时对我说过这样一句话："我这个人是有韧劲的，不怕吃苦。一旦要做什么事，就一定要达到目的。"事实证明，的确如此。

尽管在根本的教育思想上我俩高度契合，但在一些具体细节上，我俩并不是每次都想法一致。每当这时，我总是真诚地倾听他的想法，因为我总是认为，对于学校管理，人家光友肯定比我有经验；而光友也非常坦率地说出他的不同看法，并尽量说服我。我被他说服了，会很坦率地说："好吧，就按你说的去做。"如果他没有说服我，我们继续沟通，有时候甚至会激烈争论。但每次争论之后，我们的心总是贴得更近。

为了学校的发展，光友常常不得不忍辱负重，有时候还会受到想象不到的委屈。几年前，一个学生在我校意外死亡。尽管经过侦查和调查，公安机关和教育行政部门都认定学校没有责任，但孩子的家长不依不饶，一次次围攻学校，时间长达40多天。那些日子，我和所有行政干部每天都和失去理智的孩子的父母与亲戚打交道，忍受着无休止的谩骂。好几次，光友都对我说："你别出面，还是让我去吧！"但我知道，光友的身体和精神已经快撑不住了。有一次在办公室，他向我倾吐积郁，忍不住流下了眼泪。但是，当对方气势汹汹地再次出现在校门外的时候，他又坚毅而从容地挺身而出……

因为我在外有一些所谓的"名气"，所以人们一想到"成都市武侯实验中学"就会想到"李镇西"，好像学校取得的所有成就都是我一个人的功劳。有人曾戏称我为学校发展的"总设计师"，那我就姑且顺着这个不太准确的比方说下去——如果说我真的是所谓的"总设计师"，何光友便是学校发展的"总工程师"，各位干部便是学校发展的"施工队队长"，广大教师便是各路"青年突击队队员"。我们都站在学校发展的舞台上，但所有聚光灯都打在我的身上，人们便因此忽视了阴影之中默默付出的何光友和广大干部与教师。我不否认我对学校的发展所起的作用，但没有光友，我的所有设想都不过是一张图纸而已。

光友一直叫我"大哥"，我也把他当兄弟看待。我这个兄弟对我还有两点特殊贡献或者说为我作出的"牺牲"，那就是帮我开会和吃饭——这里的"吃饭"特指各种应酬。这两点"牺牲"，似乎拿不上台面明说，但我真的很感动。

2013 年 5 月 18 日徐州至镇江的高铁上

邓茜媛:"不怪你们，是我没教好"

放假第一天，我听到的最让我感动的一句话就是:"不怪你们，是我没教好。"

事情是这样的。语文教师期末给孩子们布置寒假作业，许多孩子的语文考试没考好，语文教师对他们说:"这一次我们确实考得不够理想，这不怪你们，是我没教好，下学期我们再从头来过，好好努力，往更好的方向去，好不好?"

这位语文教师是 2017 年 9 月才踏上中学语文讲台的，教书刚刚半年，她叫"邓茜媛"。

长期关注我"镇西茶馆"的朋友，对这个名字应该不陌生。我以前多次提到她，写到她。茜媛曾经是我新教育实验办公室的老师，是我通过网上招聘的一位助手。与她共事的两年间，我见证了她的单纯，她的勤奋，她的才华，她的认真，她的善良，还有她不服输的执拗……她本科上的并不是师范类的学校，而是一所著名的"双一流"大学，她是中文系的高材生。

在我这儿两年，她说她知道了什么是教育，什么是"新教育实验"，于是跃跃欲试，想当老师。再后来，她通过公招，离开成都，去了偏远的一所乡村中学教书。

半年后，也就是前两天，有了她和学生说的那一句话:"不怪你们，是我没教好。"

当初（其实也就是 2017 年 8 月）与她告别的时候，我专门找她谈过话。

我告诉她，在中学教书是很苦的，不要把一切都想得那么浪漫，但永远不要忘记初心，要有爱心，在爱的基础上积累智慧。我说，理想和现实往往并不协调，需要把握好度，但永远不要因为现实的无奈而放弃内心的理想追求。我说，我相信你，你会成为一个好老师的，我会一直支持你！我送给她我的著作：《爱心与教育》《做最好的老师》《幸福比优秀更重要》《听李镇西老师讲课》《李镇西与语文民主教育》……

其实，我心里对她并不放心，或者说，对她是否能够驾驭课堂，征服学生，没有把握。我并不担心她的才华和能力，说实话，以我的视野，目前中学语文教师中像她这样有才华的人并不多。她的古典文学功底，富有灵气的文笔，是许多中学教师缺乏的。但是，我担心她真诚的理想幼芽会很快被应试教育的狂风暴雨摧毁。想想，纯真无邪地走上讲台，怀着满腔热情立志要做一名人民教师，最后因为种种有形的挫折和无形的"打压"，渐渐心灰意冷，最终成为应试教育"炮灰大军"中的一员……这样的年轻人还少吗？

茜媛的学校在成都远郊大邑县县城以外很远的董场镇边——我觉得这个句子很拗口，但没办法，她的学校就是这么偏僻。从她的微信上看，学校周围都是田野，她一个人住在学校宿舍，我们都暗暗为她叫屈。从她微信上还可以看到，茜媛每天早晨出去跑步，回来手上便有一束在路边采摘的格桑花。她将花插在房间里的矿泉水瓶子里，满屋便明媚起来。她就是这么一个阳光的女孩。这份阳光会从她心里放射出来，照耀着她的课堂和她的学生。

她教两个班的语文，面对陌生的学生——全是农家子弟，几乎都是留守儿童，茜媛倾注着她所有的爱。她的肚子里装着太多的唐诗宋词，装着中国古典文化，所以她的语文课的信息量远远超出教材课文，让学生很着迷，哪怕是最不愿意学习的顽童，也乖乖地听她的话。茜媛给孩子们拓展阅读面，和他们一起背诵古典诗文，也给他们补习功课。因为孩子们的基础实在太差，为了给他们多补点知识，她竟然去跟学校领导商量，能不能给她安排晚自习。因为按常规，学校只有数学课才有晚自习的。结果她的要求自然没能满足，但只要哪一天的晚自习数学教师请假了，茜媛就喜出望外，赶紧走进教室为孩子们补课。虽然上这样的课是没有一分钱的报酬的，但是孩子们的喜欢和开心，就是对她的最大奖励。

在 2017 年 10 月 14 日的一篇微信文章中，茜媛这样写道：

自从发现孩子们的字词不过关后，本周开始，我便努力地挤出一点课堂时间和晚自习时间再次对前面学过的字词，进行全班听写。听写完毕后，让大家立即翻书核对、更改，然后再收上来检查。可是，在检查过程中，我发现，好些娃依然是懵的，照着书改都改不对，依然是错的。于是这些再次改错都没有改对的娃，就在周五下午最后一节班会课后，被我留下来重新听写了。

　　从这段文字中，我们可以想象出她的学生的基础有多差。有一天晚上，当最后一个孩子终于过关时，天已经黑了。这个孩子回家得走五公里，茜媛担心他路上不安全，决定步行送他回家。

　　黑漆漆的公路上，茜媛用手机上的手电筒照亮，两人并排而行，边走边聊。聊天中，茜媛知道了这个孩子来自单亲家庭，父亲在临镇沙渠打工，家里虽有爷爷奶奶，但一直是自己照顾自己，自己煮饭，自己洗衣服。他喜欢科幻，喜欢宇宙星空，还和二班的一个自称"文学天才"的同学一起合写科幻作品，一人写一周，一周写一篇。茜媛为了鼓励孩子，也为了让这一路不枯燥，一边走，一边和孩子背书，从朱自清的《春》背到《从百草园到三味书屋》。她发现孩子的确背不熟，有很多都忘记了，茜媛就在旁边当提词器，这个孩子也感到惭愧，连连说："哎呀，看来还是要复习，不复习就忘了。"茜媛想，这么难忘的背书经历，他之后肯定会记住的。

　　就这样，一路聊天一路背书，茜媛把孩子送回了家。然后，她又打着手电筒往回赶，一路走回学校。因为是穿着高跟鞋，回到学校，她都快走不动了。

　　我是从她的微信上知道这件事的，当时我非常感动。我知道茜媛曾经徒步三个月，只身一人从都江堰走到内蒙古大草原，但那都是白天走，现在是晚上把学生送回家后，还要在乡村小路上走五公里回学校，多危险！

　　后来见面时我问她："你怎么想到要送那个男孩回家？"她说："怕他回家不安全！"我说："那你就没想过，你一个小姑娘还要独自回学校，更不安全！"她笑了笑，说："我没事！"

　　茜媛以前经常和我一起去武侯区各新教育实验学校，所以武侯区的许多教师和校长都认识她，而且非常喜欢她，当初听说她要离开武侯区都很舍不得。这学期我去一些实验学校，老师们每每提起茜媛，总会说："多乖的一个小妹妹，可惜走了。"大家要我"想办法"把茜媛调回武侯区，我说："现在逢进必考，我哪有办法！"后来我给茜媛打电话："茜媛，过几年你也可以通过公招考回成都来！"电话那头，茜媛不假思索地说："这里的娃儿也需要老师啊！"

我竟一时语塞。是的，她那所学校非常缺教师，因为一般教师都不愿去那个偏僻的地方。学校尤其缺语文教师。茜媛很想当班主任，可学校领导说，如果她当班主任，语文教师就更不够了，只好"委屈"她了。

很长一段时间，茜媛那真诚自然而毫不做作的声音一直在我耳边回响："这里的娃儿也需要老师啊！"

可茜媛的爱心和才华，并没有取得让她自己满意的语文考试成绩。其实，她教的班在年级是第一名，但问题是全县排名，她的学校、她的班就很靠后了。人家不管你的学校是不是最薄弱的，反正只看成绩。想想，刚刚工作半年，除了吃饭、睡觉，全部时间都花在孩子身上，花在语文教学上，却没有得到让自己满意的结果。如果换一个人他就会觉得憋屈，会觉得"命运不公"，会觉得"素质教育是虚的"，还是"死抓分数"才是"王道"……从此不再做什么"提高学生素质""拓展学生视野""培养学生兴趣"等方面的"没用的事"，转身成为"应试教育"的助纣为虐者；或者更极端的，看破红尘，结束生命，留给活着的人们以无比的叹息和对教育的切齿咒骂："都是应试教育给逼的！"

可是，我们的茜媛不这样，她开始反思自己。她这样写道——

"知耻而后勇""知不足，然后能自反也"，这是我常跟学生说的，也适用于我自己。学语文，需要有感觉，需要有兴趣，但更需要扎实的基础。我几乎忘了，当年我的初中语文是怎样从课文标题背到课下注释，怎样从课后练习题做到每课练习册，怎样从每周写周记到考试写作文……看来，还需要再严格一点。

前天（2018 年 2 月 1 日）晚上，我和她见面，一起吃火锅。我说："你这么温柔，能镇得住学生吗？学生听你的话吗？"她说："没问题，他们都很听我的话呀！"她眨巴着美丽的大眼睛看着我，好像觉得我这个问题很奇怪。我想，哦，是的，孩子们虽然调皮，但这么美丽而有爱心的老师，又这么有学问，孩子们喜欢她，愿意听她的话，那是很自然的。

谈到这次期末考试，她依然说："是我没经验，没把学生教好，下学期我会改进的。"她觉得自己注重了学生的兴趣和阅读，但要求还不够严格，特别是基础知识的掌握还不够扎实。她说："我会努力的！"同时，她也说，因为其他学科教师都把时间抓得特别紧，学生用于语文的时间就少了。

我说："不怕，你要用语文本身去吸引孩子们，千万不要和其他教师抢时间，最后可怜的是孩子们。你让学生对语文学习感兴趣，他们自己回家会学语文的。"我还跟她说，日子还长，把心态调整好，从容不迫地教语文；要采用多种有趣的教学方法，让孩子们觉得语文课有趣、好玩儿，在玩儿的同时又能够学到知识。"你要尽量让学生自己动起来，比如，你可以竞赛的方式组织学生以小组为单位抢答，让孩子们在紧张、有趣的活动中学语文。又如，你可以把文言文分成几部分，让几个小组的学生分别起来讲解，比赛看看谁讲得最好，这样逼着学生自己去钻研。你还可以让每个学生都出一套单元考试题，还要设计答案，学生在设计考试题的过程中，会把教材研究透，把所有的基础知识都梳理了，然后互相做考试题、批改试卷、评讲试卷……这是一种非常好的学习方法。总之，学生最好的学，就是给别人讲！"

她听了很兴奋："好，我下学期就试试。"

我在写这篇文章时，为了核实一个细节，便给她打电话："茜媛在家吗？正在做什么呢？"她说她在家，正在看书。我问她看什么书，她回答道："《语文有效教学设计技能训练》。"我一听乐了："你果真开始研究下学期的语文教学如何改进了！"她说："是的，没考好，我就找到原因改进嘛！"

如此平和、淡然，却有一种内在的自信。

茜媛给我截图晒了她和孩子的聊天，从这些聊天中可以看到，这些农家子弟，和邓老师聊天也很有"境界"——

学生："老师，我正在看《红楼梦》呢，我一定会把它拿下的！它里面的诗词真的好好，只是里面人物太多，关系太复杂，绕得我有点头晕。"

茜媛："贾贾两座府，荣国府，宁国府，大部分人物都是荣国府的，这个东西要慢慢理。你会有进步的！"

学生："谢谢老师的鼓励！在寒假里，我一定会好好用心，争取把阅读能力提高起来。"

茜媛："可以，可以。下学期看你能不能考120啊！"

学生："请老师放心，我一定朝着这个目标奋进。平时我就是学得太粗糙了，没有好好汲取精华，阅读和写作也没有用心去读和写，我要努力改掉这些毛病，把语文成绩提高起来，不辜负老师您对我的期望！"

茜媛："行，看你行动啊！"

学生："老师，送你一张照片，这是我这次参加冬令营和一个哥哥的合影，帅不帅？"

茜媛："帅！"

学生："老师，下学期开学，咱们也合影一张，好不好？"

茜媛："好，我寒假好生减个肥，下学期跟你照个好看的照片。"

学生："老师不用减肥，您现在就很漂亮！"

茜媛："不行，不行，要有高追求。"

……

茜媛的"高追求"当然不只是和学生调侃的"减肥"，更有她的教育境界，包括对自己的反思与追问。

我见过这样的教师，学生没考好，便大骂学生"不用心学""懒"，在家长会上骂家长"不配合"，还埋怨班主任"不支持"自己的工作，埋怨其他任课教师"抢自己的时间"，埋怨学生"基础差""小学教师没教好"，等等。总之，学生没考好都怪别人，唯独不反思自己，但我们的茜媛不是这样。

我那天对茜媛说："你说'不怪你们，是我没教好'，我很感动，但不必过分自责。学生考得不好，不能完全怪老师，学生自己的努力程度，学生的读写天赋，以及家庭的文化氛围等，都是决定成绩的重要因素。如果孩子不学，老师也无可奈何。"我这话当然是对的，但只是一方面，另一方面就是作为教师，我们应该反思，是不是把自己能够做到的完全做到了，而且做得很好？茜媛正是在这个问题上表现出了可贵的反思精神，这也是一种担当精神。她既不一味埋怨别人（学生、同事、家长），也不因此失去信心而悲观绝望。真诚反思教学，努力调整心态，树立教育自信，从容不迫地前行，这就是令我敬佩的茜媛！

茜媛在她的微信公众号上写道——

尽管种种不理想，但不知怎的，我依然觉得教语文是一件挺好的事，我喜欢它，我也希望更多的孩子喜欢它。虽然目前还做得不够好，但是总还有希望，还有空间。

万事万物都有一个衡量的法度，但很多事情是要到很久以后才能看到开花、结果。不念过去，不畏将来，我能做的只是耕耘现在，尽我最大的努力做好本职工作，其余的事，交给上天。

是的，茜媛有理由自信，她那么有爱心，那么有才华，心态又这么好，经验不足不要紧，要相信岁月，孩子不会辜负她的爱心，语文不会辜负她的才华，教育不会辜负她的智慧，理想不会辜负她的初心……

2018 年 2 月 3 日

田精耘：事业撑起生命的高度

一、我和田哥不得不说的逸事——田哥外传

1

明星都喜欢绯闻，因为绯闻和人气成正比。普通老百姓则唯恐绯闻缠身，尤其是无中生有的绯闻，因为这事儿关乎人格的清白。但世界之大，无奇不有，任何事都有例外。居然有人就喜欢有绯闻，甚至别人没有给他制造绯闻，他便自己给自己制造绯闻。

有这样的人吗？当然有，比如田哥。

以前我是知道田哥的——严格说起来，那时的田精耘同志是"田主任"而远非"田哥"。我每次见到他自然是毕恭毕敬，人家堂堂中华人民共和国四川省成都市武侯区教育局教育国际化推广办公室主任，怎么也算是教育局领导。所以，每次去教育局开会或办事，偶尔碰到田主任，我总是点头哈腰，满脸呈现出让我自己都很恶心的谄媚："田主任好，好……"每当这时，田主任也很矜持地微微点头："嗯，好。"面带微笑却深不可测，平易近人而又"可远观而不可亵玩焉"。

这次赴美研修，和田主任同行纯属偶然。我和这位"国推办"前主任、机投中学（我经常错以为"投机中学"）现校长，以前没有任何私交，所以彼此之间谈不上亲热。他对我不冷不热，我对他不卑不亢，也算扯平了。

2

初到马里兰的晚上，我在去吃晚饭的路上偶尔与田主任同行，当时一行

五六人，他显然没有把我放在眼里，只顾对其他人眉飞色舞地说着什么，唾沫横飞。我在旁边默默地听，偶尔悄悄用手擦擦溅在脸上的唾沫星子。

田主任说他十多年前就来过美国，我想，比我们早来十多年就值得在我们面前炫耀？把我们当农民了？心里这样想，但表面上，我还是十分恭顺地聆听，面带微笑地看着他，时不时微微点头表示高度赞同。

但听着听着，我觉得不对劲了。"唉，不知道我那孩子现在情况怎么样了，很想去西雅图看看。"我们开始没反应过来，后来有人鼓起勇气问他："您原来有个孩子在西雅图呀？"

他坦然而平静地说："是呀，我2000年来美国，在西雅图生活了一年，认识了一个女人，后来有了孩子。唉，这么多年没联系，也不知这母子俩现在情况如何，很想去看看。送点奶粉钱也好啊！"说的时候，田主任的表情很真诚，也很沉痛，好像内心万分纠结，像一个作恶多端的人，突然良心发现，那份真诚的忏悔，令人动容。

我一下觉得，站在我面前的并不是中年田主任，而是老年周朴园。

3

旁边的余强校长可能以前和田主任比较熟悉，不安而认真地问："当真的？"田主任满脸不屑："那还有假？"然后又是一声沉重地叹息："唉！"

暮色中，他的眼光望着西边天空的晚霞。我知道，他正朝着西方想象着那里的西雅图，想着他当年的女人和留下的孩子。

我听得心惊肉跳：敢情田主任还有过这样的艳遇！他居然还公开跟我们说，领导真是有气度有气魄，敢作敢当！过了一会儿，我单独和田主任在一起的时候，他表情诡秘地对我笑了，说："你居然当真了！哈哈！"

他这一笑，我恍然大悟，原来田主任在创作小说，而主人公正是他自己。

后来的日子里，这个绯闻不断被田哥言说。我们本来都已经渐渐淡忘了，但在大巴上，他时不时会突然来一句："也不晓得那娘俩现在怎么样了！"我们一下想起，哦，原来他一直牵挂着西雅图，放不下自己创作的故事。

再后来，"田主任"成了"田哥"，我在他面前渐渐肆无忌惮起来。当他再次提到"西雅图母子"的时候，我便说："田哥真的了不起，勇于自己给自己制造绯闻，并负责主动扩散。无中生有的绯闻，居然把自己感动了。这就是境界！"

4

去马里兰大学上课的第二天，我一上车，便坐到田主任旁边。但我很快就觉得不对劲，看到田主任面如死灰，两眼直愣愣地发着呆。我小心翼翼地问他："田主任，怎么了？"他半晌不说话，只是唉声叹气，然后又不发声了。我有些恐惧，感觉遇到了风雪中不断问鲁迅"人死了会怎样"的祥林嫂。

不能让田主任出什么意外！好几股神圣的使命感油然而生，直冲我脑门。我吞了一下口水，深深吸了一口气，严肃地问他："究竟怎么了？"

他终于吐字了："唉，昨晚通宵没睡着……"

是魂牵西雅图了吗？是惦记那个混血儿了吗？是怕那个女人撵到马里兰讨奶粉钱吗？虽然一算日子，孩子估计也早不吃奶粉了，但伙食费、学费总还是有的。一连串的问号在我脑海里盘旋，但终究一个都没有问。

但他突然说出答案："何平，蒲憨（四川方言，蒲憨即呼噜。扯蒲憨，即打呼噜）扯得太凶了！"

这当然是一个原因，但我觉得他睡不好，即使排除了西雅图的因素，也还另有隐情。

过了一会儿，他突然又说："再一个，我也应该是班长的秘书嘛！"

5

原来如此！想想也可以理解，人家原来是堂堂"国推办"主任，到现在居然连个小组长都不是，落水的凤凰不如鸡！他居然因此而通宵难眠，进而迫不及待地要官。

本来设个班长秘书是件很荒唐的事，但为了拯救田哥的生命，我们大家都觉得班长杨尚薇同志应该有一个秘书，而且这个秘书非田主任莫属！于是，大家一致鼓掌通过。

掌声中，我看到田主任刚才还死人般的脸上泛出少女般羞涩的红晕（他居然还知道羞涩，我很鄙视地想）。

第二天早晨一上车，田主任洋洋得意，亢奋异常地说他昨天睡得很好。我说："那是因为昨晚给你封了官，你心情好了，所以睡得好。"他一本正经地说："是的。"

但我说："你的失眠转移到我这里来了。"他一惊："怎么了？"我说："我昨晚通宵睡不着，不晓得是什么原因。"他直说："我晓得，我晓得，因为你没有当官！"我说："不是，不是……"他毅然打断我的话："看来也应该给你封个官，这样你今晚也能睡得好。"他马上煞有介事地说："你当段红的副班主任助理，怎么样？"

我想了想，说："不行，级别低了，我的级别不能比你低！"

他说："不低呀，是副班主任助理，级别比我高！"

我一边心里盘算，一边念念有词："你是班长助理秘书，我是副班主任助理，嗯，果真级别比你高，好，要的！"

6

就这样，因为都进入了"管理层"，我和田主任属于同僚关系，在段红班主任和杨尚薇班长面前，都自称"卑职"。于是，我俩渐渐亲热起来，他叫我"西哥"，我叫他"田哥"，彼此亲如兄弟，情同手足。

田哥头发不多，但和我相比，已经算是相当茂盛了，然而头顶也曙光初露。我提醒他："田哥，要注意，过不了几年，你就和我一样！"但他不以为然，豁达地笑笑。他笑起来特别天真可爱，不属于那种爽朗大笑，而是嘴巴咧开，嘿嘿有声，但又不算豪放。我觉得是恰到好处，"淡妆浓抹总相宜"。

有一天，班长尚薇说："田哥，你的面部很有雕塑感！"他激动地高叫："哎呀，说得对，说得对！以前就有人这样说过我，你是第二个这样说我的人！"田哥激动得不知该怎样表达自己，只好用手中的相机对着尚薇一阵乱拍，照了好几张相，算是多少表达了自己的感激之情。

一听这话，我仔细看了看他的脸部和整个头颅，一下子明白了，什么"雕塑感"，无非就是颧骨比较突出而已，嘎嘎（四川方言，肥肉的意思）也不多，肤色微黑，如果换个词，就叫"尖嘴猴腮"。

7

渐渐地，我和田哥熟悉了，他不再叫我"专家"，我也不称他"主任"。我发现我俩有许多共同点，比如都是男的，都是中国人，都在成都工作，都结了婚而且有后代，都是年过半百……当然，田哥比我强的地方也不少，比如他会英语，有胆量且有能力在西雅图留下一个孩子——虽然是虚构的。

田哥主动把"西雅图绯闻"传播了出去，自然引起领导的高度重视。所谓"高度重视"，不是说要追究他"只管播种不管养育"的"道德"责任，而是加强了对他的暗中管理，以防他偷跑去西雅图破镜重圆，或干脆滞留甚至出走美国而不归。

在参观国会山的那天，因为要过安检，所以领队便把护照发给了每个人。田哥本来并不在我们组，可我们组的几个美女邀请他拍照。田哥这个人，只要有美女邀请，你喊他赴汤蹈火他也在所不辞。结果，他渐渐和他的小组分开了。

要知道，这是到美国后第一次发护照到我们手里，不到半小时，田哥就主动掉队，那真的是把张领队和刘科长，还有美丽的魏虹组长吓坏了。他们都不约而同、敏锐地想到了"西雅图"，越想越可怕。

8

于是，领队和领导们马上启动严密的搜查田哥的应急方案：查找、搜寻、询问、盯梢……终于，在一群女人中发现了田哥，原来他正笑眯眯地和女人们一起欣赏照片呢！领导们总算松了口气，刘科长用对讲机对张领队说："长江长江，我是黄河，我是黄河！目标已经出现，目标已经出现，在我掌控范围内，在我掌控范围内，撤销行动，撤销行动！"

搞得好紧张！事后田哥辩解道："假装与西哥一起分享照片，其实也想缓和与西哥的关系！"这是什么话？我从来没有把田哥放在眼里，没兴趣和他一般见识，所以从没闹过矛盾，有什么"关系"需要"缓和"？田哥看我不快，赶紧说："当然还有一层意思，就是我也很想巴结一下教育家，你腿有不便，我也有照顾你的意思。"

这话我爱听，而且很让我感动。事实上，那天是我腿摔伤的第三天，还比较痛，田哥真的很照顾我，该牵的牵，该扶的扶，让我差点老泪纵横——其实，我也想过要热泪盈眶的，只是使劲挤也没挤出来。后来，我的直接领导段红出现了，对我也十分照顾。帅哥美女都要照顾我，但我只能麻烦一个，那么同等条件下，自然美女优先。田哥看出我的意思，便很知趣地退出，把照顾伤员的工作转交给了段红。

主动让贤，不，让"美"——这件事我认为是田哥到美国后做得最好的一件事。

9

尽管后来田哥马上跑步去找组织说明情况，但组织上从此对他多一份心眼儿，外松内紧。为此，田哥难过了好几天，晚上还偷偷地哭过。常常在早晨的大巴上，我会看到田哥红红的眼睛。

我理解他，便再次安慰他要正确对待人生的挫折。他听我这样说，很是感动，便向我倾吐："唉，我实在是想去西雅图！"我知道他又进入了创作状态，不好把他从梦中叫醒，便任他说。"为去西雅图看想看的人，我是专门去向陈书记请了假的。没想到书记太英明，一下就读懂了我的内心世界，识破了我的阴谋诡计，坚决不同意，现在想来可能是当时过于激动，没有掩饰好。你们可以见证，田哥的党性是很强的，在美国没有乱跑乱动！"

为了用行动表明自己的忠心，后来有一次张领队发护照时，田哥主动不要。还有一次因为参观需要安检，每个人都拿到了护照，但田哥主动交给领导帮着保管。再后来，他不提西雅图了，创作无疾而终。我们都说田哥是个爱国者。

10

尽管我和田哥疑似亲密无间，但在摄影这个问题上，我俩是有"瑜亮之争"的。

刚到纽约，大家在洛克菲勒广场闲逛。那时的田哥还是"田主任"，我和他还不亲热，也不敢和他亲热。远远看到他拎着一个佳能相机，上面装的镜头又粗又长又黑，彪悍而又气势磅礴，一看就是摄影高手——至少架势是摆足了的。于是，我把我的相机给他，请他帮我拍一张。他很热情地答应了，然后他歪着头，眯着眼，耸着肩，用相机对着我……好一副专业的做派。"咔嚓"完毕，他把相机还给我。

我赶紧打开看照片，结果我背后远处的普罗米修斯金色雕塑异常清晰，而我本人却颇具"朦胧美"。我气愤地对田主任说："你，你，你这是怎么照的？"他一看，完全看不清我的五官，便支支吾吾地说："这个，这个，你这是什么相机！"居然开始怪我的相机。

我正愁没有机会炫耀我的高档相机，便很夸张地扬起手臂，让我的相机在空中划了一道弧线："你看清楚了，我这是高端大气上档次的佳能无敌——思锐！"我把"思锐"说得非常顺溜，表明我也会说英语的。田主任无语了。

11

类似的一幕在访问全美教育行政管理者协会时再次重演。我请田哥——

那时我们的关系已经升格为哥们儿——帮我们小组拍合影。拍完后，我拿着相机看效果，结果我们小组每个人的脸上仿佛蒙着一层面纱，五官若有若无。我问田哥："你怎么照的，连焦距都没对准，还照啥相！"田哥默不作声，面有惭愧之色。

我马上拿着相机对着同学们照了几张，再看，发现我照的也是模糊的。怎么回事呢？我仔细检查，才发现设置有问题。我一下意识到，我冤枉亲爱的田哥了，于是赶紧向他道歉："不好意思，不好意思，是我的相机设置有问题。"田哥大度地微笑起来，那笑容宛如蒙娜丽莎。

因为我俩都酷爱摄影，而且都酷爱拍美女，自然就走到了一块。魏美、段美、薇美、凤美等美女，也簇拥在我俩前后左右。其实，本来人家都是冲我来的，但田哥老要和我争宠，我也就随他便，不和他计较。当然，我其实很清楚，美女们并不是对我感兴趣，而是对我的相机感兴趣。于是，在马里兰大学的校园里，在白宫外面的草坪上，在林肯纪念堂的台阶上，在酒店附近的森林里……我和田哥给众美女留下许多靓照。

客观地说，田哥的摄影技术还真不错。他擅长照近景，喜欢把人照得很大，颇具视觉冲击力。我呢，喜欢拍逆光照，擅长利用斜射的阳光把人物勾勒出光圈。常常对着同一个模特儿，我俩从不同的角度拍出不同风格的照片。用魏美的话来说："西哥的人物照是仙气缥缈，田哥的人物照是红尘滚滚。"我的理解，魏美想表达的意思是，我是美声唱法，田哥是通俗唱法；我是在维也纳金色大厅演出，田哥是在九眼桥酒吧一条街卖唱。

12

客观地说，如果没有我，田哥肯定是我们这个团队里的摄影巨匠。但因为我的存在，他感到了底气不足，然而又不甘心当老二，于是常常感叹："既生亮，何生瑜？"痛心疾首，让我怜悯。为了鼓励他，一天在大巴上，我当着全班同学说："田哥最近摄影技术见长啊！"他听了喜不自禁。我说："说真的，你现在的摄影技术相当高！"他更兴奋了，晕乎乎得有点控制不住自己了。我继续说："高到什么程度了呢？差点就赶上我了！"车厢内一阵爆笑。

此时田哥脸上总是装出很尴尬的笑容，这笑容好像是纸糊的。其实，他心里一定很郁闷，很不开心，但他不开心，我们大家就相当开心了。

斗嘴归斗嘴，实际上我俩已慢慢了解了彼此。他帮我拍，我帮他拍，互相给对方留下美好的影像。有时候我俩还换镜头用，俨然不分彼此。我们曾在夕阳西下的傍晚放弃晚餐，在森林里纵情于光影之间；我们曾在曙光初露的早晨，站在酒店门外，在朝霞的辉映下，迎接太阳一点点地喷薄而出。要离开马里兰的前一天下午，我和田哥手持相机沿着我们平时走过的小路拍蓝天、拍红叶。我们在一个湖畔停下，静静地注视着碧绿的湖水，湖水中的野鸭，还有迎风而舞的芦苇。我俩被眼前的美景震撼了，就那么静静地站着，久久凝视着眼前的一切，时间仿佛凝固了……

虽然我们什么话都没说，但那一刻，我感到我和田哥的心贴得那么近。

13

田哥给美女每照一张相，便高声说："拿钱来取照片！"每当这时，我便也高声说："要照片的尽管来拷，我一分钱不收。我要让人们知道，这个世界上人与人之间的差距有多大！"

其实我们都知道，这是田哥的幽默，他怎么可能收费呢！田哥脾气好，无论我怎么开他的玩笑，他都不生气。田哥心肠好，善良得登峰造极、无以复加。白天他为大家照相，晚上便在房间里整理照片，把每个人的照片都做个文件夹进行归类。我知道整理一个人的照片就得花好几个小时。因此，田哥常常熬夜到凌晨。

田哥英语好，所以我常常把他拉着当翻译。在奥特莱斯，我要帮女儿买钱包，他陪着我一家一家地找专卖店。买到钱包后，他又陪着我闲逛。整整一天，他不厌其烦。我问他在家逛商店吗？他说："我在家就喜欢陪老婆逛商店。"我一惊："你这样的男人少见哦！"由此可见，田哥在家里也是好老公，他的老婆想必是世界上最幸福的女人了。

14

回国那天在机场，田哥把两大箱子托运后，还有三个包，按每位乘客只能随身携带两个包的规定，他显然无法过关。他排在我前面，正要过检查口时，他突然把包甩给我，但是我已经帮黄长平背了一个包，显然不能再帮他。于是，他的包就那么掉在地上，我又不敢去捡。后来，田哥还是蒙混过关。对这件事，我很是内疚，总觉得在关键时刻没能帮他一把。我向他道歉："对不起，田哥，刚才我……"他却很大度地摆摆手："没事，没事！"然后，依然陪着我在机场商店买水、巧克力。

经过美国一个月的相处，我和田哥已经结为生死之交。我对田哥说："以后我们就是亲兄弟了！"他说："那当然，过段时间，成都的银杏叶子黄了，咱俩一起去拍照！"

15

回到国内，便赶上武侯区举行新教育国际高峰论坛。面对中外专家，大家自然是纷纷合影。每当遇到老朋友想要合影，我便习惯性地大叫："田哥，田哥！"田哥总是立即来到我面前，我不说一句话，他便默契地端起相机为我照相。在我校展示的半天里，他完全把自己当作专职摄影师，为我校留下全程的照片。那天晚上，他看到我和几位乌克兰专家在聊天，便赶紧过来不停地抓拍。我给肖更生教授介绍说："这是机投中学的田校长！"肖教授大吃一惊："啊，原来是校长，我还以为是摄影记者呢！"

那天中午快散会的时候，我想着要给朱老师和研修班的同学拍合影，但把相机忘在了车上。我想去取，但怕一走这边便散会了。这时，有人拍我的肩，回头一看，是田哥。他说："把车钥匙给我！"他的意思是他帮我去车里拿相机，我便把车钥匙给了他。看着他匆匆离开会场的背影，我实在是感动。但我怕他找不到我的车，因为我的车在校门外右边的马路边，于是便给他打电话想提醒他，结果他不接电话。我起身走出会场，在会场门口看着他渐渐远去的背影，看着他小跑着，越跑越快，跑出校门然后朝右转。我实在太感动了！写到这里，我的眼前还浮现着他奔跑的身影。

等他气喘吁吁地拿着相机赶回来时，刚好散会，他便又忙着给我们照合影。

我想到很早以前一篇写焦裕禄的人物通讯，是这样结尾的："他心中装着全体人民，唯独没有他自己。"

我觉得这句话也适用于田哥。

2013 年 11 月 6 日

二、他的生命一直在奔跑——田哥内传

（一）成长的传奇

1

从美国回来后，我和田哥投入了各自紧张的工作，不可能朝夕相处了。但时不时，比如十天半月会接到他的电话："西哥，你写的'田哥外传'让我出名了，我要感谢西哥，请你吃饭！"言语中充满"讨好"的味道。

是的，的确是"讨好"（本来我是想说"谄媚"）。对我来说，美国之行最大的收获，就是颠倒了我和田精耘同志的关系，说得直白些，俘虏了田精耘的精神，把他牢牢地攥在我的手里。去美国之前，我对"田主任"是敬而远之兼之仰之；在美国期间，我俩渐渐平起平坐，称兄道弟；而回国后，他对我则仰视起来，用他的话说，很"崇拜"我，是我的"粉丝"。

所以，他和我说话，会情不自禁地有激动紧张的颤音，便很自然了。

于是，我俩常常在饭桌上神吹海聊，插科打诨，逗得同桌的杨尚薇、魏虹、段红等美女（这里的"美女"是精准用词而不仅指性别）咯咯咯地笑个不停。

闲聊中，田哥把我当成什么话都愿意说的亲人，或者说，把我当成什么都不敢隐瞒的"组织"，给我展示"他的前半生"。于是，我的脑海中渐渐浮现出比较清晰的田哥成长脉络。

2

公元 1963 年，在中国西南某小县城的一对教师夫妇家里，诞生了一个婴儿。小两口一看是"带把的"，喜不自胜。年轻的父母给孩子取名为"精耘"，其望子成龙之意不言而喻。

"我父母当了一辈子老师，有祖孙三代都是我母亲的学生的。"田哥曾经很自豪地对我说。

受父母的影响，小田（那时还只能叫"小田"）高中毕业就接了父母的班，当了小学教师，独自一人前往一所偏远的村小任教，一路形影相吊，很是凄苦。

到了学校，小田心更凉了。说是"村小"，其实就是一座破庙。每天下午两点左右，学生就放学了，另外两个住附近的同事也回家了，只剩下孤零

零的小田在庙里——未出家的小田却成了标准的和尚。

那时我们可怜的小田刚满16岁。"我是2月的生日，4月上班，你说我是不是刚满16岁嘛！"讲到这里，田哥还认真地给我推算，怕我不相信。

"是够可怜的，学生走了，你一个人在庙里做什么呢？"我的鼻子都有些发酸。

"做什么？哭！"田哥说，"自己也还是个娃儿，守着空荡荡的寺庙，一个人就哭起来，想妈妈，想爸爸，整整哭了两三周！"

本来很想"精耘"一番，没想到去了一个破庙。英雄无用武之地，难怪他会哭。

可怜的苦孩子！我在心里心疼当年的田哥。

夜深人静，破庙里传来断断续续、若有似无的哭声。估计现在的恐怖大片里才会有这样的桥段，想想也瘆人。

哭声渐渐惊动了过路的老乡，人们都知道这里有一个小娃儿，是个老师。教书倒是认真，就是太小了，动不动就哭。"造孽哦，造孽！"（四川方言：可怜。）不少老乡一边摇头，一边叹息。

3

"这娃儿天天哭，这样下去，要出人命的！不跳河也要疯。"老乡们心疼他，担心他。虽然他们的孩子需要老师，但谁教不是教，何必让这个小娃儿来吃苦受罪呢？善良的老乡们就为他请愿，让他去条件好一点的镇上教书。一个月后——后来田哥对我说："实际上，这一个月基本上都是哭过来的。"——田精耘被调到了镇上一所中心小学。

听听，"中心小学"，多神气！果然，这所小学学生多，老师也多。小田不再孤独，也不再哭哭啼啼的了。他很听校长的话。鲁迅写阿Q勤劳时这样写道："割麦便割麦，舂米便舂米，撑船便撑船。"我们的小田也是这样，上课便上课，带班便带班，打杂便打杂。上的课也很杂，总之听校长的，校长让他教语文便教语文，让他教数学便教数学，让他教英语便教英语……

其实，一开始田哥也没有教英语，他能够教英语，源于他人生中一段可能比较励志的插曲。

最开始，小田教语文和数学，主要是教数学，因为他的英语"毫无水平"，但是当时"文化大革命"刚结束不久，各学校都缺乏英语教师。虽然小田的英语底子差，但有一个无与伦比的优势，就是年轻，所以当县教师进修学校决定自己培训英语教师时，我们的小田成为校长首先考虑的人选，被列入重点培养对象。

4

英明的校长决定"破格提拔"小田当英语教师。就这样，在接受了半个月小学英语课程、五个月初中英语课程培训后，小田凭借年轻人的头脑敏捷、好学好问，主要是胆子大、脸皮厚，不怕笑，便人五人六地走上了英语教学的讲台，煞有介事地给学生教起了"英国女婿"（English）。再后来，小田"学然后知不足"，又考上了地区师专英语专业，拿下了专科文凭，好歹也算是大学毕业了，因而被调到县城中学。这下他才算成了一名堂堂正正的英语教师。

再后来，教了几年书，他依然"知不足"，便考上了四川省教育学院，一个偏远县城的土包子一下来到省城成都，顿时晕头转向、眼花缭乱、口水直流，宛如来到电影中的巴黎、纽约。当时他想，这辈子如果能在这里生活，哪怕一天后就死，也不枉来这世上活一回！

他给一帮兄弟说出他的这番"梦想"的时候，讥笑四起。小田不屑，斜着眼睛对他们说："燕雀安知鸿鹄之志！"

俗话说："有志者，誓进城（省城）。"所以，在四川省教育学院拿下本科文凭回到县城教了几年书后，小田凭着他那一大摞证明其教育教学能力和成绩的各种证书，走进了成都府，任教于成都十六中。再后来，田精耘（这时再叫他"小田"已经名不副实）一边教学，一边业余备考英语硕士，居然考上了四川师范大学的教育硕士。那年，他46岁。

（二）发明的疯狂

1

从16岁时天天下午蹲在破庙里捂脸大哭的小娃儿，到46岁考上四川师范大学的教育硕士，整整30年，田哥实现了"华丽的转身"。现在的田哥，走路都一拐一拐的，如庄子笔下解牛之庖丁，"为之四顾，为之踌躇满志"。

"你英语成绩曾经惨不忍睹，现在居然成了英语名师，你，你……"有一次我指着田哥，"岂有此理"几个字半天说不出来，我觉得他的"逆袭"太不可思议了。

"嘿嘿，我能学好英语，就是因为我对英语特别好奇，激发了我的学习兴趣。"田精耘很得意地说。

因为感兴趣所以胆大，进而导致面部肌肉发达，且越来越结实、厚重。改革开放初期，在中国的老外不多，偶尔有外国人在大街上，人们会大呼小叫，呼朋引伴，围观他们或尾随其后。田哥就是这群流着口水跟着外国人（尤其是外国女郎）后面追的人之一。

有一次，田哥从小县城来到大都市重庆看热闹，他走到解放碑附近时东张西望，希望能够发现可看之稀奇。突然，他的眼睛发直，原来目光所及的远处，有一个蓝眼睛、高鼻子、卷头发的外国人。田哥很快从密集的人缝中挤了过去，但那老外忽然不见了。田哥敏锐的小眼睛上下左右快速扫描，像侦察员一样，很快又发现了人群中的目标。他走上前去，就像老熟人一样"哈罗哈罗"，然后又"威尔康母吐钱拿"之类地说个不停。就这样，他一路追着与老外进行英语对话，把这当作练习口语的良机。

后来回到学校，他逢人便炫耀："我见到真正的外国人了！"连续好几天，同事们看到田老师激动的脸都是红彤彤的。校医说那是亢奋所致。

田哥之所以能够成为优秀的英语名师，答案就藏在这个真实的故事里。我从这些看似励志的故事里，读到的是田精耘版的"笨鸟先飞"。

2

说他"笨"，不是贬低他，而是陈述一种客观事实。

据田哥自己得意忘形时的"招供"，他小学三年级时曾经做过这么一件不知道该算愚昧还是聪明的奇葩事。那时候，《新华字典》刚刚出版，小田不知道从哪里得到一本，如获至宝。

拿着这本崭新的字典，他痴痴地想，这里面有没有我名字"田精耘"三个字呢？他想应该有，肯定有，绝对有！大人不是说这书里什么汉字都有吗？

按一般人的正常思维，想到这里就罢了。但我们的小田一想到这厚厚的字典里有"田""精""耘"三个字，觉得很幸福，于是作出了一个伟大的决定——亲自把这三个字找出来。

按说这事儿也简单，按检索方法三下五除二便可以搞定，但小田不会查字典，换了我或其他人肯定会问父母，何况小田的爸爸还是"田老师"。但小田没有向父母求助，他选择了一个最原始、最直接，也最悲壮的办法——

一页一页地翻！

他一个人埋着他的小脑壳，一页一页地翻呀找呀，时不时还用手指蘸着口水，嘴里哑吧着，似乎津津有味。整整翻了一个下午，他终于翻到那三个字，真是惊天地、泣鬼神！

几十年后，他给我说起这段往事，还依然记得那个场景，并无比得意，脸上呈现出"想把我难住，哼，休想！"的自信与喜悦。

我们当然可以说田哥"笨得可爱"，但细细琢磨，这个故事还蕴含着孩子的一种好奇和执着。

不是吗？绝大多数人第一次看到字典，恐怕都不会想：这本书里有我的名字呢！可田哥就想到了。这是一种好奇的思维，是创造的起点。绝大多数人如果想查出自己的名字，但不会查字典的方法，多半就算了，不必那么认真，可田哥不放弃，哪怕用一个下午一页一页地翻，也要把那三个字查出来。这是一种执着的精神，是创造的动力。

正是凭着这两点，田哥真的成了"发明大王"！

3

2000 年，37 岁的田哥已经是成都市一所中学的英语骨干教师。他获得了一个难得的教学进修机会——赴美国西雅图学习培训一年。在那里，他被美国教师奇特的教学方法惊呆了。

有一次，他去听一节文学课，老师讲的是一本小说，学生却没有拿任何教材。他好奇地问："你们没有统编教材吗？"老师比他更好奇："什么叫统编教材？"田哥的执着劲儿又上来了，他追问："那为什么选这本小说来讲呢？"对方的回答让他惊讶得眼珠子都要掉下来："因为我喜欢，学生也喜欢！"

嗯，教师喜欢，学生喜欢，这样的课怎么不生动、活泼呢？他由此联想到，为何中国的课堂总是那么严肃刻板呢？不就是因为学生不喜欢嘛。

田哥像当年痴迷《新华字典》一样，着魔似的继续琢磨："有没有一种好玩的东西，让学生在轻松愉悦的游戏中就把单词记住了呢？"

这个问题紧紧抓住了他，迷住了他，让他神魂颠倒。一年后回到国内，他还在思考：能不能用一种学生喜欢的方式学习英语？

4

有一天，他看到放学后几个学生在校园一角玩扑克牌。这几个学生他认识，学习成绩比较差，但此刻却那么投入，那么痴迷。他脑海里灵光一闪：何不将英语学习和扑克牌相结合呢？如果每张扑克牌都印上英语字母，不同的牌可以组合成单词，学生不就可以在玩耍中学英语了吗？

田哥越想越兴奋，立即买了 20 副扑克牌回家。当他真正动手开始设计的时候，发现不是那么简单。一副牌 54 张，英语字母就 26 个，他就算是给每个字母分配两张牌，也根本玩不起来。

原来，"ABC"各字母在单词中所出现的频率是不同的，但究竟哪个字母多，哪个字母少，他一头雾水，陷入了苦苦的思索。

他每天晚上回家就把自己关在房间里，对着一大堆扑克牌，尝试不同的字母组合。他又进入一种"病得不轻"的状态，原本性格外向、喜欢结交朋友的他几乎断绝了与外界的联系。有时候守着老婆，也目光呆滞，完全没有以前的那种一往情深。

这种折磨持续了两年，田哥快崩溃了，而梦想依然在。

"山重水复疑无路，柳暗花明又一村。"2004 年夏天的一个晚上，田哥参加了一位朋友的聚会。几杯酒下肚，田哥把苦苦寻求字母概率而不得的沮丧和盘托出，说着说着，泪如雨下，悲痛欲绝。

没想到，这位学计算机的朋友听后哈哈大笑："这太简单了，我帮你！"

两周后，在朋友的帮助下，田哥得到一个概率统计程序。他把小学、中学、大学的所有课标词汇一一输入，程序自动就得到每个字母出现的概率。按照这个概率设计扑克牌，一下子就成功了。

我们这个星球上第一副"英语扑克"诞生了！

5

那个晚上，田精耘压抑良久的情绪一下子爆发。他失声痛哭，声音凄厉，如歌似嚎，极富穿透力；忽而又哈哈大笑，实在是被自己感动得无法控制了。老婆和孩子都吓坏了，觉得他像中举的范进，只不过范进说的是："噫，中了，中了！"他说的是：哈，成了，成了！"

那天晚上，田哥仿佛回到幼儿时代，他像一个小孩一样手舞足蹈，捧着设计成功的扑克牌玩了个通宵。

第二天，恢复了神智的田哥将"英语扑克"展现在师生面前，立即引起轰动。他从自己的班上开始实验，逐渐扩大到更多的班级和学校。学生们爱不释手，兴致极高。

"英语扑克"的推广与运用，让英语教学效果明显提高。在其他学校，课堂上学生玩扑克肯定会被批评甚至"请家长"，但在田哥的学校，英语课上玩扑克就是学习。

许多学校听说后纷纷效仿。最早将"英语扑克"引入学校进行实验的四川师范大学附属实验学校校长邱华注意到，孩子们特别喜欢"英语扑克"，有的还带回家和家长一起玩，英语学习兴趣和效果都有显著提升。据统计，使用"英语扑克"的实验班的学生，词汇量比其他班级至少翻了一倍。

有一次，田哥雄赳赳气昂昂地走进一个有关英语教学的国际学术论坛，并应邀作报告，其"英语扑克"受到中外专家的一致好评。2005年，"英语扑克"成功申请到国家专利。这给了田哥莫大的信心和继续钻研的勇气。

他觉得自己有爱迪生的天赋，智商爆表，根本用不完。

6

某日，田哥在成都一所小学推广"英语扑克"，孩子们玩得特别开心。下课后，一个孩子走了过来："田老师，你发明的'英语扑克'很好玩，记单词很有用……"

田哥一听表扬，脸上便乐开了花，但他决定还是表现出谦虚的样子，正准备说："哪里，哪里！"

谁知他还没说出口，这孩子话锋一转："但就是要叫上同学、父母一起才能玩，要是自己一个人也能玩就好了！"

略受打击的田哥，得到的启示却远远多于打击。他反复琢磨这句话，怎样才能发明一种类似于"英语扑克"但又可以一个人玩的东西呢？

那天课间，他看到教室里几个孩子在玩魔方，他的心一下子被击中：对呀，为什么不在魔方上动动脑筋呢？于是，从未玩过魔方的田哥，一口气买了50个各种类型的魔方，然后把魔方一个一个拆解开，琢磨它们的结构。

和扑克牌相比，魔方的难度更大。魔方有6个界面，每个界面要放9个字母，朋友设计的概率程序已经不管用了。怎么办呢？田哥想到了小时候一页一页查字典找"田精耘"的往事，他决定就用这种最笨的办法，一个字母一个字母地尝试。

那段时间，田哥又进入"精神病疯狂发作"阶段，家里到处都摆着魔方，桌子上、凳子上、茶几上、沙发上、灶台上、马桶上……连被窝里都有魔方。只要下班回到家，他便拿着魔方发呆，一看就是一两个小时，有时候还把魔方放在电灯泡下面晃一晃，从不同的角度进行研究。

7

"老婆都差点飞了！"后来，田哥回忆起这段经历时对我这样说，语气中充满后怕。

所谓"差点飞了"，就是"差点离婚了"。以前在家，田哥非常勤快，洗衣做饭样样都干，而且还经常陪老婆逛街。自从搞了发明，他就什么都不顾了，老婆、孩子跟他说话，他答非所问，根本没听进去，因为脑子里整天想的都是发明的事。为此，老婆没少和他吵架，"差点飞了"。

"功夫不负有心人，老天可怜田精耘。"经过长达两年多的"闭关修炼"，田哥成功发明了"英语魔方"。学生在初始状态下就能观察到110多个单词，稍微拧一下，至少又能找到五六十个新单词。

再后来，我们的田哥一鼓作气，又发明了"英语麻将"和"英语围棋"。"英语围棋"发明成功后，田哥对我说："'英语围棋'是我发明中最好的一个，对培养学生的思维能力和英语能力有很大的帮助，是中国围棋的创新！"

其中的酸甜苦辣我就不说了。总之，我们的田哥现在手握11项国家专利，其中的英语扑克、英语魔方、英语麻将、英语围棋4项发明产品，被人们称作"英语四魔"。在成都市基础教育界，他凭着这些赫赫有名。

因此，我授予他一个光荣称号："机投爱迪生"。

连田哥也没有想到，当年拿着字典一页一页找到的那个"田精耘"，有朝一日居然能成为"爱迪生"！

但他更没有想到的是，还有比发明家更辉煌的事等着他呢！换句话说，他的事业才仅仅到了半山腰。

（三）校长的承诺

1

据我所知，人们对校长最充满敬意的评价是："这是一个学者型的校长！"但我们的田哥，不但是一个学者型的校长，还是一个发明家型的校长。

以前的田哥是每天坐在地处成都市中心的区教育局办公室里的"国推办"主任。他放弃当"局领导"而去就任的学校叫成都市机投中学，地处成都市三环路以外，连城郊结合部都不算，更多的是靠近郊区。大部分生源是来蓉务工人员的子女，一些有条件的学生则去了其他学校。

为写好这篇文章，我采访了许多人。机投中学的一位老师对我说："在田校长来之前，我们学校的现状已是不容乐观：生源一直很差，教师教学理念和方法落后，干群关系紧张，工作推诿现象严重，不论是教学质量还是区教育局的督导评估，学校都倒数，上下没有活力，师生信心都不足。我不知道这位区教育局的领导如果真接手了这所'满目疮痍'的学校，会不会让他大跌眼镜，难以坚持。"

说"满目疮痍"有些夸张，但这所学校肯定有不少"疮痍"。这样的学校田哥都敢去，他是不是"官迷心窍"，想当校长想昏了头？刚好田哥到学校就任那天是 2013 年 4 月 1 日，教师都觉得是过了一个愉快的"愚人节"。

"自不量力"的田哥到学校不久，正值"小升初"划片学生报到，家长就给了他一个"下马威"——100 多名该来报名的初一新生没有来。田哥的心凉了半截，但他对教师说："不能怪家长，是因为我们没有足够吸引家长的地方。"

啧啧，听到没有？这就是田哥的境界！

2

怎样才能让学校有"足够吸引家长的地方"？在第一次教工大会上，田哥向全校教师和盘托出自己的目标："三年大变化，六年大发展，九年创一流。"

虽然台上发表就职演说的田哥气势如虹，但下面的教师都没有反应，因为类似的口号他们听得太多，已经麻木了，或者说叫"审美疲劳"。大多数教师漠然地看着他，也有教师脸上挂着愉快的笑容，感觉今年的"愚人节"名副其实。

但田哥的心理素质好极了——听不听由你，说不说由我。他提出了"雅智"的教育理念——"雅者常成，智者常至"。这句改写自《晏子春秋》的话，寄托了田哥要把学生培养成为合格的中国公民的理想，也是学校的教育内涵。

"政治路线确定之后，干部就是决定的因素。"（毛泽东语）田哥对学校中层干部和教代会进行依法改选，然后又提出"两线三块"的工作格局，即以德育和教学为两条线，全面抓好三个年级的教育教学工作。

但田哥并没有在学校搞"教改大跃进"，毕竟我们的田哥不是当年在庙里呜呜哭的小娃儿，也不是在重庆解放碑前追外国人的小田了，如今的田校长成熟、稳健而谨慎。课程改革方面，他觉得刚开始不宜全面开花，决定以自己最熟悉的英语课为切入口，全面进行学校英语课程改革，将自己获得了专利的"英语四魔"教具无偿提供给全校师生使用，并以此带动其他学科的课程改革。

既壮志凌云、气冲霄汉，又有条不紊、循序渐进。但我不想把这篇文字写成一篇工作总结或新闻稿，因此田哥的改革大业这里从略。

3

不过，我还是想说说田哥的民主治校。

什么叫公正公开的"民主治校"？一位刚调进田哥学校不久的年轻教师给我讲了他经历的两次选举："一次是高级职称教师进行岗位聘任，竞争非常激烈。在竞聘的教师里，有一位副校长。我原以为会是这位副校长聘任成功，没想到最终是一位普通教师聘任成功。另一件事情是就成都市优秀德育工作者进行投票，一位普通教师和德育处一位副主任竞争，群众投票之后，出了结果。但由于当时一部分教师参加校外某个活动，导致候选人没有得到三分之二以上的票数，以至于学校又组织全校教职员工进行第二轮投票。两次投票中，田校长始终告诫大家，摸着良心投票，他能保证的是流程公平、公正和公开。"

这样的公开透明，谁还会说校长以权谋私？从这个意义上说，我们纯洁的田哥，还与当年在庙里当"和尚"的小田一样"守身如玉"。

田哥的"校务公开"，公开到什么程度？公开到要买什么东西，教师去谈价，经办人只是给钱而已。比如，田哥想在教学楼楼顶建花园，需要买盆景，但价格较高，他便让商家把盆景搬到校园里，要买哪一盆，教师代表去谈价，谈好了，经办人付钱。就这么一招，不但实现了教师对学校干部的信任，还使得所有教师对楼顶花园倍加珍爱，因为那是他们自己挑选出来的盆景。

这就是真正把学校交给了教师！学校的大事小事都让大家参与其中，事情变得透明，彼此之间的信任感自然就产生了。

说到"楼顶花园"，就不得不提到田哥的校园美化工程。田哥没去机投中学做校长之前，我去过机投中学，那几幢楼房加一个并不宽阔的操场，便构成一个并不怎么样的校园。

田哥去了后，想给教师营造一种鸟语花香、诗情画意的校园环境。他将教学楼楼顶打造成雅致的庭院，鲜花盆景，四季如春，这是专门为教师提供的休闲区。教师们可以喝咖啡、读书、聊天，或者干脆发呆。

他还精心设计，见缝插针，让校园处处鲜花盛开，绿树成荫，教学楼之间的小空间也弄上小桥流水，以及活泼的游鱼……让教师感觉像是在公园里上班，让孩子们感觉像是在花园里上课。

更绝的是，他买来数十种果树苗，种在学校围墙旁。他对我说："这些树都是我精心选择的，选择的标准之一，就是要让我的学校不同季节都有鲜艳的花朵。"不但有鲜花，还有硕果：樱桃、苹果、李子、桃子、杏子、葡萄、柚子、枣子、金橘……田哥将其命名为"百果园"。

有一天，他给我打电话："西哥，什么时候有空？我请你吃饭。"

我一听就知道他有什么事要求我了，便说："要我做什么，直接说。田哥的事，我肯定义不容辞，别扯到吃饭上去，太庸俗了。饭就不吃了，吃顿火锅就行了。"

田哥接下来的话暴露了请我吃饭的动机："嘿嘿，能不能，能不能……帮我学校的百果园写一段话？"

我记得那顿火锅是相当上档次的。吃了人家的嘴短，我后来义不容辞地给他写了一篇《百果园铭》——

蓉城西南，校园一隅；群芳艳艳，百果累累。桃李杏枣，色染校内；柚橘柿樱，香飘墙外。倾情播撒，精心耕耘；个性培育，幸福收获。德智体劳，满目缤纷；真善美雅，遍地芬芳。寓教于美，育人有爱；化雅为行，润心无声。师生互爱，亦亲亦敬，教学相长，如切如磋。知行合一，品学兼优。学子成才，欣欣尚荣；教师成长，蒸蒸日上。晨钟暮鼓，人文励志；春华秋实，天道酬勤。理想飞扬，生命燃烧；童心永存，青春万岁。

5

田哥没来这所学校之前，学校所获荣誉不多，大抵不过"成都市阳光体育示范学校""成都市国学经典诵读示范学校""武侯区文明学校"三块牌子。四年半过去了，在田哥的带领下，原成都市机投中学（现西北中学外国语学校）的变化如日中天，学校先后获得"全国学校体育联盟实验学校""四川省文明学校""成都市新优质学校""成都市语言文字规范化示范校""成都市现代教育技术示范校""成都市科技教育示范学校""成都市依法治校示范校""成都市国际化窗口示范校""成都市环境友好型学校""成都市青少年科技活动基点学校""成都市校务公开民主管理示范单位"和"四川省硬笔书法实验基地"等多项荣誉。

从中央电视台、《人民日报（海外版）》《四川日报》等党报至《华西都市报》《成都日报》、武侯电视台等地方媒体，无一不是赞扬之声，卓有成效的课程改革也得到区委区政府的高度关注。以往每年武侯区人民政府督导评估结果，机投中学的等级一直是"合格"，连"良好"等级都没获得过。田哥任职的第三年（即2015年），学校就获得了"良好"等级。接下来的2016年和2017年，学校连续两年获得"优秀"等级！

田哥又"抖"（四川方言，神气的意思）了起来，我因此也"敲诈"了他好几顿火锅。

6

学校有了名气，田哥就嫌校名土了——"机投中学"，猛一看还以为是"投机中学"。他想换一个洋气的校名。就像一个明星，既然已经有无数粉丝，如果还叫"二狗""翠花"之类的，就有点不好意思见人了。

有一天，田哥征求我的意见，说想把校名改成"四川某某大学附属中学"，问我怎么样，我一撇嘴："不怎么样！"他大惊，问："为什么不怎么样？"我说："不够大气。"他又拿出小时候翻字典的执着，追问道："怎么才能大气？"我说，建议把"成都市机投中学"改成"普林斯顿大学中国校区四川附属中学成都分校市机投镇教学点"，简称"普机"。他大笑。

随后，我严肃地质问他："为什么一定要改校名呢？你知道'机投'二字的来历吗？这里面可有历史文化内涵！"他面呈猪肝色，张口结舌，呆若木鸡，后来此事不欢而散。这是我和田哥唯一一次话不投机的"交流"。

后来，成都市机投中学更名为"成都市西北中学外国语学校"，简称"西外"。

但不管怎么样，田哥仅管理了四年半的学校就发生了这么大的变化，的确让人刮目相看，这是无法否认的事实。

然而，人在得意的时候，往往想不到灾难可能正在逼近。是的，我没说错，田哥即将面临灭顶之灾——小命差点都丢了。

（四）病魔的狰狞

1

有一次区教育局组织开校长大会，陈局长说到"我们一些校长，真的是用生命在工作啊"时，特别动情，那个"啊"字，声音发颤，如诉如泣，一度哽咽。当时我想，这个拼命的校长是谁啊？后来和几位校长聊天，隐约听他们说："田哥真的不要命了！"

我一下警觉起来：莫非让陈局长在大会上用哭腔说话的家伙是田哥？

我给田哥打电话问他是怎么回事，他才支支吾吾地承认自己"病了"。我批评他："怎么瞒着我呢？"他说："我怕西哥为我着急，你又不是医生，说了也没用。"

原来，田哥的确是病了，而且确实病得不轻，真的是"要命"。

2015年，那是一个秋天，有一位中年人在成都市机投中学（当时还没改名）的校园里用脚画了一个圈（读到这里，读者的耳边是不是想起了一段熟悉的旋律？嗯，谢谢你的默契）——田哥每天早晨都要巡视校园，这里转转，那里看看。正值早晨，田哥巡视完校园走进办公室，打算开始一天的运筹帷幄。突然，他感到腰部阵阵绞痛，不由自主地弯下了腰，几乎晕厥。办公室没有其他人，只有田哥在无声地挣扎。如果继续这样挣扎下去，田哥很可能在办公桌前将自己的生命永远地画上句号。

但幸好巡视校园的值周老师，从窗外发现办公室里痛苦万状的田校长，他赶紧找来车将田哥火速送往医院。医生检查后说是肾结石引起的肾绞痛。

当时的田哥，额头上闪烁着大颗大颗的汗珠子，嘴里不停地呻吟着。为了减轻他的痛苦，医生不得不给他注射了两次杜冷丁，田哥终于渐渐平静下来。

既然肾结石都如此凶悍了，医生决定给田哥做手术。于是，接下来的一段日子里，我们的田哥在市第一人民医院做了两次体外碎石手术，在华西医院做了一次体内碎石手术。要知道，他半年前还做过胃息肉和肠息肉切除手术！

2

惨遭蹂躏的田哥，按理说应该好好休息一段时间，医生也明确告诉他："必须卧床休息！"但他对医生的话置若罔闻，不但不休息，居然还忍着剧痛赶往崇州参加"综合实践课程的实施方案研讨会"。

他真的把自己当"特殊材料做成的人"了！但就算是"特殊材料"，也有老化的一天！田哥命不好，或者说叫"命运多舛"——估计田哥多半不认识这个"舛"字，但不妨碍他用自己的生命来诠释什么叫"命运多舛"。2016年9月1日，田哥在华西医院做第二次体内碎石手术时，被诊断出其左输尿管组织受损，有1厘米被肉芽堵塞，医生在其体内安了一根长达25厘米的管子代替输尿管。

硬生生地在体内多了一根长达25厘米的管子，田哥疼痛难忍。医生建议他不要骑车、登山、踢足球、打篮球。尤其是换管子后的两天要尽量在床上休息，不能步行上下楼梯和久站久坐，只能缓缓而行，因为连步行上下楼梯和久站久坐都会引发病变，甚至会产生排血尿的状况。他还得饮大量纯净水，以减少感染。并要随时观察排尿情况，若遇到排血尿，应吃抗生素，严重时应及时就医。他也不能吃四川美味，饭菜只能吃清淡的。

更麻烦的是，体内的管子一般三五个月，最多半年就得换一次，每次换管子就得做一次打麻药的手术！因为每年都要做几次这样的手术，医生担心每次全麻会伤害他的身体和大脑，便给他实施局部麻醉，因此在手术过程中免不了疼痛。田哥每次去换管子，都会遭受仅次于受刑的痛苦——绝无丝毫夸张。

3

而且，这还不是一笔小费用，每次动手术都得花费几千元乃至上万元，因为是材料费，所以不能报销。别看田哥工作了几十年，可家庭条件并不像人们想象的那么富裕。有一次，教育局让校长们进行财产申报，田哥如实申报，结果下来后，大家半开玩笑半认真地说："堂堂一个校长，竟然只有一套房，还是在全家人名下，说明你混得好差嘛！"每当这个时候，田哥总是涨红了脸，嘿嘿地憨笑。

有一位年轻教师对我说："有一次，田校长大病出院归来，我去校长办公室汇报一件他交办的事情。看到他憔悴的神情和暗沉的面庞，我感觉到病痛对其身体摧残之深，心里充满对他的敬佩。我拿出一个红包，说：'田校长，您生病了，由于工作太忙，我没有去医院看望您。这是我的一点小小心意，请您收下吧！'田校长温和而严肃地说：'你的心意，我心领了！但你这个红包我肯定不能收，莫把风气搞坏了，赶紧把它收好！'走出办公室，我脸上热乎乎的，瞬间感觉自己渺小了很多。想到曾经听人说'现在的校长有几个不贪的'，心想，其他校长我不知道，至少田校长的人格，我佩服！"

一直做手术需要一笔巨大的开支，田哥却没有向任何人求助。他不是没有"致富"的门路，有民办学校想挖他，收入可观，工作轻松，但田哥拒绝了。他拒绝别人的理由很简单："我当初来当校长时，是对教师有过承诺的，我不能不讲信用！"

4

所以，从医院回学校后，他照常上班，没有告诉任何同事和朋友，依然不要命地坚持工作，好像他体内安装的是"特殊能量传输管"。

前面我说过，因为这个病，田哥每天必须喝大量的纯净水，以减少感染。所以，他的肚子常常被水灌得圆滚滚的，走起路来体内似乎澎湃有声，因此同事们戏称他为"水桶校长"。

豁达的田哥给我说起这个绰号时，我说："水桶校长？太难听嘛！嗯，不过只要不是'饭桶校长'就好！"

玩笑归玩笑，我们所有人其实都在心里默默祈祷善良的田哥早日康复。

然而，两个月后再次检查时，医生发现田哥因长期肾积水造成左肾功能70%受损，右肾功能30%受损，必须全力做保双肾功能治疗，否则会出现其他病变。也就是说，田哥现在虽然有两个肾，但两个肾的功能都已经严重受损，只能合起来当一个肾用！

田哥好像看到死神的狰狞面目，终于晓得好歹了。那段时间，田哥目光呆滞，表情绝望，陷入了前所未有的困惑与恐慌，脑袋里也时常冒出种种莫名其妙的假设，照这样下去，未来的生命轨迹必然是这样的——肾透析、左肾坏死，换肾，排异，最后死亡……

家人希望他辞去校长职务，放下工作，好好养病。作为家里的顶梁柱，田哥的确不能倒！同事和朋友也不建议他这么拼，"先保命，再工作"，至少"退居二线"。

是继续工作还是请假休息？田哥反复问自己。

这个追问，其实400多年前的莎士比亚已经为田哥写好了台词：

"生存，还是毁灭，这是一个问题。"

（五）生命的宽度

1

经过几天短暂的纠结，田哥超越了对生命的恐惧，他彻底把生死想通了，想透了。正因为他感到了生命的短暂，反而激发他更加昂扬的斗志和对事业的投入。

面对家人和同事劝他"保命要紧"，他却反问大家："如果我不上班，我的身体就可以康复吗？如果我坚持工作，与老师和同学们在一起，工作的快乐远远多于疾病的痛苦。"面对上级领导劝他以身体为重，他平静而真诚地说："哪个人能决定自己的生死呢？得了这个病，我不能决定生命的长度，但可以决定生命的宽度。我要继续兑现我向教师许下的诺言！"

君子一诺千金。他一直没有忘记第一次开全校教工大会时曾就学校发展规划向大家的许诺："三年大变化，六年大发展，九年创一流！"他一遍遍地问自己：现在才过去三年多，我怎么能够倒下呢？

我坚决反对教师不顾自己的身体健康而带病上班，但田哥自愿让生命与使命同行，虽然不尊重他的选择，可敬仰他的人格——是的，唯有敬仰！

在一次例行的全校教师大会上，田哥在介绍完学校的工作后，向教师说了这番肺腑之言："我的身体不好，如果真有那么一天，不幸在校园里倒下，我将死而无憾！生活的追求不仅仅是金钱，更重要的是一份信念——我要带领大家实现学校的九年目标！"

这些平时看似豪言壮语的"印刷体"，此刻却从田哥心里流出来，每一个字都是生命的呐喊。当时，会场所有人的心灵都受到震撼，教师热泪盈眶。

2

一位教师这样对我说："我亲身经历了学校这几年的巨变，深知在学校飞速发展的过程中，田校长带领大伙奋斗的艰苦历程，也感受到了他超出人们想象的无私付出。由于操劳过度，田校长患上了重病，但他仍然带病工作，他的教育热情时常体现在眼神中、笑容里和行动上，没有丝毫矫揉造作，没有任何虚假成分。他是发自内心地喜欢学校，喜欢教育，喜欢学生，喜欢自己的学科，他的精神状态影响着全校每一个人，激励着全校师生迎难而上，面对困难不推诿、不放弃。后来田校长的病越来越严重，甚至危及了生命，当大家都认为他可能会因此退居二线时，他却依然和我们一起奋斗。"

听了这些话，我的眼睛也湿润了。田哥太让我感动了，我为有田哥这样的铁哥儿们而自豪。和田哥相比，我实在太渺小。

后来，我向陈兵局长建议："这样的校长应该大力推出！"这位成都市目前最帅的局长说："吾正有此意。田君，大丈夫也！余感而泣久矣！"

我找到美丽的潘区长，在潘区长的办公室，我对她说："田精耘太棒了，建议好好宣传！"潘区长美丽的眼睛里闪烁着对田精耘无限的崇拜，说："会的，会的，我们就是应该大力弘扬田精耘同志的这种精神品质！"

我又给我 20 多年的朋友、原武侯区教育局局长、时任区委宣传部长的张天劲打电话："你不是管宣传的吗？田精耘这样的人就应该好好宣传嘛！"天劲年轻时帅得仅次于我，也是一个文学青年，曾经给作家琼瑶通信，估计琼瑶对他说过"孺子可教""后生可畏"之类的话。所以，他后来以诗人的激情做教育、管教育。听了我的话，他幽默地说："大哥，我一定落实你的指示！"

我给《教育导报》副总编刘磊打电话，讲述田哥的故事。我说："他比我高尚，比我优秀！"不久，《教育导报》就大篇幅报道了田精耘同志的事迹。

我又给《中国教师报》康丽主任发微信说了田哥的事迹，不久康丽专程来成都采访田哥。那天本来田哥说好要亲自去机场接康主任，打算邀请她吃火锅，逛宽窄巷子，还准备了一肚子"阿谀奉承"的话。但康主任来成都那天，田哥突然又被推进了手术室。我只好代他接待康主任，虽然田哥没有出面，但吃火锅、逛宽窄巷子、"阿谀奉承"的接待标准一点都没变，只是买单的人由田哥变成西哥。但这一笔我给他记着，以后找田哥"算账"。

田哥知道我在为他奔走，又说要请我吃饭，我说："我曾经说过你是'机投爱迪生'，现在我要争取让你成为'中国田精耘'，这是我的使命！"

其实，媒体对田哥的宣传并不全是我的"功劳"，而是他的精神和行动吸引了媒体。一时间，田哥成了"明星"，无数人被他感动得一把鼻涕一把泪。他又收割了大把的粉丝，估计美女居多，我有点后悔了。

3

2017年秋天，田哥被评为"感动武侯十大人物"，登上了辉煌的颁奖台。组委会的颁奖词是这样写的——

"人不能决定自己的生死，但能拓展生命的宽度。"尽管饱受病痛的折磨，但他一往无前，大刀阔斧地推进课改，坚持在教学一线上课和做研究。这一切，源于他对教育事业的忠诚。

田哥的故事被创作成舞台剧，在颁奖典礼上演出。田哥、田嫂、田哥的女儿都成了剧中的角色，尤其是当了一辈子小学教师的田哥的母亲，在剧中更是感人。

该剧感动了全场观众，很多人流泪了。

主持人请田哥走向舞台，对他进行了即兴采访——

主持人：您看了这个以您的故事为素材的舞台剧，有什么感受？

田精耘：我流泪了。感谢艺术家！

主持人：如果您的家人、亲人看到这个节目，您觉得他们会有什么样的反应？

田精耘：他们会哭，尤其是我母亲。她曾经是一位小学教师，今年92岁了，身体很健康。（全场鼓掌）

主持人：您现在多大年龄？

田精耘：55岁。

主持人：按您现在的身体状态，可不可以提前退休？

田精耘：（不假思索，斩钉截铁地说）不可以！

主持人：反正您还有五年就退休了，提前退休有什么关系呢？

田精耘：我还有事做！

主持人：您的"不忘初心，牢记使命"的"初心"和"使命"是什么？

田精耘：我当年去这个学校的时候，给教师提出了共同的奋斗目标："三年大变化，六年大发展，九年创一流。"现在，看着这个目标正一步步实现，所以我不能倒下，不能放弃。我到这个学校已经四年了，还有五年退休，在我退休的时候，刚好是九年，正是目标实现的那一年！

全场响起长时间的掌声……

颁奖典礼一结束，武侯区宣传部部长张天劲给我打电话，说："我看哭了！"田哥也给我打电话："西哥，今天我领奖了，还看了舞台剧，好感动哦！我都流泪了！"

我说："你应该成为'感动中国十大人物'才对！"

我说的是实话，现在我和田哥的关系又发生了颠倒——他在精神上俘虏了我，征服了我。我真的只有仰望他，而且还必须踮着脚尖，才能看到他的下巴。我是田哥的粉丝。

4

我是昨天（2018年3月8日）开始写这篇文章的，为此做了大量功课，对许多人进行了采访。

当我给田哥打电话时，他正在医院等候做换管子的手术。我一算时间，说："你上次换管子，还没有半年呀？"

他说："是的，才三个月，但情况不好，医生说要换。"

我问："换管子时，你躺在手术台上痛不痛？"

他说："怎么不痛呢？毕竟只是局部麻醉，但我能够忍受。"

我说："我明天就要去丹麦了，这次不能去看你，你好好休息。"

他说："嗯，医生说这次换了管子必须在床上躺几天。"

我说："你就乖乖地躺着，这次必须听医生的话。"

其实，我知道几天后只要能够下床，田哥肯定又要去学校了。

我把这篇文章给他看，特意说："有什么不妥、不实、不对的地方尽管提出来，我好修改。你也可以直接删改。"

他看完后给我回了几个字："西哥，我看哭了！谢谢！"

我说："我明天就要去丹麦了，来回16天，回来后去看你。"

他说："我请你吃饭！"

我笑了："可以，但下次吃饭，我买单。"

2018 年 3 月 8 日—9 日初稿于成都

2018 年 3 月 14 日—16 日修改于丹麦

后记：

前不久，田哥糟糕的身体确实无力支撑繁重的校长工作了，不得不卸任校长。他给我说这件事时，特别内疚："我答应过老师们的，而且您都写文章宣传了我，媒体也报道了我……"我打断他的话："不要被舆论绑架，不要被别人道德绑架！身体是最重要的，命是你自己的！赶快卸任，好好养身体！"现在，田哥已经不再担任校长，但他依然是学校的视导员。我想，田哥已经为学校为教育作出了他能够作出的贡献，所有关心田哥的人都会理解他的。

2018 年 12 月 5 日

张天劲：富有诗人情怀的教育局长

　　说真话，打下"张局长"这三个字，我还真不习惯，因为叫了近20年的"天劲"，到现在都还没习惯叫他"张局长"——每次在公开的正式场合见他之前，我都要在心里默默练习几遍："张局长，张局长，张局长……"

　　是的，我今天要说的"张局长"，就是张天劲——我以前（其实现在也是）的好兄弟，如今武侯区教育局的新任局长。公开撰文夸一个在位的顶头上司，有吹牛拍马、阿谀奉承之嫌，但我不怕。

　　2011年开始，我就听说对我事业给予莫大支持的雷局长要退居二线，我真的舍不得。这个"舍不得"不纯粹基于一种感情，还源于一种担心：雷局长的继任者还能像他一样支持我和武侯实验中学吗？在我看来，恐怕很难再找到像雷局长这样支持我的局长了。在中国现有的国情背景下，以我这样的个性，如果没有像雷局长这样理解、宽容、支持我的官员，我什么都做不成。我曾多次试探性地问雷局长："新局长的人选定了吧？"每当这时，平时和蔼可亲的雷局长却绝不透露半点消息，问得多了，他只是说："反正是你很熟悉的人。"我甚至动了这样的念头：如果新局长不支持我，我干脆也"退居二线"吧！

　　好像是2012年2月下旬的一天，我突然接到学校书记光友的电话："新局长公布了，你知道是哪个吗？"

　　我急了："不要卖关子了，快说！"

　　"张天劲。"

"啊？是天劲！"我简直不胜惊讶，更喜出望外，"太好啦，太好啦！"

20世纪90年代中期，成都市教育局为了培养优秀青年教师，在全市遴选了他们认为值得培养的各学科青年教师，开办了"成都市优秀青年教师研修班"，当时被称为"黄埔一期"——其实，以后再没有第二期了。语文教师仅选了13个，我是班长。在这个班里，有一位小伙子，精干帅气，非常富有活力，随时都激情澎湃，浑身上下散发着浓郁的诗人气质，他就是张天劲。当时他刚从川东的一个偏远小县城（现在属于重庆了）调到成都市棕北中学。

在研修班，张天劲显得很活泼、很纯真。算起来当时他也快30岁了，但言谈举止俨然一大学生，而且是文艺青年。对了，他的确爱写诗，还曾把他的诗——当然是手写的，给我看。有一次，他不无自豪而有点神秘地对我说："大哥，我还把我的诗寄给过琼瑶，请她指正呢！"我当时惊讶得眼珠子都快掉了下来："你，你……"他继续得意而从容地说："琼瑶还给我回了信呢！"我简直说不出话来。他怕我不相信，过了几天真的把琼瑶给他的回信展示给我看。信不长，具体措辞我也记不得了，大概是勉励的话吧。

那时候我当然不像现在这样有所谓的"名气"，不过在四川已经"声名鹊起"，拥有了不少多年后被称作"粉丝"的追随者，天劲无疑是狂热者之一。研修班组织听课活动，学员之间互相听课、评课，研讨切磋，有时还外出考察。天劲总是喜欢屁颠屁颠地跟在我后面——因为我年长，当时我已经三十好几，他一直叫我"大哥"。也因为他觉得我身上有值得他学习的地方，所以不放过任何一个和我切磋的机会，向我"请教"。程红兵来成都看我，我们在杜甫草堂坐茶馆，天劲也来作陪，并抓住机会向程红兵讨教。他的好学到了痴迷的程度，经常和我交流讨论所读的新书。在我的印象中，他基本的表情就是"动""静"两种——或热情洋溢地言说，或凝神静气地沉思。当然，更多的时候是前者。

我去棕北中学听过他的课，他的课堂一如他平时的性格与气质——有激情、潇洒，富有诗意。他面容英俊，身材瘦削挺拔，如果是在大学讲台，不迷倒一大群女生才怪呢！他当然也经常来我的教室听我的课，每次都赞不绝口。记得当时我正在写《爱心与教育》，写一点便给他看一点。他看了我的初稿，就被故事打动了，连连称赞："不得了，太感人了！"并肯定地说：

"你这本书一旦出版，绝对会轰动全国！"我当时不以为然，认为他又在写诗了，用的是夸张的修辞手法。没想到，多年以后谈到《爱心与教育》的全国影响力，他很得意地说自己当年"算准了"。

我清楚地记得那一天——1997 年 10 月 29 日，我和天劲还有王秉蓉三人下课回家，天劲说要请我吃晚饭，我说今天不了，他问为什么，我说："今天是我爱人的生日，我得回家陪爱人吃饭。"他马上问："那你怎么不买玫瑰呢？"我笑了。"老夫老妻了，买什么玫瑰！再说，这么晚了，哪儿还有卖玫瑰的呢？"他一下子表现出一种使命感："不，一定要买，走，我陪你去买！"他不由分说地"挟持"着我，非要我去买玫瑰花。于是，在那个夕阳西下的傍晚，天劲和秉蓉硬是和我一起骑着自行车，穿过大街小巷，满成都地找玫瑰花。功夫不负有心人，终于在一个小街的摊点上找到玫瑰花。天劲细心地问我："嫂子今天满多少岁？"我说："38。"他对摊主说："给我选 38 朵玫瑰！"那神态俨然像他老婆过生日！当我告别了天劲和秉蓉，捧着 38 朵鲜艳的玫瑰花走在回家的路上，心中真的充满感动。

纯真、有激情、诗意，还有发自灵魂深处的善良，是当年天劲给我留下的深刻印象。

不久，离成都几百公里的川北广元请我去讲学，但临行前，我突然遇到更重要的事无法前往。人家那边已经组织好了，听课教师已经翘首以盼，怎么办？怎么办？我急得像热锅上的蚂蚁，背着手在屋里踱来踱去转了好几个圈，突然想到一个替身。我马上拨通此人的电话："天劲，你明天去广元代我讲学吧！"他连说了好几个"不敢"。他说："人家请的是你。我这水平哪敢和你比，人家不把我轰下来才怪！再说，明天就要出发，我哪里来得及准备呢？"我说："你的水平绝对没有问题，不然我怎么会请你呢？不用准备了，讲学提纲是现成的，我给你就是了。"我给广元方面的领导也作了说明，并表达了歉意。对方也理解我，并热情地欢迎"张天劲专家"前去讲学。于是，天劲肩负使命，带着我写的提纲，只身坐火车前往广元。果然，我听到广元的领导说，"张天劲专家"讲得非常好，受到热烈欢迎。从广元回来后，我不住地感谢天劲救场之举，他很得意地说："许多教师估计没认真听主持人对我的介绍，居然把我当成'李镇西'了，以为是在听李镇西老师的报告，中场休息和讲课结束后，把我团团围住，一口一个'李老师'，纷纷和我合影留念，还叫我签名，哈哈，完全把我当成你了！"我听了也哈哈大笑。

后来研修班结业，我和天劲依然保持着联系。几年后，作为一个非常有潜力的青年教师，他被上级领导看中，提拔到区政府工作。当时他有些犹豫，来征求我的意见，我不假思索地反对："去官场干什么？你这么好的条件，完全可以成为一个非常优秀的教师。我认为，你将来最好的发展，是成为一名特级教师，你绝对可以实现的。"但由于种种原因，这次天劲没听我这个大哥的话，告别了教育，步入了"官场"。

虽然如此，天劲和我的交往并没有中断，他刚到区政府工作时，还主编了报纸，不时有著作出版，每次还给我一本要我"指正"。再后来，他又先后在政府多个部门任职，最后是在成都市武侯区浆洗街街道办事处任书记，独当一面地当上了"父母官"。他上任不久，就把我请去给街道办的所有干部作所谓的"报告"，还把我的所有著作都买来送给他的每一位下属。他办公室的书橱里，有他能买到的我的所有著作，而且每一种都有几十册，我问他："你买这么多干什么？"他说："我送人的礼物，都是你的著作！"浆洗街是成都市区的"藏区"，这里生活着许多藏族同胞。如何处理好民族关系，维护稳定的局面，这些问题考验着天劲。但天劲在这里一干就是六年。正是在"藏区"，天劲得到了全面锻炼，并展示了我以前没有发现的他的政治智慧和管理才干。

2004年8月初，我面临一个抉择：要不要离开成都去苏州？当时苏州方面希望我过去做校长。那天我在大石西路邂逅张天劲，好久没见，自然亲热。他拉着我请我喝水——他知道我是不喝茶的，我们便来到路边一个冷饮店。闲聊中，我自然说到我的犹豫，他马上说："别去苏州，到武侯区来，我去给雷局长说说。"就这句话，决定了我后半生事业的支点——成都市武侯实验中学。这是后话。回到当时的情景，我还记得一个细节，临别时，我去付账，天劲把我的手死死按住："有我在，大哥你就永远别想买单！"天劲，还是那个天劲，没变。

听说凭借天劲在浆洗街街道办突出的工作业绩，他本来还有更好的去处，但他一直有着教育情怀，便主动要求回到教育系统。据他说，为此他每年少了好几万的收入。于是，过去我是他的班长，现在他成了我的局长。时间赋予人生和命运魔术一般的神奇变幻。我们又走到一起——无论我们当年有着怎样丰富而大胆的想象力，也无法想到今天我俩会以这样的方式合作做教育。

说实话，无论是我的眼中还是我的心里，一直还难以把天劲和"局长"这个概念联系在一起。但听了他几次讲话，包括在他办公室里和他面对面地谈工作，一下感到现在的张局长和多年前的那个张天劲不是一个人。眼前的他视野开阔、思想深刻、条理清晰、谈吐从容、举止稳重，完全不是当年那个文学青年了。谈到工作，他对我说："对你和武侯实验中学的支持，我只会在雷局长的基础上做加法！"我说："我相信你。"然后又半开玩笑地说："以后在公开场合，我还是叫你张局长。"他说："不用，你永远是我的大哥。"

天劲上任才几个月，现在评价他的局长工作还为时尚早。不过，有一点这里可以说说，就是他的勤奋和好学。听教育局的人说，新来的局长酷爱读书，现在每天早晨 7:00 到 8:00，不能给他打电话，因为那是他学外语的时间。那天他向我咨询报考朱永新老师博士生的事，他说："说实话，我现在根本没必要有什么'学位'了，但作为局长要起示范作用，就是要倡导大家持续不断地学习。"

昨天，我和武侯区继续教育中心的几位朋友聊起新局长。他们说，张局长很有激情，很善良，而且好学、勤奋。我想，在这一点上，"张局长"还是当年的"天劲"。

2012 年 7 月 6 日

詹大年："问题孩子"他爹

一

我以前不认识詹大年，偶尔在网上见过他的名字，隐约知道他是昆明一所民办学校的校长。这次到云南宜良，我们初次见面，他就把我征服了。

"问题孩子"他爹，是詹大年名片上的自我介绍。他的学校专收全国各地其他学校踢来踢去不要的学生，"别人不要，我要！"他说。

那么，怎样的孩子是"其他学校踢来踢去不要的学生"呢？是那些家长管不了而学校也不敢管的孩子。

詹大年把他的学校取名为"丑小鸭中学"。读过《安徒生童话》的人都能明白这个校名的含义，即这些孩子其实都是未来的"白天鹅"。这个校名寄寓着詹大年对孩子的爱和信任。

在詹大年的心里，这些学生并非一成不变的"特差生"，只不过是"不适应传统教育"而已。他认为，有些孩子特别聪明、感性、善良、有才，但他们不适应传统的体制内教育，不接受传统的评价，因而或厌学，或逆反，或冷漠，或逃避……被称为"问题学生"。因为是"问题学生"，便被家长打骂，被教师歧视，被同学排斥，被学校劝退……这一切，才把他们真正推向了"特差生"的行列。

"许多孩子都是被绑来的，或者被骗来的。"詹大年说。由于种种原因，初到这里的学生都是"劣迹斑斑"——这可不是夸张，詹校长给我介绍说："还有的女孩子是怀着孩子被送到我的学校的。"

其实，类似的学校我也听说过，比如工读学校，或者网上传闻的各种戒网瘾的学校。"但我们学校就是一所正规的初中。"詹大年强调说。

因为是"一所正规的初中"，所以该校开设了初中阶段所有的课程。但毕竟生源和其他正规的初中有所不同，因此他们还有针对性地开设了军事、心理、瑜伽（女生）、艺术、人格、健康、梦想等10余门校本课程。此外，还开设学生社团等自由课程。

二

詹校长带我参观校园。我先来到学生宿舍楼，无论是女生宿舍还是男生宿舍，都十分干净整洁，尤其是那叠成豆腐干形状的被子，刀切一般的棱角，让我仿佛置身军营宿舍。但墙上各种彩色的图案，又提醒我这并非军营。"那是学生自己画的，随便他们画什么，我们不管的。"詹校长说。

出了宿舍楼，看到远处有一群初二的孩子在上体育课。当我走近他们时，孩子们很有礼貌地向我问好："老师好！"他们温和的举止，让人很难看出他们过去是怎样的顽劣不堪。在初一和初三的教室里，孩子们也聚精会神地在听课，或热烈地分组讨论。

唯一和我看到的其他学校教室不同的是，每个班只有20来个学生。詹大年说："我们不敢多招，必须小班化，这样才能保证对每个学生的关爱，保证教育真正走进每个学生的心里。所以，现在我们每个年级20多个学生，全校60多个学生。"

"有的学校会用电击等手段惩罚学生，但我们一开始就反对体罚学生。"听了詹大年的话，我无法理解，离开了体罚，学校教师是如何"驯服"这些学生的？

詹大年说："我们学校对教师的基本要求是有爱心和智慧。"他带我来到学校的心理咨询室，说："在我们学校，学生犯了严重的错误，最严重的处罚就是带到这里进行心理疏导，教师慢慢和孩子沟通。"他给我看沙盘和学生画的画、写的小卡片以及制作的手工作品。

既然詹大年自称是"问题孩子"他爹，那他自然十分疼爱孩子。他说："这些学生跟我特别亲近，他们都知道我是可以被他们挑战的，这样便形成一种传统，新来的孩子会从上一届孩子的口中了解到，这个学校的校长是怎样的一个人，他们也就不怕我，和我亲近了。"

这个"爹"常常在假期带着他的孩子全国各地疯玩儿：北京、四川、湖南、海南、广西、贵州……

三

我看过太多的学校，把"以人为本""一切为了学生"之类的话醒目地写在墙上，可丑小鸭中学的校园里，类似的话一句都没有。相反，我看到在每间教室的墙上，都写着这样的话："任何时候校长都会帮助你，詹大年电话：13*******33；QQ：69*****96；微信：zhan******8833；博客：詹大年的博客。"

"任何时候，校长都会帮助你"，这句平淡而温馨的话连同手机号、QQ号和微信号，让我感动万分，肃然起敬。试问，全国有几个校长敢把自己的个人联系方式向学生如此公开？

更耐人寻味的是，它们没有显赫地写在校门的墙上以展示校长的"爱心"，而是低调地写在每一间教室里。它们是写给孩子们看的，而不是写给前来参观的嘉宾、验收的专家或视察的领导看的。

那么多学校写（或镶嵌）在墙上的"办学理念""培养目标""校风""教风""学风"等醒目精致的美术字，顿时在我心中黯然失色。那些字句都是展示给来宾看的，和学生关系不大——如果是小学，那孩子们根本就看不懂。

詹大年就住在学校。我问他："你是不是每天晚上都提心吊胆，随时准备应对学生的突发事件？"

他说："以前有过，但现在完全没有这个担心了。"

在和詹校长聊天的过程中，没有听到他一句抱怨学生的话，都是疼爱和欣赏。他说："也许是我性格就如此吧，我看每个孩子都特别顺眼。"

四

詹大年的确天性善良，富有良知。很多年前，他捡了一个刚出生几天的弃婴，是个女孩，他毫不犹豫地将孩子带回家，当作自己亲生的孩子。大年给我看了十年前孩子骑在他脖子上的照片，孩子的快乐和父亲的满足，感染着我。

"她6岁的时候，给我写过一封信，信封上是一个回家的女儿和一个在门口等候的爸爸，这是孩子自己画的。我看到这封信，哭了！"大年给我看他保存至今的信和信封。

这封信不长，但每个字都戳中我的泪点——

爸爸，您一定很辛苦吧？谢谢您的养育之恩，我一定会考一个好成绩报答您。最后祝您节日快乐、身体健康。还有您老了之后，我会像您照顾我那样照顾您。

我爱爸爸！

您的女儿　詹缘之

大年给我解释："这是女儿父亲节时写给我的。我给她取名'缘之'，因为我觉得我和她有着生命的缘分，'之'的意思让她长大后自己想。"

现在这个孩子已经读高三了，"孩子很优秀，明年考一本应该没有问题。但是，她是从来不去补课的，因为我不同意。"詹大年充满自豪地说。

五

也是因为爱和良知，当了13年公办学校的校长后，他毅然辞职。"我看不惯那些不择手段挖优生、赶'差生'，千方百计捞油水的校长。要我不择手段地挖优质生源，然后千方百计地挤走'差生'，以提高所谓'办学质量'，我难受！但在体制内的学校，这样做似乎是天经地义的。我改变不了别人，于是干脆走人。"

詹大年说："我从20多年前一直到现在都读您的书，看您的视频，您的教育理念对我的影响太大了，我好多做法都是跟您学的。每年的教师培训，我们都把重点放在如何建立师生关系方面。我的培训课程很省事，就是把您的文章和视频推给教师自学，学过后要考试的。怎么考试？就是每个人上一堂研究课。"

他说得很真诚，我听着却很惭愧。我说："我哪能和你比呀！虽然我也曾经把'差生'集中在一个班，主动当班主任，但绝对没有勇气办这样一所学校。"不说其他的,我就不敢把我的手机号、QQ 号、微信号向全校学生公开,何况詹大年的学生是怎样的"另类"!

我在微信上写道:"办一所学校,专门招收别的学校不要的'差生',这样的校长我佩服。詹大年就是这样的教育者。"

让我敬佩的当然不只是詹校长,还有这个学校的教师。他们大多是年轻人,充满激情,富有爱心,并在攻克一个又一个难题的过程中不断积累着智慧。因此,我在讲座中,当着县教育局局长和 200 位校长、骨干教师的面说:"那些靠教本来就很优秀的学生而成为'优秀教师'的教师,并不是真正的优秀教师;只有能够教'差生'的教师,才是真正的优秀教师。丑小鸭中学的教师们就是真正的优秀教师!"

六

在这里,我不避讳"差生"这个说法。我和詹校长专门讨论过这个词。我们都认为,差是一种客观存在,没必要回避这个说法。只要不是用"差生"去直接称呼学生,而用于研究这类学生,完全可以。但我们要明白,这个学生今天"差"不等于永远"差",这个方面"差"不等于其他方面都"差",重要的不是如何称呼他们,而是如何对待他们。

在学校的荣誉墙上,我看到这样的奖牌——

张红艳:云南省优秀学生干部
陈雪蓉:昆明市三好学生
周银鑫:昆明市三好学生
程星鑫:昆明市三好学生
陈俊儒:宜良县三好学生
......

也许这些奖牌在其他学校算不上什么,可在丑小鸭中学,他们已经是美丽的白天鹅了!

我还在校园里看到一幅已经有些褪色的照片,上面是两个漂亮的女生,脸上洋溢着青春的笑容,极富感染力。我忍不住问大年:"这是你学校的学生吗？"

大年说："是呀！"

他给我看了这张照片的原图，两个女孩真是漂亮可爱！我无论如何没法将这两个女孩同"差生"联系在一起。大年得意地告诉我："我的第一本著作，就是这两个女孩帮我整理编辑的。"

说着，大年送给我一本书——这是他的一本教育随笔——不，准确地说，是他和他学生作品的合集。"我的几个学生为这本书付出了太多，他们那么认真地帮我整理编辑。"

我翻开扉页，上面有这几个孩子的签名，里面的插图也很精美，富有情趣。"也是孩子们画的。"大年说。

七

随便翻开一页，学生的文字便把我吸引住了——

我在这里挺好的

作者：徐怡洁（丑小鸭中学八年级）

来到这儿是我这十四年来做得最正确的选择。

——题记

其实，在刚听到"丑小鸭中学"这五个字的时候，我真的觉得挺土气的，总感觉这个学校好不到哪里去，毕竟在我个人的意识中，一个好一点的学校是不会取这种名字的。但让我做梦都想不到的是，我来到了这个学校。

那天天气很冷，我被母亲从床上硬拉起来。我极不情愿地跟着她去了在我眼中如地狱一般的地方——学校。我本以为这只是一所普通的中学，却不承想我的人生会在这里发生彻彻底底的改变。

当一个人面对一个完全陌生的地方和一群完全陌生的人时，他会怎么做呢？

事实证明我很快地融入了这个"大家庭"。我在这里生活得意想不到的开心，以至于后来连我爸妈都不敢相信这是那个昔日令他们头痛不已的"坏女儿"。

这儿的生活和我刚开始想象的截然不同。我在这儿遇到了一群最可爱的人，其中，最值得一提的便是我们学校的校长了——詹校。他，是一所封闭式学校的校长；他，是一位资深的教育学家；他，是一位学识渊博的智者……但是，这些都是人们对他的评价。

他在我眼中，亦是良师，亦是益友。你可以把他当朋友，向他诉说心中的压抑；你可以把他当亲人，从他身上寻找爱的关怀；你也可以把他当成你生命中的一个过客……毕竟，他对我们的付出从未索取过回报。

记得有一次，他带着我参加一个在一所大学里举办的教师招聘会。当时有很多人，几乎是水泄不通。詹校是极度信任我的，我提着学校的宣传册与招聘表格一路小跑地跟在他的身后，他却只是叫我"跟紧些"，完全不担心我会中途逃跑之类的，顿时让我心生暖意。

我胸前挂着"参会证"，以一个工作人员的身份面试大学生应聘者。詹校教我招聘的技巧："你第一眼看得上的，就使劲儿提问他。然后请他递交简历……"

午饭的时候，詹校把我和他的几个朋友带到一家小餐馆。他把菜单推给我："你是女孩子，我们都听你的，爱吃什么点什么。"

会后，我抱着堆成小山似的简历回到学校，在其他同学羡慕的目光中，成就感和自豪感油然而生……

从前的我走过弯路，做过错事。但来到了这里，我懂得了什么是成长，什么是宽容，什么是原谅……我与詹校接触了一段时间，在他宽大肩膀的庇护下，安全感由心而生。仿佛有他在，天塌下来也是不足为虑的。

詹校说过一句话："每一个孩子都是可爱的天使，只要保护好了他的翅膀，终会飞向蓝天。"

2015 年 12 月

我和詹校

作者：杨昊明（丑小鸭中学九年级）

在我眼里，校长是一位很有理想的教育家。

他很可爱，也很爱我们。

他创办的丑小鸭中学是一所很特别的学校。也许在其他学校，我的学习成绩不好会受到老师的歧视，但在这个学校却不会。这里的老师会给我们更多的呵护，他们陪伴我们的日常生活，对我们有着特别的感情。

詹校是这个学校最可爱的人。他幽默、风趣，像个孩子一样和我们一起开心，一起笑。

记得初一年级的第二学期，詹校来接管我们的语文课。那时，我的语文成绩很差，普通话也不好，上课都不敢大声朗读，更别说写文章之类的。

他的第一堂语文课，他叫我们全班每个人起来读一段课文，选自己最喜欢、最拿手的。当时，好像每一个同学都朗读得很好，只有我读得吞吞吐吐的。我当时的普通话很不好，站起来读的时候发音都很不标准，我感到很害羞。全班同学都读完了，詹校长读了我读的那篇课文——《沁园春·雪》。他读的时候很专注、很深情，但我还是有一部分没有听清楚。

读完后，他说："小明啊，你应该谢谢我。你的普通话本来是全班第一丑的，但是我来了以后你就是全班第二丑的了。"

"哈哈！哈哈哈哈！"全班同学大笑起来。

我也笑了。

瞬间，我充满了自信。

从那一节课开始，詹校的课我从来不敢马虎。每一节课都有我提问的声音。我想，詹校的普通话可能永远也无法跟我比了。

我很感谢他，感谢他没有像外面的老师那样歧视我、排挤我；我很感激他，因为我在公立学校的时候什么都是最差的……

我爱詹校，他的怀很温暖，像父亲那样温暖。

2015 年 12 月

还有一对母女的文字——

我的故事

作者：王颖（丑小鸭中学九年级）

丑小鸭中学，一个神奇的地方。这里充满了泪水，也充满了欢笑。我在这里成长。

2014年9月25日，我来到了这里。当时，叛逆的我恨透了这个学校，除了伤心还是伤心，整天郁郁寡欢。在我伤心的时候，第一个开导我的人出现了，她就是我们的心理老师——李老师。

李老师个子不高，但是脸上随时都带着微笑，给人一种和蔼且强大的感觉。她在我想家、孤单、无助的时候陪我聊天，和我谈心。她告诉我好多不知道的事，教我不知道的道理，教我以后如何和我的爸爸妈妈相处。就这样，她成了我最好的倾听者，最好的心灵导师。也借此机会，我认识了一个叫詹大年的人。

他是我们的校长。听说詹校人挺好的。心理老师把他说得似云雾里的神仙一样，什么困难都能解决，因此特别想和他谈谈心。

我做好了准备，带着激动又紧张的心情，找到了"神奇"的詹校。

那是我第一次和詹校谈话。他脸上挂着笑容，露着几颗牙齿，眼角有些许皱纹，没等我开口就问我"来学校适应了没？"还跟我讲了很多他的故事。一节课很快过去了，我和他说了我来学校之前的事情，和他谈起了我的家人，甚至还幽默地问他："詹校，你说我是不是老爸老妈在医院抱错了？为什么和她们无法沟通，连性格都差异那么大？"他没有像其他校长那样责怪"你怎么能这样想？"而是表示理解我，跟我讲述如何和老妈相处交流，还给我分析了我妈妈的性格，说我妈妈是九型人格里面的完美型，做任何事都一丝不苟，对我的要求也一丝不苟，而我属于乐观型，做事大大咧咧，快乐主义，性格差异大，自然就有了许多摩擦。听詹校把九型人格说得那么神奇，我接触了九型人格，知道了原来人的性格其实很简单，知道了和父母无法沟通的原因是什么。他同样也幽默地回答："嘻嘻，你和你妈妈性格差距那么大，说不定你妈在医院抱的真是别家的娃娃呢。"

回想当时我和詹校似乎只是朋友，完全没有和其他校长一样的距离感，更不用拘束，有什么都可以说，他就像心理老师说得那样神奇，什么事都能解决。就这样，我慢慢地适应了这个学校，也慢慢地从讨厌变成了喜欢，变成了舍不得离开。随着时间的推移，我也从一个任性的"问题孩子"变成了一个懂事的孩子。我学会了宽容，学会了理解和体谅，学会了和爸爸妈妈相处，这一切的一切是因为我明白了一个道理，就是不管怎样不能让在乎自己的人失望。

我在"丑小鸭"长大，爱上了这个让我曾经厌恶的地方，更感谢我这位特别的良师益友——詹校！

我还答应过他：我要好好地考上高中的。

2015 年 12 月

我的丑小鸭在向白天鹅羽化！

作者：刘显萍（王颖妈妈）

看着舞台上女儿灿烂的笑容、优美的舞姿，我的心里暖暖的。"下面有请我们学校的才女王颖为大家演奏钢琴独奏《童年的回忆》！"琴声响起，掌声雷动，这是丑小鸭中学一年一度的校园文化艺术节，也是期末颁奖会。节目演出完毕，开始为孩子们颁奖。听到女儿的名字一直在老师的口中被重复，我不禁一阵激动。当那只欢快的小鸟从舞台上飞奔下来向我捧上成绩单与一张张奖状的时候，我再也控制不住自己的情绪，曾经的绝望与心酸也一股脑地涌上了心头。

一年前的她叛逆得天翻地覆。女儿曾经也是个品学兼优的好孩子，在老师眼里是重点培养的好苗子，总是那么快乐，是全家人的开心果。可不知什么时候开始，她脸上的笑容慢慢消失了，学习的劲头也减弱了，每天放学就把自己锁在房间里，问她怎么了，她不是发脾气就是哭。接下来是老师的各种告状。这突如其来的变故搞得我无所适从，这孩子怎么突然不听话了？我震怒之余狠狠地教训了她一顿，第二天却被老师告知她旷课了。这还了得？我准备回去兴师问罪，谁知她一进门就闹着要转学。

"这是什么事？自己做错了事，老师批评一下就要转学了？不可能！你认为学校是你家开的？想去哪上就去哪上？"我对着她一顿狂批。

接下来的一段日子里，女儿似乎安静了许多，然而，我被学校"请"的次数却与日俱增，这让我非常恼火。可她反常的行为让我越来越不安。终于，在一天夜里她睡着时，看到她手上一道道的血痕，我惊呆了，揪心得疼啊！无奈之下，只好给她转了学。

三个月后，她又开始无故旷课，最后发展到离家出走。全家人吃不下饭，睡不着觉，满世界地寻找，报了警，回来了……但不知道什么时候又不见了。那段日子我几乎崩溃，白天上班，晚上找她，弄得我身心疲惫，无数次想放弃——由她自生自灭吧！可转念一想，要是连我都放弃了，那她就真的没救了。在我们全家几乎绝望的时候，朋友向我介绍了丑小鸭中学，抱着试试的态度给詹校长打了电话。结果，成功了！有了今天的王颖！

一年过去了，女儿又恢复了开朗的性格，愿意主动与我们沟通了，真的成了我的贴心小棉袄，家里又有了往日的欢笑声。她不但学习成绩提高了，还在学校学习了架子鼓，学会了洗衣服、做饭，更值得骄傲的是她担任了《丑小鸭校长与白天鹅孩子》编辑部的副主编。这么大的转变和进步让我始料未及。

"妈！我从前不懂事，以至于走了那么多弯路，让您和爸爸操心了。放心！我答应过詹校，一定努力学习考上高中，女儿不会给你们丢脸的！"多么暖心的话，孩子真的长大了、懂事了。看着眼前这个充满自信的阳光女孩，我心里全是满满的幸福——我的丑小鸭在向白天鹅羽化！

孩子，你的人生之路才刚刚启程，未来不可能一帆风顺，挫折和失败也是人生的一部分。要把每一次挫折都当成往深处扎根的机会，让生命之树茁壮成长。只有在经历挫折的磨砺中超越苦难的人，才能真正成长为生活的强者！妈妈相信你！

2016 年春节

八

读着这些承载大年和孩子们彼此感情的文字，我先是眼睛湿润，连读几篇，积蓄已久的眼泪终于夺眶而出。

我忍不住想，为什么这些孩子在原来的学校和老师没有这样的情感呢？

当然，这本书不仅仅凝聚着师生的感情，更积淀着大年对教育的感悟和思考——

在孩子面前，傻乎乎的简单，傻乎乎的真实，会让你更可爱。你可爱了，孩子就会和你走得更近了。

任何一个孩子都是聪明的，只是他们聪明的方式不同；任何一个孩子都是优秀的，只是他们优秀的方式不一样。

用学生喜欢的方法，教学生需要的东西。

教师的工作，是"帮"学生，而不是"管"学生。

好老师是一个"好人"，他首先把孩子们当人看；好老师是一位"真人"，他不会装模作样；好老师是一位"智者"，他传递智慧而不只是传授知识。

对学生来说，离开学校多少年以后，把很多老师都忘记了，却还记得这个老师，才是好老师。

教育，是不计后果的信任，是不知深浅的摸索，是不怕牺牲的投入，是永不放弃的执着。

校园，因"我"而美丽；学生，因"我"更幸福。这，才是一个真正的有价值的老师。

……

丑小鸭中学于 2011 年建校，当初大年倾注自己的所有积蓄，做生意的弟弟也给了他一笔钱，在昆明郊县宜良附近一座小镇旁边，找了一处废弃的旧校舍，算是把学校办了起来。"我没想过要赚钱，办这种学校也赚不了钱，不过我现在已经是正资产了，如果不包括现在的欠账的话！"他乐呵呵地自嘲道。

七年过去了，大年和他的同事们取得了令人欣慰的成绩。说起这些，大年如数家珍：2000 多个曾经弃学叛逆的"问题孩子"到丑小鸭中学后，基本恢复了生活学习常态。现在，有的考上了大学，有的考上了高中，有的已经工作了。

"一个被我亲自'绑架'过来的女孩，考上了五年制大专，毕业后被北京武警总医院录用了。还有好些孩子已经有了自己的小公司了。"大年眼睛笑得眯成一条缝，自豪之情溢于言表。

我说："这些孩子该是多么感激你呀！"

"嗯，一到节假日，我都不敢离开学校。因为毕业的孩子要回来呀。"大年说着，又嘿嘿地笑着，过早沧桑的脸上，连眼角的鱼尾纹都堆满了幸福。

九

当然，实事求是地说，并不是每一个来这里的学生都被教好了，因为并不是每一个学生都能够被教好，但大年敢于办这样一所学校，并努力争取让尽可能多的孩子回到正常成长的轨道，并获得自己的幸福。这种探索和努力在当今这种教育背景下，是极为可贵的，是值得尊敬的。我对大年唯有膜拜！

现在，依然有家长源源不断地把让他们感到绝望的孩子送到詹校长这里。大年对学校的前途没有表现出特别的乐观，也没有表现出特别的悲观。他淡定而执着，心中没有"高瞻远瞩"的"战略眼光"，只有当下一个个的孩子和家庭。

他说："我没想过失败，也没有想过会倾家荡产，只是想如果我能让一个被放弃的孩子回到正常的生命状态，那就是成功；如果能够让几近崩溃的家庭找回欢笑与希望，那就是幸福。"

2018 年教师节那一天，大年在微信公众号上这样写道——

生命，来也平淡，去也自然。

生命里，本来就没有什么特别的大事。

哄孩子，教自己，每一天。

这样，很好。

2018 年 9 月 13 日于昆明至郑州的航班上

图书在版编目（CIP）数据

成长是最好的奖励：教育人物见闻录/李镇西著.—上海：华东师范大学出版社，2019
ISBN 978‐7‐5675‐8871‐4

Ⅰ.①成... Ⅱ.①李... Ⅲ.①散文集—中国—当代 Ⅳ.① I267

中国版本图书馆 CIP 数据核字（2019）第 033654 号

大夏书系·教师专业发展

成长是最好的奖励
——教育人物见闻录

著　　者	李镇西
策划编辑	李永梅
审读编辑	万丽丽
封面设计	奇文云海·设计顾问

出版发行	华东师范大学出版社
社　　址	上海市中山北路 3663 号　邮编　200062
网　　址	www.ecnupress.com.cn
电　　话	021‐60821666　行政传真　021‐62572105
客服电话	021‐62865537
邮购电话	021‐62869887　地址　上海市中山北路 3663 号华东师范大学校内先锋路口
网　　店	http://hdsdcbs.tmall.com

印　刷　者	北京季蜂印刷有限公司
开　　本	700×1000　16 开
插　　页	2
印　　张	17.5
字　　数	269 千字
版　　次	2019 年 3 月第一版
印　　次	2023 年 12 月第七次
印　　数	31 951 - 32 950
书　　号	ISBN 978‐7‐5675‐8871‐4/G·11879
定　　价	58.00 元

出版人	王　焰

（如发现本版图书有印订质量问题，请寄回本社市场部调换或电话 021-62865537 联系）